三島由紀夫と編集

三島由紀夫研究 ⑪

〔責任編集〕
松本　徹
佐藤秀明
井上隆史
山中剛史

鼎書房

目次

特集　三島由紀夫と編集

三島由紀夫研究⑪

山中湖文学の森　三島由紀夫文学館第六回レイクサロン　講演

「豊饒の海」完結まで——小島千加子

■平成22年10月30日（土）
■於・三島由紀夫文学館

小島千加子氏

■「奔馬」の途中から黒い影

ご存命中は三島先生とお呼びしていましたが、今日ここではいちいち「先生」とは申しませんで、「三島さん」と呼ばせて頂きます。ご了承ください。

まず、三島さんが亡くなったとき、なぜ周囲にいる人たちが気づかなかったのかと、多くの人がそうお思いになられました。その無言の声が私の耳にも響いていました。

その点を少しお話しようと思うのですが、ニュースを見たとたんに、あっ、そうか、と思ったことがあるんです。三島さんが普段、ことに終わりの三年間に口にされていた言葉です。その当座はおかしいと思いながらも黙っていて、先生、それはどういうことですか？　と聞かなかったし、そういうことが言える雰囲気でもなかった。そのぐらい『豊饒の海』も第二巻の「奔馬」の半ばごろからは、雰囲気がだんだん変わっていきました。私が取り付くことができないほどの異質のものが少しずつ前面に出て来たんです。

　とくに「奔馬」の途中からですが、実は、三島さんのデビュー当時からぴったりついていた菅原国隆という編集者が、「新潮」編集部の先輩におり、私が助手《すけて》として加わったわけですが、その人が週刊誌に移り、三島さんの係りが私一人になったんです。そのことは三島さんにとってとても不本意なことでした。それまで菅原さんと三島さんとは本当に息が合い、気持ちが通じ合うところがありました。お父様が東京弁護士会の会長までなさったという法曹界の人でしたから、三島さんの家庭の雰囲気と似ていたこともありますし、菅原さんが根っからの文学青年というより社会に目を届かせるところのある鋭い感覚を持っていた人でしたから、三島さんはいろいろなことを打ち明けて相談するのによかったのだと思います。私から見ると菅原さんと三島さんは、単に編集者と作家ではなく、竹馬の友、のような感じでした。

　たとえば、編集室の電話が鳴って菅原さんが取る。相手が三島さんの場合、菅原さんの口調がとたんに変わるんです。それで相手は三島さんだな、とわかるんです。そのぐらいの親しさが二人の間にはありました。それが、「奔馬」の途中から私一人になってしまった。三島さんは不如意をお感じだろうと、私は傍から見ていて思いました。日本の作家と編集者というのは、外国とくらべてそういう点が特殊かもしれませんが、作家の内部に立ち入ることが多いのです。菅原さんも他に多くの作家を担当しましたが、同年輩の三島さんとは遠慮のない間柄でしたから、不本意だったでしょう。

　特に「豊饒の海」については、かなり前から三島さんは、〝畢生の大作〟と意気込んでいらしたから、菅原さんも、「僕がすべてに当たる」と宣言していたので、菅原さんから特に言われるまでは私はタッチしないほうがいいと思っていたのです。それが突然、私一人になった。戸惑いましたが、そういうふうに私が感じているのを、三島さんは、敏感に感じ取って、芝居の稽古とか、ボディビルのジムとか、剣道の稽古場とかに引っ張りまわして、私の遠慮がちになる気持ちをほぐそうとしてくださった。そういう三島さんの機敏さというか、神経の非常な細かさ、会う人ごとに、その人がどういう人かを感じ取って、その人に対してご自分の出方を考える、そういうふうに人間に対する観察力が鋭く、幅が広いのですけれども、その場その場でやさしさを発揮する方でした。

　若いころの三島さんを知っている大概の人は、三島さんは優しく思いやりがあって、あんなすばらしい人はいないというんですね。そういうやさしさの上に、機知に富んでいて、当意即妙のワサビの利いた冗談を言うなど、そういうことも得手でした。「三島文学にはユーモアがない」という人がいますが、小説にはユーモアはないかもしれないけれど、三島さんその人は、ユーモア精神にあふれた人でした。三島さん主催の会合があると、人を笑わせるようなことをなにか話してくださるんですよ。こういう垢抜けたすばらしい個性は日本の作家には珍しいと私は思っていますし、それが嫌味なく出来る方でした。

三つ上の山手の育ち

三島さんには持って生まれたいろいろな才能がありますけれども、私が担当させていただいたときに一番感じたのは、この人は東京の山の手育ちという雰囲気を全身に持っていらっしゃる方だな、ということでした。日本の作家は、殊に明治以来の文豪と言われた方たちは、根っからの東京生まれ東京育ちという人はそれほどいなかった。みんな、故郷がそれぞれあって、出身地の特徴を生かして、編集者と相対してくださった。そのころまでに私が受け持った先生たちは、皆さん、お年もお年でしたから、膝を屈して近づかなければならないという感じでしたが、三島さんは私より三つ上で山の手育ち、私もどちらかというと山の手のほうで、それ以外の土地は知らない人間ですから、肌合いがあったんでしょう。その肌合い、という部分に三島さんは敏感でした。つまり、初めて会って、少ししゃべると、相手のことを三島さんはパッと掴むわけです。

そういうことができる人がいま、いなくなってしまったのは本当に残念だなと思います。その頃の新聞には、三島さんの動向がスターのようにしょっちゅう出ていました。昨日はどこへ行ったとか、今日は三島さんのお芝居でどうしたとか。ですから私たちから見ると、作家とスターを兼ね備えたような人で、そのうえ人には親切で、会っているあいだは退屈させない方でしたから、今思い出しても、私が編集者としてもっとも緊張していた時代は、三島さんが活躍したあの時代と言えるでしょう。

三島さんは、相手がかしこまると面白くないと思われる人で、こちらも下手なりに冗談を言ったりすると、喜んでくださる方でしたから、本当に毎日が刺激に満ち、菅原さんじゃないけれど、今日は三島さんのお宅に行く、と思うだけで期待と緊張でワクワクするような、そういう方でした。

三島さんの、そういう華やかさに満ちていた時代と、「豊饒の海」の第二巻が始まるぐらいからでしょうか、その頃から最後までの、何か異質の空気にまぶされているみたいな重い感じは本当に対照的でした。私の感覚では正反対です。「奔馬」の半ば以降からがそうで、はじめはそれほどにも感じなかったんですけれど、何かしら異質なものが日常的に出てきた。それは勿論、その前から始まっていた自衛隊への関心や、あとで分かったことですが、のちの楯の会の母体となる人たちと出会って、強く心を動かされたというようなことが、「奔馬」を発表し始める二ヶ月前にありました。そして忽ち、その青年たちの方へ三島さんはのめりこんで行ったんです。

不思議なんですが、あんなに三島さんが高揚したのも「奔馬」のときなんです。応接間で待っていると、三島さんは現われるなり、「すごいよ!」っていきなり仰る。自分が真実と思うことが向こうで先に起きている。自分が小説に書いたことが、こんどは向こうの事実となって現われる、と。そんなことが交差して、「奔馬」は出来ていったんです。憂国の青年たち、そして森田必勝を知るのはまだ一年余も先のことですが、信念を以て行動しようとする青年たちと接して、三島さんは非常に幸せだったでしょう。思ったことが事実となり、事実として書こうとしたことがまた事実を呼ぶ。そして互いに交差、ますます事実を広げていく。小説も充実していく。作家としての無上の幸福感に包まれて、非常に生き生きと書いていらしたと思います。

三島さんの自衛隊の体験入隊は、ボクシングとか剣道とかに輪をかけて、何か凄いことをよくもなさる、というような気持ちでいたんですけれども、三島さんが生き生きとして満足げでいらっしゃるから、私は遠巻きに眺め、その内容はわからないなりに、三島さんの自己充実の一つの道らしい、と思っていました。

■安心しちゃった

一番安心しちゃったのは、「奔馬」の最終回をいただいた時でした。いつもは応接間でしたけれど、馬込の家の二階の上に新しく三階をこしらえて、そこにバルコニーが出来て、日当たりがすごくいいんですが、そのバルコニーで渡されたんです。その時は、珍しくいろいろなことをおっしゃった。自分の結婚の相手が、文学少女ではなく、夫が何を書いていようとそれほど気にしない妻を迎えて、とてもよかった。文学少女で、自分が書いた小説にしょっちゅう目を通してくれ、何か言ってくれるのが望ましいように思えるだろうけれども、そうではない、というんです。全然、口を出してくれないほうがいいし、日常生活の中でいろいろなこと、たとえば、扉の金具を変えるのにどうするか、などというとき、奥様は三島さんのところへきて、こうしますけれどいいですか?　みたいなことをいちいち仰るわけですけれども、そのあたりの兼ね合いですね。奥様が「小説家・三島由紀夫」に対して淡々と接していられたことが、三島さんの気分を軽くしていた、と感じました。三島さんはかつてアメリカに行ったときに、自分は一人では生きられない、と痛切にお感じになったことがおありだそうで、「だから自分はどんなことがあっても、家族と共にある生活を選ぶ」、とそのときはっきりと仰ったんです。ですから、のちに三島さんから、色々気がかりな言葉が発せられるようになったときに、でも、あの時ああ仰った、「家族と共にある生活を選ぶ」、と思って私は安心していたんです。

　私が疑問に思った言葉を、もっと早くに菅原さんに言ったりしていれば、どうだったでしょう。菅原さんは三島さんとは離れてしまっていましたから、三島さんの日常的な変化を知らなかったと思います。けれど、部署が変わる頃から、三島さんの関心がこれまでとは全く別の世界に向き始めているのを危惧し、特に「奔馬」を読むにつれ、「三島さんは小説中の人物になりきってしまうから」と心配していたのです。

三島さんがよく言っていたのは「長生きをしたくない」「年寄りは嫌いだ」「老人なんて醜い」ということ。それから「年寄りは滑稽だ」とも仰るんですよ。そう言っているうちはまだよかったので、あるときから「自分が年をとることを許せない」と、二度ぐらい仰ったこともありました。自分が年をとることが許せなかったら、死ぬしかないでしょう？とそのときよっぽど言おうかと思ったんですけれど、「死ぬ」と口に出して言うことがはばかられて、言えなかったんです。

　その時はそれでうやむやに過ぎてしまったんですけれど、もう一つの懸念は、「この小説を終わらせるのが怖い」ということ。これを「死ぬ」という言葉がごく普通に出て来るのと同じような意味で受け取ってしまったんです。最近、松本徹先生のお話を伺ったり、お書きになった本を読んで、小説の作り方として、自分の理想とする小説を「豊饒の海」でやってしまったら、後は何をやればいいのか、それが怖いと。小説を現に書いているうちは自分の考える「究極の小説」に取り組んでいられるけれども、書き終えてしまったら、結末が見えてしまったら、小説に対する結論が出てしまったら、どうしたらいいのか、という気持ちが強くなったんですね。自分の生命よりもその小説自体に対する恐ろしさ、結末をつけてしまうことへの恐ろしさに、私は考えが至りませんでした。

　三島さんが仰ったんですよ、「やっぱり小説を書いていくしかないのかな」ってつぶやくように。そんなこと言ったって小説家なんだからそれはそうだろうと、そのとき私は何も言わなかったんですが、またしばらくして「やっぱり小説を書いていくしかないのかな。嫌だな」ってはっきり仰ったんです。だから、自分としてはあの大長篇で、小説はこうでありたい、自分の思う理想の世界というのはこういうものだと打ち立ててしまったら、それ以上何を書くのか、と。無駄なことじゃないか、書くのが嫌だ、そういう気持ちになったのではないか、と後になって思いました。

　これは本当に松本先生に教わったことなので、この小説を完成させるのが怖い、ということを聞いたその時は、それはご自分が生きるか死ぬかという問題だけだと単純に考えていたんですけれど、小説家として自分の理想とする小説の理念について最後で答えを出してしまう、そうしたらもうあとは無駄だという気持ちがおありになったんですね、きっと。だからその無駄なこと、無駄な命を生きながらえるつもりはないという思いと、若いうちに死んだ方がいいという、若い時からの考えと結びついてしまった。それでも力を振り絞ってあの大作を書き、片方では自衛隊とますます緊密になって行った。楯の会も結局ご自分でものすごい費用を出して持ちこたえたんですね。大変な努力だと思いますけれど、そういうことをやっていらした。

■人間業でなかった

だから最後の四年ぐらいは、本当に人間業じゃないと、後から考えてつくづく思います。

実際、楯の会と自衛隊は、朝早くから行動が始まるわけですし、三島さんは夜型の人ですから、起きるのは昼ぐらいで、普通の人の時間とは大きくずれているわけですね。ところが、自衛隊と楯の会に関係するようになってからは、早起きする習慣がついた。そこで仕事も午前中に出来ないかなと思って、「いまそれを心掛けている」と、仰ったことがありました。けれどもしばらくしてから「僕の小説はやっぱり夜でなければ駄目だ。僕の文章は夜でないと駄目な文章なんだ。それがわかった」と仰るんですね。疲れたでしょうね、ものすごく。

それに三島さんが亡くなってから、学習院時代のご友人だった三谷信さんが、三島さんに関して小さな本をお作りになったんですが、その中で「三島ほど運動神経のない奴はいない、と思っていた」、とお書きなんです。そんな人がボディビルをやる、ボクシングをやる、空手、剣道をやる、まあ剣道は精神の問題もありますから、一概にスポーツとはいえないかも知れませんが、おしまいの頃はマラソンもやっていましたね。代々木かどこかを、ぐるりと廻って何メートル、というのを、裸に近い格好で走っている写真を見たことがありますけれども、とにかくご自分の身体を鍛えることに終始熱中されていた。

それは、はっきりご自分で言っていたのですが、自分の身の回りの小さなことだけを書くのが小説ではない、大きな展開の中で、個人の運命がどうなるか、というのを捉えようとするから、必然的に時代と大きく関わる。三島さんの小説はそうでしたね。その時代時代に起きた事件を巧みに取り入れて、三島さんの小説はできあがっている。だから三島さんは、これからの時代、小説家は身体が強くないといけないと、はっきりそう思ったんです。しょっちゅう胃弱だの微熱の出る体質じゃ駄目だ、そこで身体を鍛えようと考えて、ボディビルを始めたんです。本当に、ボディビルを始められたころは〝お痩せ〟で、頼りなさそうな格好で、よくあれでボディビルを、なんて思ったものですけれど、小説を書くためにも身体を強くしなければ駄目だというはっきりとした目的を持って始められたんです。

　でも傍からはお遊びにしか見えなかったですね。勝手なことをやっている、と。三島さんのことを何でもよく知っているお母様ですら、男が自分の肉体を格好いいものにしようとしてボディビルをやるなら、女はいくらでも整形美容をやったっていいわよね、と仰ったことがあるぐらいで（笑）。でも、青年三島由紀夫さんはしょっちゅう胃弱、微熱で、緑が丘にいらしたころ、日本家屋のお宅へ伺いますと、廊下伝いにお母様かお手伝いさんが、喉に塗る薬を持って三島さんの後を追いかけているんです。三島さんは「嫌だ！」と逃げる。そんな光景を一度か二度、見たことがあります。腺病質で、すぐ熱が出たり喉が腫れたりしたのでしょうね。そこで鍛えようとされたのですが、本当に克己心が強く、意志力の強い方でした。やり始めたら、もうとことんやり通すのです。そのおかげで筋骨隆々の体にはなった。肩幅なんか広くなられたし、大変ご立派になられたけれど、でもやっぱり全体的に、お顔なんかは、神経質そうなところがありました。

　けれども、「豊饒の海」がだんだん進んで最後に近くなったころ、いきなり三島さんが応接間に入って来られて「おまたせしました！」と勢いよく仰ると、あら、三島さん一回り大きくなったんじゃないかしらと、感じたものです。やっぱり、世の風潮に不満で何かを起こしてやろうという気構えを持つようになったせいだと、後から思いました。

「暁の寺」がだんだん捗っていくあたりからそうなって来たんですけれども、あの頃の三島さんの、お家のなかにおける態度は、以前の、編集者を相手に話題になった色々なこと、小説だけじゃなくて映画とか芝居とかが含まれるわけですけれども、面白おかしく話して、打ち興ずるのが例でしたが、その頃は、そんな話は一つも出てきませんでした。ご自分が武術練磨と自衛隊に時間を取られているから、そんなことに気を向ける時間もないのはあたりまえですけれども、悠長なことを話題にのせるのんびりした気持ちになれなくなったんでしょう。

　楯の会については「僕が電話で命令すると、十分で全隊員に命令がいきわたる。一時間後には行動を起こせる」と。その頃会員は四十人ぐらいいまして、それがご自慢のようでしたけれど、そんなことを私みたいな人間に詳しく言うわけがなく、話題がどんどんなくなっていく。三島さんが、いくらマッハいくつを超える音速飛行機に乗せてもらったとか、ご自慢そうに話しても、私自身はあんまり興味が持てませんでした。

■ベナレスから帰って

　そんな状態になっていたのですが、いつ、こんなふうになったのだろうかと振り返ると、三島さんがインド旅行でベナレスに行かれてからです。前にもインドとか東南アジア方面には、奥様同伴で行っていらっしゃいます。その二回目に、漠然と行くのではなくて、インドにいったら是非ベナレスへ行っていらっしゃいと村松剛さんに言われて、はっきり予定の中に入れて行かれた。

皆さまもご承知のように、ベナレスでは人間を岸辺で火葬にして、その灰をすぐガンジス河に流すんです。そういう習慣のあるベナレスに行って実際を確かめられた。そこで、長年培ってきた輪廻転生の思想が、向こうでは日常茶飯だと、はっきり認識されたらしいんです。そういう中で人々が生活している、それこそインドの悠久の、昔から続いていることが今も続いていて、その中で今でも人々が生活をし、洗濯したり水浴したり、いろんなことをしている。それに非常に感動したし、驚いてしまったらしい。そして楯の会の人達の目論んでいる何かが、もし事が起これば死に結び付かずにはいられないだろうという思いと結び付いて、三島さんの魂を揺すぶってしまったらしいんです。

出かける前は、ヘルメットを買いにアメ横に行って、どっちが前か後ろか分からない、などとふざけながら何度も被り直してみたり、旅行鞄を買うからとわざわざ浅草に行って、ほんの二軒ほどちょこちょこっと覗いて、はい、決めたと素早く買って、高速道路をすっ飛ばして帰って来たり、とてもウキウキした調子でした。

私は、インドは写真でもあまり見たことがないから、珍しい旅行の写真を見せていただけるかも、と思っていたのですけれど、いざ帰国して、旅行の写真を見せては頂いたんですけれど、何か浮き立たないんですね。説明も何もなさらない。「とにかく、すごいよ、すごいよ」って言ったきり横を向いて、首を傾げていらして、何か物憂そうな、要するにご自分の受けた感動を、文章に書くのなら早いのだろうけれども、言葉にして私に伝えるのができにくかったようですね。ただすごいよの一点張りで、私もそんなものかな、と思って済ませていたのですけれど、後で小説を読みますと、やっぱりあの場面の描写がすごいです。三島さんが日頃考えていたあの仏教哲学は早くから頭の中にありました。輪廻転生だけじゃなくて、いろんなことを考えていらしたんですね。だから、いちいち思い当たるところがあって、感動なさったのかもしれないんですけれど。

三島さんは本当に頭のよい方ですから、大蔵経を、全何巻か知りませんが、普通の人がただ読むだけで八年かかると言われているんですが、それを三年で読破し、理解してしまった、とご自分でも仰っていました。「僕、三年で読みあげた」って。それだけじゃ飽き足りなくって、山口益《ススム》という仏教哲学の学者先生のところへわざわざ教えを請いにいらした。また、大蔵経を読みあげた後でも、しょっちゅう神田にいらして仏教の本を買っていらした。ものすごく仏教の研究を積んだわけです。そうして唯識論の中でも一番最後に到達するという阿頼耶識を引っ張り出してきたわけです。

　私は何もわからないんですけど、あの頃の三島さんは、「なんでも阿頼耶識で解決出来る、阿頼耶識で解決出来ないものはない」とはっきり仰っていたんです。「阿頼耶識だよ、全ては」って。こちらはそれが何を意味するのか全然分からなかったが、小説の中にだんだん出てくるんですね。いろんな経文や何かの資料を読破なさって、この巻ではこのことを、この巻ではこのことをみたいに、いろいろ出して、それを小説に生かした。だから自慢して仰いました。「大蔵経の唯識論を僕ほど分かりやすく小説の中にはめこんだ者はいないよ」と。何度か仰ったのです。そうやって何年もかけて仏教というものを考えつくしたうえで見たベナレスの風景だったものですから、三島さんにはとてもショックだったんですね。現在でもそれが行われ、その中で人々が生活している、その有様がショックだったらしく、その時はただ、すごいよ、とにかくすごいよ、としか仰らなかった。

　その頃から三島さんの日常に於ける、少なくとも私が応接間で見る三島さんの雰囲気が、すごく暗くなっていったんです。

■あまり鳴らなくなった電話

　三島さんは演劇がお好きでしたから演劇界にいろいろと知己がおありで、ときにはお集まりがあった。文芸方面の方たちとは、年に一度はクリスマスの会をしていたんですが、それをだんだんとなさらなくなった、つまらなくなったって言うんです。演劇関係の方々の集まりもあって、三島さんとしては必要なのじゃないかと思いましたけれども、それも「近頃は面白くないからやめてしまったよ」と仰ったんです。人の集まりを避けるようになったんですね。とにかく人を呼ばなくなったし、ご自分でもそういう人々と親しく付き合うのを避けるようになった。あるときから、三島家の電話は鳴る回数が少なくなったんです。

　三島家の電話は特徴があって、電話のあるのは一ヵ所だけでなく、三島さんが人と応対する応接間の電話も同時に鳴るんです。お家の方が取次に出なくても、応接間で人と話しているときに電話が鳴ると、三島さんがぱっととって、楽しそうに応対なさって、書き留めなきゃならないことがあると、脇に鞄がありまして、メモ用紙も鉛筆もペンもみんなあって、すぐに紙を取り出して、書き留める。大変実務には長けていらして、すばしこい動作でやっていらしたけれど、とにかく電話が鳴らなくなってしまった。シーンとしていて、三島さんが面白い小説や芝居の話をなさるでもなく、物憂そうにちょっと首を傾げたり、下を向き加減で、非常に部屋全体が灰色の壁に囲まれたみたいに暗い雰囲気になってしまったんです。

　そのうちに、「年寄りというのは滑稽で、自分が年をとるのは許せない」とか言い出す。私は心配になって、一度菅原さんに会ってもらいたいと思ったのですが、〝畢生の大作〟連載中に下手なことはしない方がいい、と思って、止めたんです。けれども、やっぱり気にはなっていました。小説の中の、本田という人物は三島さんの分身だろうと思い、その帰趨を非常に気にしたのですが、本田はだんだん年をとってゆき、周囲の人たちも死んでいき、彼も死ぬのだろうが、どんなふうに死ぬのだろうと考えていますと、三島さんが「本田は死なせない」と言った（笑）ので、私は何かほっとしたんです。本田は自分で死ぬことはなく、自然死に任せる、なりゆきに任せるのだろうと、そんなふうに思った。三島さんは次第に、重大な方向へと覚悟を決めていらしたのに。

■笑顔が思い出せない

三島さんの笑顔ってとても素敵なんですけれど、最後の三、四年の頃の笑顔を私は思い出せない。見たことがないんです、本当に重苦しいお顔で。私は陰ながら怖ろしい人相に変わってしまったと思っていたら、後でお母様もそう仰っていらした。お母様は三島さんのことを公威《コウイ》（三島さんの本名）さん、コウイさんと呼んでいらっしゃったのですけれど、「コウイさんは人相まで変わってしまったから」と仰ったのです。

ご自分の意のままなる楯の会を率い、国家防衛論なんて大変な命題を引っさげ、自分をなげうって国家の防衛にあたる覚悟をして、楯の会の人達と一揆を起こし、自衛隊や世間の目を覚まさせようとしたんですね。そのために小説に充てなければならない大切な時間を割いた。自衛官とも個人的な付き合いがあったようで、そういう時間が多くなると、体力的に厳しいわけです。無理に能力以上のことをしなければいけない状態になった。だから最後の三、四年、特に終章の「天人五衰」の執筆の頃は本当に大変な努力をしたはずです。学友の三谷さんが「三島ほど体力のないやつはいなかった」と言うくらいでしたのに、目まぐるしく体も神経も使って、飛びまわっていらっしゃった。大変だったと思います。いくらご自分が鍛えたって、普通の頑健さとはちょっと違うところがあるはずです。もともとはお母様かお手伝いさんが薬を持って追いかけて歩くような体でいらしたんですから。

ですからちょっとでも体に不都合なことがあると、気にかけていらしたと思うんですけれど、私が聞いた話では、三島さんは創作以外には余念の無かった頃のことですが、三島さんはだいたいお昼頃起きて、お昼を食べて、人に会い、それから夕方街に出て、夜は外で召し上がって、人との歓談。夜遅くお家に帰って、夜食を食べ、それから朝まで仕事。それが習慣だったらしいんです。その夜食に選ぶものが三〇〇グラムぐらいのビフテキだと言うんです。そんなことを続けていたら体によくないんじゃないかな、と私は素人考えながら思いました。でも三島さんは体を鍛えたから、それぐらいのことは何でもないのかな、とも思っていたのですけれど、やっぱり後には、中年からおこる体の不調に気づき始めたらしいと、いろいろな方が仰るのを聞きました。これでは、まごまごしていたら、自分が怖れていた無様な、人の手を頼らなければならないような年寄りになってしまう、大変だと。そうなる前に自分は死にたい、と、その気持ちにおなりになったのかもしれません。

そのくせ「佐藤春夫とか川端康成というように、年取ってから精神的な美しさが顔、姿の上に出てきた年寄りというのは、いいね」って認めているんです。だから、ご自分だってそうなろうと思えばなれたんですのに。けれど、その道を選ばなかった。やっぱり、年寄りになる前に死んでしまいたいという願いだけは強くあったと思うんです。「どんなことがあっても家族と共にある生活を選ぶ」と仰った言葉は、どこかへ吹っ飛んでしまったんでしょう。それが私には非常に残念です。

■肉体よりも精神

でもやっぱり三島さんという方は、肉体よりも精神を重んじる方でした。後からのお母様の言葉ですけれども、三島さんは幼少の頃はおばあさんっこで、おばあさまに育てられたようなものですけれども、おばあさまが外に幼い三島さんを連れて歩くと、お宮さんとか小さな祠でも、黙って通り過ぎることが出来ず、必ず敬礼をしてお通りになったそうです。これはおばあさまがそうしていらしたからか、三島さんが自発的にそうし始めたのかはわかりませんが、目に見えない霊というものに、子供のときから関心があったんです。それを生涯通された。

平岡家は仏教でしたから、ご先祖様のご法要があって、誰かのご法要があるとお寺に行き、長い長いお経も聞かなければならないわけです。それを幼い三島さんは膝を崩さずに、最後まできちんと聞いていたということを、お母様が感心して仰っていました。そういうふうに三島さんは今目の前に起こって自分の関心を引くことでなくても、霊とか魂に関することに対しては、非常に礼儀正しかった。

「あの三島の最期をわかってやれるのは私だけ」とお母様が仰っていました。実際、三島さんのご遺体が帰って来て、すぐまた焼き場へ送らなければならなくて、慌ただしく担ぎ出されていく三島さんの棺に手を添えて「コウイさん、さようなら」と言葉をかけたそうです。本当は「コウイさん、立派でしたよ。男らしかった」って言ってやりたかった。でもそんなことを言ったら、そばに沢山人がいるから、あのお母さんまでどうかしている、と悪い噂の元になったらいけないから、ごく当たり前にさようならだけを言ったと、仰っていました。

本当に、お母様は三島さんが幼いころからよく理解して、三島さんのやりたいことをなんとしてもやらせてあげようと腐心していらした。お父様が文学は駄目だと仰るからかばってあげなくては、ということもあったのでしょうが、三島さんのやりたいことならどんなことでも受け止めるというお気持ちだったようですね。三島さんもそういうことを分っていらっしゃるから、最後のことを何も言わずにいることはできなくて、どの時点でかはわかりませんが、あるとき「お母様、僕はどえらいことをやるかもしれない。だけど、驚かないでくれ」と仰ったそうです。続けて、「僕はもう坂道を転がりだしたんだから、誰が来ても止められない。たとえお母様でも止められない」と。その「どえらいこと」って、コウイさん、何なの？　とお母様は思いながらも、三島さんは礼儀正しい人ですから、同じ敷地内のお父様お母様の住んでいらしゃる家へ、どんなに遅く帰っても、ただいま帰りました、おやすみなさい、という挨拶を欠かさずなさっていたんだそうです。ですからその言葉を聞いたあとは、毎晩三島さんが挨拶にいらっしゃる度に、「どえらいこと」が今晩起こるんじゃないか、明日の朝ではないか、もうこれで見納めになるんじゃないか、と、はらはらなさっていたそうです。

三島さんも、何か、お母様を驚かせないで、うまく伝える方法がないかな、と言葉を探していらしたんでしょうけれど、言えなかったんですね。そうして、お二人が黙って向かい合っているということが、幾晩もあったということです。お母様は思いきって「コウイさん、あなた何を考えているの？」と言ってみようかと、その言葉がのど元までこみ上げてきても、口に出してはいえなかったそうです。あれは一種の金縛り状態だとお母様は仰っていました。

金縛り状態といえば、私も同じなんですね。「自分が年をとることを絶対許せない」と仰った時「それでは〝死〟しかないではないですか」ということを一言も言えなかったんです。言ったら多分、あの特有の大笑いで笑いとばされるだけだったろう、と後になって思いますけれども、お母様の仰る金縛り状態というのも、きっとそういうことだったのでしょう。結局なにも言えなくて、最後の出棺に際しても本当のお気持ちを言葉に出すことがお出来にならなかったんですね。

本当に三島さんのお母様という方は、三島さんに多大な影響を与えた人であると同時に、三島さんの心が安らかでいられる存在だったと思います。やはり生きていると人と人との関わりで様々なことが生じますし、新しい家庭を築いてもいろいろ大変だったと思います。でも三島さんはお母様は自分のことをすべて飲み込んでくれると思っていたでしょう。これは三島さんにとって大きな安心感ですし、お母様も三島さんのためにならなんでも飲み込む、というお気持ちでいらした。本当にめずらしい母と子の関係だったと思います。

それにしても私は、三島さんが最期に近づいていく頃、三島さんの言葉をいくつか耳にしながら、そこで食い下がって「何でそういうことを仰るんですか？」とか、「それでどうするんですか？」とか問いただすことが、後で考えればいくらでも出来たと思うんですが、食い下がれなかった。そういう自分が、不甲斐ないな、と後になってつくづく思いました。

奥様も、やっぱりおかしいと思っていらしたんですね。あるとき、奥様が、三島さんが予定を何でも書き付ける手帳を見たらしいんです。そうしたら、昭和四十五年十一月二十五日以降が真っ白だった。「あっ」と思ったときにはもうすでに遅かった、と奥様は仰っていました。ですから当時、少なくとも三人ぐらいはなんだか変だ、と気にしていたわけですし、一般読者でも「先生は死ぬんでしょう？」という連絡をよこした人がいたっていうぐらいです。遠くにいる読者でも、三島さんのお書きになるものから、そういうことを察知した人がいたんですね。

自決の当時、三島さんは気がふれた、なんていう声も私の耳にも入ってきました。

三島さんの精神の強さ、魂の強さを、三島さんの没後、高野山大学のある仏教の先生が「大法輪」に書いて、三島さんのお母様のところに送ってきたそうです。『豊饒の海』四巻は仏教小説といっていい」とそのお坊様ははっきりとお書きになった末に、三島さんが魂や精神の死を問う作家であったがゆえに、かかる異常死を選ばなければならなかったのだろう、とあり、お母様はそれによって大変心が慰められたと仰っていました。三島さんは、幼いときから霊に対して敬意を払っていらしたから、自分の肉体よりも、魂や精神の死を恐れた。三島さんの小説には「死」が沢山出てきますけれど、単に人との別れとか、そういうことではないんですね。ある人間が死に対して一定の観念を持っていて、それに対して何かが起きて、それが小説になっているというケースが多かったような気がします。今、三島さんの主だった作品を読み返す時間がないので確認出来ませんが、たとえば「午後の曳航」もそうです。魂や精神の死を恐れている。先ほどのお坊様も、日本人っていうのは精神性というか、死に対する観念というか、そういうものをはっきりと掴めない、掴まないで漫然と生きている、ということを感じていらしたんでしょう。三島さんはそれを小説にした、三島さん自身がそういう方だから若くして死ななければいられなかったんだ、というような理解をもっていらしたようです。

三島さんの最後の小説は読みにくいとか、いろいろなことを言う人がいますけれども、あるとき開高健さんが、「三島の小説を読み返してみてつくづく思う。惜しい男を死なせてしまった」と仰ったので、私はそれにもほっと、心救われる思いがしました。同じ作家仲間からそういうしみじみした言葉を聞いたのは、開高健さんが初めてでした。

あの応接間の、灰色の鋼《はがね》の壁に囲まれたような異様な緊迫感は、あれは並の人間では出ないと思うんです。三島さんの魂の底からの、日常的なものはまかりならぬ、と押さえてしまった強さだと思うんですね。平々凡々の人間には、それを跳ね返す力がなかった。本当に、今思っても我ながら仕様が無いと思っていますけれど、三島さんの鉄の意志というのは、誰がなんと言っても変えることは出来なかったでしょうし、あれが三島さんの持って生まれた天命かも知れません。死の情景が多く出てくる三島さんの小説を思い返してみても、死から逃れず、強烈に死を掴まえていた、三島さんの作家的生命といったものを、改めて思います。

■最後の原稿を受け取った日

昭和四十五年十一月二十五日、私は三島さんの連載最後の原稿を頂きました。

前の日、三島さんから電話があって、「明日渡せるけどね。明日は楯の会の例会で僕は午前中に出かけちゃうんだよ。――十時半頃来てくれるかい?」ということでした。私の自宅から直接三島邸に行ったことがなく、所要時間の見当をつけて行ったのですが、乗換とタクシーを拾うのに手間どって約十分ほど遅れました。

ベルを押すと、顔を見知っている女の方が門まで出て来て、「先生はお出かけになりましたけれど、これをお渡しするようにと――」と、かなり重い袋を渡されたのです。それまでも時にはお留守に頂きに上がることがあっても、門から入って玄関までは行き、そこで渡されるのが普通でしたから、門まで人が出て来て渡されたのは意外でした。それに、原稿の入っている封筒はいつも封はされておらず、その場で中から出して「新潮」の原稿に間違いない、と確認できるのに、その日はホチキスで四ヶ所、留められているのです。日頃とは違うことの連続で、何となく不思議な気分で社へ行き、原稿を取り出して見ると、「天人五衰　最終回」とある。「えっ」と驚いて最後の頁を見ると、『豊饒の海』完　昭和四十五年十一月二十五日」と二行、端正に記されていました。寝耳に水の驚きでした、いつも小説の終わる予定を二ヵ月位は前にきちんと仰るのが常でしたから。と同時に、もしかして、「夏には最後の月修寺の場面を、取材の記憶の醒めないうちに書いてしまうよ」と、その夏仰っていたので、間違って、早々と書き上げてあった月修寺の項を渡されたのかもしれない、と思いました。

入稿する前に確かめなくては、一体どこに電話したら――とまごつくうちに、辺りがにわかにざわめき、「三島さんが」という声もする。私も慌てて皆の流れについて、一階下のテレビのある部屋にとびこむなり、「自決をはかる」という文字が画面に流れました。「あっ」と脳天に一撃を浴びたようでした。

「なにを早まったことを――」と思う間もなく、取り返しようのない決着でした。特にこの数ヵ月の、灰色に沈滞した応接間の雰囲気、常にはない、透明な帷が目の前にあるような違和感、それらの総てが氷解しました。

同時に、こんな重大な日に、何故遅れたのか、最後にお目にかかる機会だったのに――と胸を刺されるような後悔の念にとりつかれ、居ても立ってもいられず、足元が崩れるような危なっかしい感覚の中にいました。

その夜、寝られもせず、アレコレと考えるうちに、ハタと〝わざとのすれ違い〟かもしれない、と気づきました。翌朝は密葬で、三島邸に駆けつけるなり、昨日原稿を手渡してくれた女の人を探し、訊ねたのです。「昨日、先生は何と仰ってお出かけになったのですか?」「昨日はとても早くお起きになって、『今日は十時過ぎに出かける。そのあとで小島さんが来るからこれを渡すように』と仰いました」。やはり仕組まれたすれ違いでした。警察沙汰になる事件に私が一寸でも係わらぬよう、また、私の眼に「最終回」の文字が入る前に事件の決着がついているように、との配慮の上のすれ違いでした。

私にとって、というより、三島さんの事件に関して貴重な証言者であるその女の人と、日頃特別に馴染があったわけではなく、三島さんの出立の日の朝の様子を聞きたいと思いながらも何も出来ずにいました。奥様が案外早く亡くなられてしまったあと、その人も三島邸を去った、ということで消息不明になってしまったのです。

五年前、三島さんの没後三十五年、奥様の没後十年祭に当たる夏、思いがけずその方から電話を頂きました。その須山文江さんと仰る女性は、短い間ですが小学校の先生を勤めたあと、三島家から頼まれて、三島さんのご長男の守役として入った、いわば養育掛というお立場だったのでしょう。ご家族の間ではスウちゃんと呼ばれていたのです。

あの事件の日の朝、その前日に須山さんは三島さんから起きる時間を告げられ、三島さんの目覚まし時計をセットしておいたのに、時間になっても起きた気配がなく、心配になって起こしに行くと、ベッド脇に衣服が着る順序通りに並べられ、日本刀もあった。朝食は摂らず、濃い塩水を所望されたそうです。多分、胃の中のものを吐くためだと思います。

楯の会の人の乗った車が来て三島さんが玄関に立った時、常になく日本刀を持っていたので、「あら、今日は日本刀ですか」と言うと、「エヘヘ」と誤魔化すように笑った。玄関を出たところで、離れの部屋から来られた父君が「おっ」と声をかけ、三島さんは「行って来ます」と応えて門に向われた。塀から首だけ出していた父君は日本刀には気づかなかったのです。三島さんは須山さんに「僕が出たあとは門を閉め、鍵をかけて、今日は一日、誰が来ても中へ入れてはいけない」ときっぱり指示されたそうです。

私は改めて、あの日、原稿を受け取るというのに門扉がきっちり閉まり、鍵さえかけられているのに、まず不審の念が湧いたのを思い出しました。門の鉄格子の隙間から渡された原稿の袋のホチキスで留められてあったのを、私はいぶかしく思いましたが、須山さんも、普段とは違う、と不思議に思ったそうです。

須山さんの具体的な話で改めて、三島さんの沈着、冷静な態度と、あくまで見苦しさを避け、美的でありたいと思っておられた心根に思い至り、粛然と襟を正したい思いにとらわれました。

後日譚として一つ、付け加えさせて頂きますが、三島さんは菅原さんに、仲間として楯の会に、相談役のような形で入って貰いたかったのです。事件のあとで知ったのですが、自衛隊の体験入隊に学生たちを参加させようと考えておられた頃で、本格的な楯の会結成よりは前のことです。三島さんは村松剛さんと菅原さんを招び、学生たちの組織が作られていった経緯を説明し、参加を求めた、ということでした。菅原さんは反対し、「国を守る人間はいざという時、必ず出てきます。三島さんは二人とない大切な作家です。あなたでなければ書けない作品があります。ご自分では分からなくても天才なんです。自分で作り上げた主人公になりきる性質があるから、気を付けてください」と忠告しました。三島さんは、「君はまだそんなことを言う。僕が真剣なのを分からないのか。語るに足らないよ」と、断固とした決意を示し、その後二人が親しく話し合う折りは、まずなかった、と見ていいでしょう。事件を知った時の菅原さんの無念さが思いやられます。

時を経ること二十二年、平成四年に菅原さんは病のため逝去、奇しくも三島さんの命日と同月と同日十一月二十五日でした。私は咄嗟に、三島さんが迎えに来られた、と思いました。律儀な三島さんは、荒ぶる魂が鎮まったあと、昔日の友情を懐かしみ、自ら菅原さんを招びに来られたのだと思います。

■プロフィール

小島千加子（こじまちかこ）

昭和三年東京生まれ。日本女子大学国文学科卒業。昭和二十三年に新潮社に入社し、「新潮」編集部で三島由紀夫、森茉莉、檀一雄らを担当。三島由紀夫の最後の長編小説『豊饒の海』の第四部『天人五衰』最終回の原稿を、自決当日に受け取った。出版部副部長職兼務を経て、昭和六十三年に退社。以後、文芸評論家、詩人として活躍。

主な著書に、『三島由紀夫と檀一雄』（構想社、昭和五十五年→ちくま文庫、平成八年）、『虹のかけ橋』（沖積舎、昭和五十七年）、『作家の風景』（毎日新聞社、平成二年）、『星の町』（思潮社、平成五年）がある。

特集　三島由紀夫と編集

「三島由紀夫と編集者」ノート

山中剛史

1　編集者という存在

三島由紀夫にとって、そして三島作品にとって、編集者とはどのような存在なのか。三島由紀夫と編集者といった場合、そこでまず想定されるのは、新潮社なり講談社なりといった具体的な出版社の三島担当編集者である。戦後日本の文壇趨勢とその時々の作者の売り上げといったパワーバランスの中で、作者に寄り添いながら作者を作者として育て上げ、執筆をサポートし、作者のクリエーションをビジネスとしていく文芸編集者と作者および作品との関係がそこにはある。そしてまた、いわば黒衣として表舞台の作者を裏から支えながらも、文学産業というものが編集者なしには成立しないのであってみれば、作品の成立過程においても無関係とは一概にいえない存在であり、アイデアの提案や資料の提供といったことのみならず、原稿に削除や書き直しを指示することもあるという意味で、それは時として作者以外で唯一テクスト生成に直接介入する可能性のある人物ともいえる。初稿に改変の指示やアドバイスを与えるといったことでは、共作とはいわないまでも作品成立の共同作業者ともいうべき位置を担うことすらあるといえるであろう。作品ばかりではない。作者を作者として育て上げと書いたが、正にマスコミの世界に作者のイメージを作り上げ、効果的な宣伝戦略を以て作者の文名を高め広め権威づけていくという側面においても大きな力をふるうことのある存在でもある。

そしてまた編集者とは、その各々が出版社の代理人でもありながら個人としても作家と関係を保つがゆえに、作者の創作の現場を共にした貴重な証言者としても活躍することになる場合がある。過去三島を担当し部外者では知り得ないところを今に伝える編集者の証言は、特に三島没後になって少なくない数の編集者が執筆、上梓した回想録に見ることが出来る。それらは作者自身が綴った身辺雑記からは垣間見えないようなその人の日常や人となり、または作品をめぐって、原稿依頼から取材、執筆過程などといったエピソードに富んでおり、単純に三島をめぐる読み物としても種々の興味を満たすという意味で面白いばかりでなく、研究上その証言が大きな力を持つこともある。むろんだからといって、編集者が編集者としての職業倫理に忠実であり、三島その人にとっても失いがたい厚い信頼を受けた編集者であればこそ、そこには敢えて語ることをしないエピソードなどもあるだろうという穿った見方も、そしてエピソードはエピソードとして過大に重視しないことも時に求められよう。語られる回想が当の編集者以外他に知り得ないエピソードであればあるほど、それは神話的なものにもなる。つまり、それがそもそも一編集者の見た記憶の断片に過ぎないということを超えて、作者三島の人となりを語る伝説的なエピソードとして絶対的に機能してしまうことがあるがために、作品にアプローチしていく時に開かれた読みの可能性を閉ざす場合もあるからだ。

現在、三島研究、三島文学研究における編集者の存在とは、まず証言者としてのそれがある。それが当事者の証言であれ、当事者にインタビューした第三者の記述であれ、それら回想の中には研究上他に代え難いほど貴重なものもあろうし、ただ面白おかしいエピソードを伝えるだけのものもあるだろう。とはいえ、それが無名作家のものではなく三島という既に一つの確固とした権威をめぐるものであれば、それだけでも、それがどんな内容であろうが語られる価値となって活字化され流通することとなる。もっといえば、事実であろうがなかろうが（事実であろう証言、事実ではないであろう証言、事実ありそうにも見える証言やゴシップ等々その内実は多層的であり、明らかに他の物証から事実ではないものがあろうともそれはひとつの事実ではなかったエピソード、ゴシップとして流通する。本稿も、活字化された証言をめぐる稿者の解釈であり、当事者間の微妙な関係性を〝誤読〟している可能性を孕んでいるといえる）、三島没後毎年のように生産されていくそれら膨大な数の伝記的証言、三島をめぐる回想記の類は、三島をめぐる幾層にも渡る言説に更に上塗りを重ねていや増してそれを強固に構築していき、それがまた新たに読者を盛り上げますます三島の神話化を促成させていく。実際、三島没後四十年を経て、三島をめぐる出版点数は他の戦後作家と比してもぬきんでて膨大であり、それらは三島をめぐる言説史＝没後史をそれたらしめる大きな要素として機能しているといえる。

他方、三島由紀夫と編集者といった場合、三島と出版社の編集者との関係といったものだけではなく、三島自身が編集者となって単行本（あるいは雑誌）を編んだ場合のことについても一言触れておかなければなるまい。一冊の書物を出版するということにおいて、編集というものがどのような権能を持ちまたそれはその過程の中でどこまでをいうのかという問題があるとしても、例えばそれが自著であれば、例外はあるにせよ、希望や意向といった作者による何らかの指定を受けたもの全般にそうした要素があるといわなければならない。ことさらに「自選全集」やら「自選短編集」と銘打つものばかりでなく、近作を一本にまとめるについても、どの作品をどの順序で収録するか、挿絵や装幀はどのようなもので画家やデザイナーを誰に指名するかといったことまで、多少なりとも著者の意志（著者の指定あるいは編集者の提示案からの選択）を反映する。場合にもよるが、それは帯文は誰に執筆させるか、広告コピーはといったことまでも含みうるものであるかもしれない。だからといって、著者は作品本文のみならず、出版にまつわるあらゆる事柄に全能に振る舞い、全てが著者の意図意向によって動くというわけでは決してない。例えば装幀などは、編集者側が難色を示しながらも無理に作者が希望を押し通したジョン・ベスター英訳『Sun & Steel』（講談社インターナショナル）カバーデザインのようなケースもあるにはあるが、[1]作品がシリーズや叢書の一冊として刊行される場合ははじめから統一デザインが前提であるし、〈装幀は三島氏の希望で長沢節氏に依頼、出来あがったカバー絵は少年の裸体画であった。三島氏は、いいねと言った。しかし、その露出している部分をためらってか、社長は首をタテにふらず、あらためて猪熊弦一郎氏に頼むことになった〉[2]という『仮面の告白』初刊本でのケースのようなこともある。況んや漢字や仮名遣いといった本文ですら出版社の意向によって指定を受けることもあり（講談社『午後の曳航』初刊本、河出書房『サド侯爵夫人』初刊本等における新漢字新仮名遣いの本文など）、没後の出版物においては、遺言でも残すといったことでもしない限り作者はタッチ出来ない。

まずはそうしたものをここでは除外して三島の編集した他者の著作に限ってみても、各種文学全集をはじめとする他の作家の作品集やアンソロジー、『文芸読本　川端康成』（河出書房）といったような作家読本、ペンギンブックスの『New Writings in Japan』といった現代文学英訳アンソロジー、果ては『六世中村歌右衛門』（講談社）や実現しなかった市川雷蔵の写真集というような俳優の写真集さえある。例えば文学全集の編集委員と一口にいっても、編集会議などでの発言力などはその時々の三島の文壇における位置や勢力そしてタイミングなどに関係してこようし、編集の目論見はそれぞれの作家の文学観を如実に反映する。また、三島が同人として参加していた雑誌、『赤絵』や『序曲』『声』ばかりではなく、「三島由紀夫単独編集」と銘打った『批評』（昭43・6）デカダンス特集号なども、三島の編集ということを考える場合には忘れてならない。

こうした三島自身による編集物から見えてくる三島の目論見や、三島あるいは三島文学にとってそうした編著が出版されることの意味、それを編んだことが他の作品成立にもたらした影響等々、三島研究において従来注目されてこなかった三島による編集物については、いま改めて考察対象として考えていかなければならないだろうが、そうした全般的な問題系については今後の課題としてここでは問題提起だけにとどめておく。

本稿ではさしあたり三島と出版社の編集者との関係に絞って、活字となった編集者の証言を検証しながら改めて戦後文壇における三島を俯瞰することで、三島という小説家にとっての編集者とは何か、またそれが三島文学にとって何を意味しているのかを考えていくための予備的考察を試みたい。

2 編集者の位相

一般的に編集者は、作者にとって文壇や出版界といった世界をサーバイブしていく上での舵取り役であったり、はた作品の産婆役であったり、また時には秘書役でもありかけがえのない友人でもある。三島を巡る編集者の回想記を読んでいくと、当然のことながら友人づきあいのような間柄の編集者もいれば、三島を仰ぎ見るような大先生として見る者もおり、また時には手厳しい助言を与える尻叩き役の大人として三島に接する者もある。つまりは、作者の文壇での位置、出版社の力の有無、作者及び編集者の経験や年齢といった要素から、小説家にとっての編集者の位置関係というものはその時々で変わってくる。

昭和三十年代初頭、三島とほぼ同年代で仕事抜きに友人関係を保ち普段は呼び捨てで呼称する間柄であった矢代静一は、ある時「三島のこと」という文章を書いたことで、ある編集者からその呼び捨てについて酒席で咎められた経験があるという(3)。個人的には同等であっても、ひとたび文壇という側面に際しては当の本人たちを差し置いて作家としての序列が個人的関係を抑圧する。矢代の場合は作家だが、それが著者に原稿を「執筆していただく」という立場の出版社の人間であればなおさらのこと（「掲載していただく」という逆の力関係の場合でもこの点については同じであろう）、特に他の編集者の前では敬称を以て接しなければならないのは当然のこととなってくる。加えて、そこにはまた個人的な相性といったものもある。なかには進藤純孝のように、呼吸や相性が合わずどうしても三島と行き違ってしまうといった不幸なケースもあろう(4)。そうした、共に仕事をする個人としての関係の他に、同じ著者に関係する他社の編集者との関係といったものもある。毎度同じ作者のところで顔を合わせ、交友関係が出来る場合もあればライバルとして敵愾心を抱く場合もあろう。例えば講談社の編集者であった川島勝は、三島を取り巻く編集者の中で印象的だった人物として新潮社の菅原国隆を挙げる。

> 菅原君はね、非常に印象に残る。三島担当の編集者で、僕なんかのライバルだったけどね。僕とも仲がよくて、三島も菅原君のことは信頼していたしね。三島と新潮社の繋がりは、彼がしっかり作り上げたんだな。（中略）（新潮社の『三島由紀夫作品集』全六巻は、）それは新田敞君ね。

菅原君は、「三島さんそりゃダメですよ」なんてね、直言したりね。菅原君が言うと、一応聞いてましたからね。出版部長やったのは新田君で、全集とか何とかで、新潮社ってのはホントにガード固くして、三島を囲いましたね。[5]

次に河出書房「文芸」編集部の寺田博の証言を見てみよう。

三島さんが自衛隊に体験入隊した時に新潮社の菅原国隆さんが怒ったんですよね。そういう話は三島さんとはしませんでしたけど。まあ不愉快だろうと思って。でも、文壇的な出来事としては耳に入ってましたけど。その後、新田敞さんが間に入ったような事があって、小島喜久江（千加子）さんに担当が変わったわけだけれども、圧倒的に三島さんの原稿を押さえていたのは新潮社なんですよ。この頃、河出は戯曲しか貰っていないんです。戯曲は全部貰うと私は表明していた。当時、戯曲を載せる雑誌は全然無かったんです。（中略）戯曲なら貰えるんじゃないかという発想が坂本一亀さんにはあったんじゃないですかね。小説に関しては、安部公房と大江健三郎と三島由紀夫について新潮社が押さえていた。[6]

講談社文芸出版部（「群像」編集部）、「文芸」編集部とそれぞれ全く異なる立場からの回想だが、〈新潮社ってのはホントにガード固くして、三島を囲いました〉、〈圧倒的に三島さんの原稿を押さえていたのは新潮社〉といった発言からも、三島をめぐる編集者が一様に同等の立場であったわけではなく、どの社であるかという確固たる位階が編集者間にあったことを示している。それはつまり出版社や編集部の金看板を背負った編集者個人の立場をも規定するだろう。文壇ならぬ編集者の世界での位階である。三島としては、『潮騒』や『金閣寺』、『豊饒の海』他多数を出版した新潮社がメインの版元であることは言を俟たないが、編集者の間では、それは菅原国隆、新田敞といったようにどの版元の誰と編集者個人の名が挙がる。菅原、新田という編集者は、三島にとって新潮社という前提なしに存在し得ないし、また出版社と一言でいっても、もとよりそれは作家のその時々の文壇での位置やら出版の思惑やらといったことに左右されるものであろう。といっても、何も三島が編集者個人ではなく背後の編集部や出版社の大小で編集者への応対を変化させたなどというのではない。それが女性週刊誌の一編集部員であっても、例えば光文社「女性自身」編集部の児玉隆也のように、個々の編集者の資質によって三島から信頼を得た編集者もある。[7] 編集者はそれぞれカラーがあり、同じ出版社に属していたとしてもそれぞれの〈編集者の芸風〉を持つ名物編集者も少なくない。[8] だから、最終的には個人の人間性に帰着するところが大きいといえる。

その一方で、作者の方も編集者に気を遣いながら付き合い、友人に接するが如くに関係を構築していく。これは担当編集者の回想にしばしば見受けられるところだが、一つの作品が終わったら担当編集者と食事をする、記念のプレゼントを送る、または例えば集英社「週刊明星」編集長本郷保雄の退職記念慰労パーティーの発起人を引き受ける[9]といったように、そこには、作品を形にし世に送り出してくれた戦友ともいうべき編集者への、著者としての友情とねぎらいがあろう。だからそれはビジネスライクな側面ばかりでなく、人間同士の関係、売り上げの見込みのない著作を取り上げてくれたなどといった義理やら業界的な仁義やらはたまた作者との相性といった人間くさい部分についても含む込み入った関係なのであり、そのように場合場合によって全く異なる関係性があってこそ、三島由紀夫と編集者との関係を個々の個人的関係抜きに規定出来ない困難がある。

作者と編集者の人間的な関係ばかりではない。そこにはその時々の時流やらタイミングやらも大いに関係してくることになる。三島が昭和三十年代後半に〈坂本さんは良く出来た人だね。僕の『仮面の告白』を出してくれたころとちっとも変わっていないよ。白髪がふえても永遠の青年だよ〉[10]と評したという河出書房の坂本一亀は（ただしこれも坂本の部下への発言である）、「盗賊」発表後ある種のスランプに陥っていた三島に、起死回生作ともいうべき書き下ろし単行本『仮面の告白』を依頼し、督促し書き上げさせた編集者として知られている。三島ばかりではなく戦後文壇において〈今や伝説化している、一時代を代表した「編集者」というものの典型[11]〉である坂本は、『仮面の告白』一作によって文壇に三島を大きく知らしめさせたばかりでなく、文学的にも三島を一歩前進させた編集者として、三島にとっては忘れられない編集者であったように思われる。だが、河出書房倒産後に新社となり改めて「文藝」復刊号（昭37・3）を出すにあたって坂本が編集長となった際は、復刊号に「源氏供養」を寄せたが、坂本編集長時代（〜昭38・12）が実質二年にも満たない短い期間だったとはいえ、創作としては他に短篇「真珠」（昭38・1）を出したくらいで、あとはアンケートや追悼文、座談会出席にとどまっている。三島は三島で多忙であり、坂本が当時「『文藝』新人の会」を組織して新人発掘・育成に熱を注いでいたこともあったろうが、坂本による社運をかけた復刊「文藝」に、主力商品たる小説は短篇ひとつきりというのも、『仮面の告白』をめぐる坂本との関係を考えれば一見不審にすら思えてくる。先の〈戯曲なら貰えるんじゃないかという発想が坂本一亀さんにはあったんじゃないですかね〉という寺田の証言にあるように、「文芸」（竹田博編集長着任と同時に「文藝」から「文芸」に変更）はこの後「喜びの琴」「サド侯爵夫人」「朱雀家の滅亡」など問題作や秀作を掲載することとなるのだが、それは後の竹田博編集長（昭39・1〜40・3）、寺田博編集長（昭40・4〜41・8／43・10〜）、佐佐木幸綱編集長（昭41・9〜42・6）、杉山正樹編集長（昭42・7〜43・5）時代の話である。公表された坂本の日記によれば、坂本は復刊一年前から復刊準備に奔走し三島の長篇小説を雑誌の柱にしようとしていたが、三島に〈長篇は新年号から「新潮」に無期限連載をはじめるため当分ダメ〉と断られている。[12] 小説掲載を座談会にして義理を果たしたというケースも考えられるが（とはいえ、三島出席座談会「現代の文学と大衆」などは、三島が編集委員を務める「現代の文学」全43巻発刊のタイアップ企画と思われる）、しかし気になるのは〈「新潮」に無期限連載〉という拒否の理由である。年譜を繰ってみれば、『豊饒の海』執筆や準備にはまだ時間的猶予があり、時期的にここには「美しい星」（「新潮」昭37・1～11、執筆は昭36・11～37・8）が当てはまるのだが、あるいはここで穿った見方をするならば、〈無期限連載〉とは「文藝」には長篇は書かないと遠回しに述べたものとも聞こえる。

三島はこの時期多忙ではあったが、ただ多忙であったというわけではない。多忙に加え、この時期三島は大きなトラブルに巻き込まれていた。「宴のあと」裁判である。無論そればかりではあるまいが、坂本へのつれない返事にはこうしたタイミングが大きく関係してもいよう。この裁判では、それぞれ三島と個人的にも付き合いのあった新潮社副社長佐藤亮一および中央公論社社長嶋中鵬二が出廷し証言をしているが、その証言をいま改めて見ていくと、三島に対してある種対照的な態度で臨んだ版元の姿勢がわずかながらも垣間見えてくるところがある。それはまた、小説家と編集者（出版社）との関係を考える上でもひとつの興味深いサンプルであるようにも思われる。

後に三島作品の英訳者となるドナルド・キーンと三島を引き合わせたり、三島に剣道場を紹介する等々、三島と中央公論社との関係には、〈およそ出版社の社長の中で、嶋中さんほど小マメに、作家と附き合つてきた人はゐない〉（「嶋中鵬二氏―現代の出版人」昭30・12）という嶋中鵬二との個人的な信頼関係、その付き合いを中心としたところがある。三島は既に昭和二十年代前半から「婦人公論」や「中央公論文芸特集」に長篇小説や、戯曲、エッセイなどを発表しており、あるいはまた銀座木挽町に新築された宇野千代邸での集まりなどで個人的に付き合いがあったかもしれないが[13]、社長に就任（昭24・1）したばかりの嶋中とは当初より面識があったと思われる。その嶋中がいわば社長修行としての編集部員を経て、「中央公論」創刊七十周年記念式典（昭30・11）を目前に控えて同誌編集長（昭29・9～32・9）となって新たに目論んだのは、文芸欄、創作欄の刷新であった。当時、同誌編集部にいた粕谷一希によれば、〈嶋中氏が決断したのは、笹原金次郎氏の提案を入れて、第一に戦後文学の旗手たちの、一回百枚、四回連載という新形式の連載を開始すること〉と、〈第二には、中央公論新人賞を設け、百枚の小説を募集すること〉で、そもそも長篇の企画の成立も、嶋中に、〈昭和三十年前後、長篇小説に目ぼしい話題作がなく、「日本では小説の可能性はこれからだ」と主張していた三島由紀夫らの意見に共感があったのかもしれない〉からだ、という。[14] 今までにない新形式連載のトップバッターとして三島は依頼を受け、それは「沈める滝」（昭30・1～4）として連載される。〈一回百枚という新形式の連載は、三島氏の画期的な創作意図と相俟つて非常な好評を得ました〉と嶋中が「編集後記」に記した連載最終回掲載号には、この企画を後押しするような座談会「新しい長篇小説」（三島、伊藤整、椎名麟三、堀田善衛）も併載され、この企画はその後椎名「美しい女」や堀田「記念碑」、武田泰淳「貴族の階段」、大岡昇平「花影」等の作品を残すこととなる。三島は取材には苦労したようだが、こうした流れを見ると、作家への新しい提案と信頼、依頼に十分に応える意欲と成果といった応酬がうかがわれ、嶋中との付き合いを考えてみても、当時、三島と嶋中という編集者と小説家の間には良好な関係があったように思われる。

そして「中央公論」連載長篇第二作として、昭和三十四年夏前頃に嶋中が三島に連載小説を依頼、構想のまとまった九月に三島が嶋中側に提示した、都知事選で落選した有田八郎を題材とするプランはその後の「宴のあと」（昭35・1～10）に結実する（連載当時の「中央公論」編集長は竹森清だが、編集局長を兼任していた嶋中が依頼、担当したのは「中央公論」編集部員青柳正己）。これが、モデルとなった有田八郎から連載中より抗議を受け続け、有田が告訴し、第一回公判から判決まで三年以上かかった（昭36・4～39・9）日本初のプライバシー裁判へと発展したことは、ここで改めて説明するまでもない。とはいえ、被告となったのは連載をした中央公論社ではなく、それを単行本化した新潮社であったことに注意しておきたい。何故三島は「中央公論」で連載しながら単行本は新潮社で出版したのか。連載雑誌とは異なる版元から単行本を出版することはとりたてて珍しいことではない。現に「不道徳教育講座」（昭33・7～34・11）などは、「週刊明星」（集英社）に連載しながら、単行本は三島の個人的な理由で中央公論社から出版している。[15] しかし「宴のあと」は、嶋中との信頼関係の中から企画されたものされた仕事である。他の版元に持ち込む道理はない。公判における三島、嶋中、佐藤の証言によれば、当初は三島も「宴のあと」を中央公論社から出版するつもりであった。だが有田側からの度重なる抗議に嶋中が出版を躊躇、三時間におよぶ三島と嶋中の話し合いで、〈有田さんがこういう抗議をおっしゃってこられた、それについて芸術家として許す範囲内において妥協することが出来るかどうか、例えば多少の字句を訂正するというような、発売の時期を多少延期するとか、そういう点において、芸術家として妥協しうる点がないかどうか〉と持ちかけた嶋中に対し、三島は、〈出版社が一人の作家に連載小説を書かして、それがその出版社の中心の雑誌にのせる以上あくまで出版社は、その作品がもし良い出来のものであるならば、その作品を後世に残すためにあらゆる努力、十分な支援を惜しむべきではないと、しかし、社長はその点について、いくらかそのお考えが欠ける所があるのではないか〉として、単行本出版は新潮社に持ち込まれ出版（初版三万部、増刷一万部）された[16]。判決は実質上敗訴である（原告死去後に遺族と和解）。この裁判は種々大きな問題を提起したがいまはそれには触れない。確認しておきたいのは、この時、新潮社が三島と共に世間的にも大きな注目を受け、公判を闘い、敗訴したという事実、大きな社会的リスクを自ら引き受けながらも最後まで三島をサポートし続けたということである。ただ長年出版を引き受けてきた大手出版社であるからということばかりではない出版社と小説家の関係がここにはある。

嶋中はかつて自らが編集長を勤めている雑誌で二度もモデル問題で裁判沙汰に巻き込まれており[17]、単に社として社会的リスクを回避したかったのではなく、こうした問題について極めて敏感でそれが前記のような意見となったと推察されるが、といって中央公論社と三島はこれで切れてしまったわけではない。確かに三島は「中央公論」に小説を寄せることは以後なかった。が、エッセイの他、「文化防衛論」等はその後も寄稿しており、またそれとは別に「婦人公論」や「小説中央公論」そして「海」といった中央公論社の雑誌には長篇や短篇、戯曲、評論を発表し続け、掲載作『音楽』『癩王のテラス』『椿説弓張月』、そして『荒野より』や『作家論』を上梓したほか、「中央公論新人賞」を引き継いだ「谷崎潤一郎賞」選考委員や、「週刊公論」の赤字撤退と嶋中事件で窮地に追い込まれた中央公論社を持ち直させた全集シリーズの「日本の文学」でも編集委員として名を連ねている[18]。だが、そうだとはいえ、三島と編集者、版元といった視点から見る時、「宴のあと」をめぐる嶋中、佐藤の態度は三島にとって決定的なものであっただろう。

> 三島氏の場合、出版部長の新田敞さんが『週刊新潮』のデスク時代から実質的な担当者を務めていて、その下に出版部の若手が実務担当者として随く、という変則的なかたちになっていた。そうなった詳しい事情は知るところではないが、何でも三島氏の『宴のあと』（昭和三十五年、新潮社刊）がプライバシー侵害で裁判沙汰になったとき、当時『週刊新潮』編集部にいた新田さんが三島氏のために尽力して以来だと聞いた[19]。

これは新潮社出版部の吉村千穎の回想だが、現在にいたる三島と新潮社との緊密な関係、後のライフワークたる「豊饒の海」が新潮社を版元としたということには、そうであらなければならない必然的な経緯があったのである。であるからこそ、（講談社との関係もあるが）三島にとって主力作品である純文学の長篇は〈「新潮」に無期限連載〉であるほかなかったのではなかろうか。

3 共同作業者

もちろん、そうした版元との関係は、持続的な編集者個人個人との信頼関係の裏打ちがあってこそのものであろう。〈商業文芸雑誌は多い時でも五誌ほどしかなかったし、その編集者はみな純文学の書き手の文士に原稿を頼むのだから出先でよく顔をあわせて親しくなった。文芸雑誌でしか使い道のなかった私は「群像」に二十年もいたし、「新潮」も編集者の配置転換があまりなかったようだから、私は「新潮」の編集者とよく顔をあわせて親しくなった〉とは、「群像」編集長（昭30・10〜41・6）大久保房男の回想である。[20] 出版社といってもそれぞれ社内事情は異なり、異動が頻繁なところもあろうが、そもそも新潮社には〈昔から、編集者の異動を滅多に行わず、一人の編集者が十年も二十年もにわたって、一人の作家と付き合いを続ける伝統があ〉るという。[21] 確かに新潮社の場合、「大臣」（昭24・1）から三島を担当していたのは、三島と年齢も近く、〈全く腹を打ち明け合つた友人になり、私生活もお互ひにすつかり公開ずみ〉（「危険な関係」昭30・4）の菅原国隆（昭22〜42・6「新潮」編集部）であった。

　「新潮」との附合と云つても、この六年間は、全く編集部の菅原君との附合で、これがすごい人である。この人にかかつたら、蛇に魅入られた蛙も同然で、どんなに予定が輻輳してゐようが、どんなに体の工合がをかしからうが、絶対に書かされてしまふ。まだ若いが、新潮社の至宝ともいふべき人である。（同右）

昭和四十二年六月三十日付の人事異動にて菅原は「新潮」編集部副部長から「週刊新潮」編集部副部長へと異動、同時に、〈以前出版部にゐて菅原さんと同じやうに信頼をおかれ、その後週刊誌に移つて暫く遠のきがちであつた新田敞さんが、出版部に責任の重い地位を負つて戻つた〉。[22] 先ほどの吉村の回想でも触れられていたが、「週刊新潮」編集部にいた新田が、出版部部長・酒井健次郎の「新潮」編集長就任と入れ替わるように出版部部長となったのである。長年共に歩み親友のようであった編集者が突如人事異動でいなくなり、〈週刊へ移つてからの三年余、菅原さんは三島さんと殆ど会つてはゐまい〉とは「新潮」編集部の三島担当小島喜久江の言である。[23] 人事異動は、一企業に属するサラリーマンとしては当然の事態ともいえようが、同じように「群像」編集部時代から出版部への異動を経て、講談社インターナショナル、牧羊社と、場所や立場を変えども何らかの形で長年三島を担当し関係を持続させていた川島勝と比べてみた時、週刊誌編集部が幾ら多忙だとはいえ殆ど会うこともなくなるということは何か特殊なケースのようにも見えてくる。むろん菅原本人の証言がない以上無闇な揣摩憶測は控えるべきだろうが、前に引用した寺田の話にあったように、菅原が三島の自衛隊体験入隊などの行動に納得がいかず、小林秀雄に三島を説得させ

諌めようとし、それを三島が激怒したという経緯があったことは既に知られている。(24)

編集者は、現場の中でトラブルや失敗をかいくぐりながら経験を積み仕事を体得して、やがてベテランといわれる編集者へと成長する。これは作家についても同じようなことがいえるだろう。また、ある程度の期間共に過ごし仕事をものしていくのであれば、そこには編集者が作家を育て、作家が編集者を育てる、という関係性も生じよう。しかし作家と編集者の関係は非対称的である。実際には、掲載・出版をめぐる権力の行使という側面があるとしても、編集者は、作家が新進作家の時には作品を添削もし、ダメ出しや激しい督促をして、作家の秘められた才能を引き出し開花させていくような立場にあるだろうが、作家が成長し大御所となれば、どちらかといえば秘書的、相談役的な役割が大きくなっていくようなところがあるのではないか。その意味では、三島が新進作家たらんとする戦後出発期に、持ち込まれる作品を読んでは添削しアドバイスを与えていた鎌倉文庫「人間」編集長（昭20・12〜26・8）木村徳三との関係などは、新進作家と編集者の典型的な例だったといえよう。

思ふに新進作家と文芸雑誌の編集者との関係は、新人ボクサーと老練なトレエナーとの関係の如くあるべきで、木村氏を得た私は実に幸運であつたが、かういふ幸運を得た作家は私ばかりではない。今でも、文芸雑誌の編集者と若い作家との間には、かうした利害を越えた関係の伝統が残つてをり、この精神がなくなつたら、文芸雑誌などといふ赤字商売は、とたんに存続の理由を失ふのである。（「私の遍歴時代」昭38・1〜5）

ただしそれは三島も注意深く書いているように〈若い作家〉に限られることになる。中堅、大御所となっては、トレーナーというよりもむしろマネージャーや秘書、即ち細々としたスケジュール管理や取材調整、資料収集、文壇や出版界の情報収集等々、ある種の環境整備への期待の比重が増してくるであろうからである。そしてまた、意見を求めることはあっても、中堅以上になって編集者に自作の添削を頼んだり、編集者の指示を何から何まで全て受け入れてその通りに書き直すなどというようなことはまずあるまい。木村が〈神の如き技術的指導者〉（「短篇集『真夏の死』解説」昭45・7）であり、〈私の「人間」所載の初期作品「夜の仕度」や「春子」等は、ほとんど木村氏との共作と云つても過言ではないほど、氏の綿密な注意に従つて書き直され補訂されたものである〉（「私の遍歴時代」、傍点引用者）と述べる三島は、しかし、あくまでもそれは文壇デビュー時のこととして書いている。

といっても、スター作家となって以降、三島の原稿に直接意見をし改めさせたという事例も知られていないだけで実際にはあったかもしれない。編集者による回想にもそうした類のものがわずかながら見受けられる。例えば、三島に映画評を編集部員が依頼したところ〈映画評なんか書きたくない。書きたいことがあるから編集長があいさつに来い〉と呼ばれたという「中央公論」粕谷一希編集長（昭42・5～45・4）は、受け取った「文化防衛論」を読み、〈数カ所にわたって、直すというよりもコメントして欲しいとお願いし〉、三島は一部書き改めた。これは後に「中央公論」の編集者が朱を入れて本文を改竄したという噂になったという。(25) またそれが単行本『文化防衛論』（新潮社、昭44・4）として出版されるに際しては、新潮社出版部で新田部長の指示のもと三島担当となった吉村千穎が、三島が同書に収録したいと希望した「わが自主防衛―体験からの出発」の収録に反対し、三島は吉村の提言に従って「あとがき」中に引用という形で収め、〈吉村さんの意見ももっともだ、と考え直したよ〉といったという。(26) 昭和四十二年四月に新卒で入社した若い吉村ではあったが、こうしたエピソードからは、それが三島の謙虚さとも、当時の全共闘世代をこの本の主な読者ターゲットと考えていただろう三島がターゲットとほぼ同世代である吉村の感覚を重視したとも取れるようなところがある。

　また次のような例もある。後に作家となった安部譲二をモデルにした「複雑な彼」（昭41・1～7）の場合である。モデルにされたことを知らなかった安部は、連載開始後に版元である小学館「女性セブン」編集部に乗り込み、〈編集長は「もう全部原稿が入っていますから、見てくださって結構です」というので応接室で読んだ。そうしたら2箇所、活字になると絶対にヤバいことが書いてあった。それを言ったら編集長も凄いやつで、その場でサインペンで原稿を直しちゃった〉、〈「そんなことしていいんですか？」って聞いたら「2500万円も払ったんだから、いいんです！」〉といったやり取りがあったと証言している。二箇所というのは〈全部で三十行ほど〉だというので原稿用紙一枚以上の分量になる。(27) 連載時の「女性セブン」編集長は堧水尾道雄で、この場合は、著者に直言して直させたというより、著者には無断で編集者が本文に手を入れた例だが、事後了解／報告をしたものかも定かではなく、削除箇所も明らかではない。もし三島本人がこの場にいたとしたら、おそらくはこの場合編集長と同じことをしたではあろうが、そうであろうとしても、編集者が作者の了解なしに原稿に手を入れ本文を改変することも時と場合によっては全くあり得ないことではないということをこの例は示していよう。

　木村徳三のように作家が〈共作〉とまで述べるほど作品に介入する編集者もいれば、右の事例のように作家に適切な助言を与えたり、時に独断で本文に介入する編集者もいる。いずれにせよ、冒頭に述べたように、それは一人の小説家にとってビジネスライクな産婆役というだけにはとどまらない大きな役割を果たすことがある。それは新人から大御所へと成長していく作家に黒衣として付き添いながらも、書き手にとって微妙にその存在の位相を変化させつつ、作品そして作家との関係を構築していく。一つの作品の生成過程、および読者の受容と消費をめぐっては、作家、編集者、版元、社会情勢、タイミング等、それらを取り巻く有機的な関係を把握することによって初めて見えてくるものもあろう。その意味で、作品の成立過程を考える時、編集者はそれらの一要素として見逃せぬ存在である。

註
1　川島勝・松本徹（他）「「岬にての物語」以来二十五年―川島勝氏を囲んで」（松本徹他編『同時代の証言　三島由紀夫』鼎書房、平23・5）、63～64頁。
2　坂本一亀「『仮面の告白』のころ」（「文芸」昭和46・2）、225頁。
3　矢代静一『鏡の中の青春―私の昭和三十年前後』（新潮社、昭63・8）、157頁。「三島のこと」は文学座『ブリタニキュス』公演プログラム（昭32・3）に発表されたもの。
4　進藤純孝『ジャアナリスト作法―一編集者の告白』（角川書店、昭34・12）参照。進藤は、元々あまり三島とは水が合わなかったようだが、そうした関係を挽回するべく企画した『三島由紀夫選集』全19巻（新潮社、昭32・11～34・7）において、編集ミスで他者の文章を本文中に挿入してしまい、結果回収騒動に発展。その後新潮社を辞職している。
5　前掲「「岬にての物語」以来二十五年―川島勝氏を囲んで」、61～62頁。
6　寺田博・松本徹（他）「雑誌「文芸」と三島由紀夫」（前掲『同時代の証言　三島由紀夫』）、162、166頁。
7　坂上遼『無念は力―伝説のルポライター児玉隆也の38年』（情報センター出版局、平15・11）参照。
8　大村彦次郎『文壇うたかた物語』（ちくま文庫、平19・10）、328頁。ここで大村は、「群像」編集部の川島勝や、冠婚葬祭係の異名を持つ講談社の榎本昌治（第一編集局次長）など、それぞれ芸風を持ついわゆる名物編集者を紹介している。
9　高橋吾郎『週刊誌風雲録』（文春新書、平18・1）、147頁。
10　田邊園子『伝説の編集者　坂本一亀とその時代』（作品社、平15・6）、49頁。
11　中村真一郎「第一回文芸賞の頃と現在と」（「文藝」昭62・12）、259～260頁。
12　坂本一亀「「文藝」復刊まで―一九六〇年九月～一九六一年一二月日記」（「文芸」昭57・12）参照。
13　嶋中鵬二『日々編集』（私家版、平13・4）、15頁。
14　粕谷一希『中央公論社と私』（文藝春秋平、11・11）、32頁。
15　集英社の社史では、『不道徳教育講座』の出版について、〈この連載の単行本化を、三島氏の個人的な事情から中央公論社の手に渡さざるを得なかったことは、まだ文芸出版の歴史をもたない集英社の哀悲でもあったろう〉（『集英社70年の歴史』集英社、平9・8、56頁）としている。
16　冨田雅寿編『『宴のあと《プライバシー》』公判ノート』（唯人社、昭41・11）、174、156頁。
17　「中央公論」編集長時代には、三鬼陽之助「怪談千葉銀行」（昭32・7）が名誉毀損として著者と発行者の嶋中も告訴され、その後の「婦人公論」編集長時代には、室生犀星「わが愛する詩人の伝記—佐藤惣之助」（昭33・5）が佐藤の遺族から名誉毀損で犀星を告訴、また出版部長を兼務していた時には有吉佐和子『花のいのち—小説林芙美子』（昭33・4）がモデルの前夫から著者、出版社が告訴されるという経験があった。

18　宮田毬栄「松本清張の仮想敵」（『松本清張研究』平13・3）や同『追憶の作家たち』（文春新書、平16・3）によれば、「日本の文学」では、そのラインナップから松本清張を外すことを三島が強硬に主張、結果外された清張は落胆、激怒し、既に中央公論社から個人全集の出版が決まっていたにもかかわらずそれは文藝春秋社から出版されることとなった。「日本の文学」をめぐる三島と清張の関係やそれに含まれる問題については、久保田裕子「松本清張と一九六〇年代の文学全集の時代」（『叙説』平21・11）が詳しい。

19　吉村千穎『終りよりはじまるごとし—1967〜1971編集私記』（めるくまーる、平21・5）、119〜120頁。

20　大久保房男「垣の外と内で見た文壇—戦前の文士と戦後の文士6」（『三田文学』平22・11）、149〜150頁。

21　新潮社編『新潮社一〇〇年』（新潮社、平17・11）、206頁。

22　小島千加子『三島由紀夫と檀一雄』（構想社、昭55・5）、78頁。

23　同右、13頁。

24　村松剛『三島由紀夫の世界』（新潮文庫、平8・11）、485頁。

25　粕谷一希『作家が死ぬと時代が変わる—戦後日本と雑誌ジャーナリズム』（日本経済新聞社、平18・6）、165頁。

26　吉村前掲、148頁。

27　インタビュー「安部譲二が語る三島由紀夫」（『映画秘宝』平18・5）、76頁。および安部譲二「解説」（三島由紀夫『複雑な彼』角川文庫、平21・11）、386頁。後者によれば、編集長は当該箇所を赤サインペンで塗り潰したという。

（大学非常勤講師）

【資料】

【三島由紀夫関連編集者及び回想記】

以下、三島由紀夫と編集者を考えるにあたって参照した三島の出てくる編集者の手になる回想記、エッセイ及び若干の編集者関連の資料を掲げる。三島と編集者についてまとまったものといえば、従来『三島由紀夫事典』（勉誠社）収録の吉田昌志執筆「編集者」くらいしか見当たらなかったようだが、この一覧が今後のたたき台となれば思っている。なお、その後単行本に収録されたものについては初出を記さず収録単行本のみ記し、刊記に続けておおよその所属及び三島生前の主な担当作品を記した。また編集長の列記は、奥付表記の編集人名義と編集後記や回想記で明らかにされる実際の編集人が異なる場合があるが、実際の奥付に記されているものを表記した（「中央公論」は総合雑誌だが、本論でも取り上げたので特に「海」と共に記した）。事実誤認のほか種々遺漏も多いと思われるが、大方のご教示をいただければ幸甚である。

【新潮社】

新潮社編『新潮社一〇〇年』（新潮社、平17・11）

進藤純孝『ジャアナリスト作法―一編集者の告白』（角川書店、昭34・12）［新潮社出版部、『近代能楽集』『三島由紀夫選集』］

小島千加子『三島由紀夫と檀一雄』（構想社、昭55・5）＊千加子は筆名（本名・喜久江）［新潮社「新潮」編集部、「金閣寺」「豊饒の海」］

小島千加子『作家の風景』（毎日新聞社、平2・6）

小島千加子「三島由紀夫の旅を巡るインドへの道」（「中央公論文芸特集」平5・9）

小島千加子「「豊饒の海」編集担当から三十年」（「新潮」平12・11臨増）

小島千加子「三島さんと音楽」（『決定版全集33　月報』平15・8）

小島千加子「二人の作家が残した手書き文字」（「望星」平19・1）

小島千加子「「豊饒の海」完結まで」（「三島由紀夫研究11」平23・9）

椎野千穎「五衰の庭―或る遺作の取材」（「ポリタイア」昭48・9）＊椎野は筆名。吉村名義で「江古田文学」（平18・2）に再録。

吉村千穎『終りよりはじまるごとし　1967~1971　編集私記』（めるくまーる、平21・5）［新潮社出版部、『豊饒の海』『文化防衛論』『わが友ヒットラー』『サド侯爵夫人』『三島由紀夫vs.東大全共闘』『蘭陵王』『三島由紀夫十代作品集』］

【講談社】

川島勝「『午後の曳航』の頃」（『全集14　月報』昭49・3）［講談社「群像」編集部、講談社文芸出版部、講談社インターナショナル、牧羊社、『永すぎた春』『美徳のよろめき』『六世中村歌右衛門』『午後の曳航』『黒蜥蜴』『橋づくし』］

川島勝『三島由紀夫』（文藝春秋、平8・2）
川島勝「『群像』創刊のころ」（講談社OB会記念出版委員会編『緑なす音羽の杜に—OBたちの記録』講談社OB会幹事会、平3・6）
川島勝「三島由紀夫の豪華本」（『決定版全集9月報』平13・8）
松本道子「或る日の思い出」（『全集17　月報』昭48・12）［講談社「群像」編集部、講談社文芸出版部、「禁色」「美徳のよろめき」『午後の曳航』『三島由紀夫文学論集』『対談　人間と文学』］
松本道子『風の道』（ノラブックス、昭60・7）
松本道子『きのうの空』（牧羊社、平1・10）
松本道子「思い出の三島歌舞伎」（『決定版全集16　月報』平14・3）
松本道子他（座談会）「編集者から見た三島由紀夫—松本道子氏を囲んで」（「三島由紀夫研究11」、平23・9）
大久保房男『終戦後文壇見聞記』（紅書房、平18・5）［講談社「群像」編集部］
大久保房男「垣の外と内で見た文壇—戦前の文士と戦後の文士6」（「三田文学」平22・11）
中島和夫『文学者のきのうきょう—よこ顔とうしろ姿』（武蔵野書房、平3・5）［講談社「群像」編集部、「日本文学小史」］
徳島高義『ささやかな証言—忘れえぬ作家たち』（紅書房、平22・2）［講談社「群像」編集部、「絹と明察」「蘭陵王」「日本文学小史」］
虫明亜呂無「評論集編纂」（「文学界」昭46・2）［『三島由紀夫文学論集』］

【中央公論社】
『中央公論社の八十年』（中央公論社、昭40・10）
『中央公論新社一二〇年史』（中央公論新社、平22・3）
嶋中鵬二『日々編集』（私家版、平13・4）［中央公論社社長、「中央公論」「婦人公論」編集部、出版部、「沈める滝」「宴のあと」］
水口義朗『記憶するシュレッダー—私の愛した昭和の文士たち』（小学館、平18・4↓『記憶に残る作家二十五人の素顔』中公文庫、平22・11）［中央公論社「中央公論」「週刊コウロン」編集部］
笹原金次郎「三島さんの剣道入門」（『全集4月報』昭49・1）［中央公論社「中央公論」「小説中央公論」編集部、「憂国」］
井出孫六「衝撃のブラックユーモア—深沢七郎「風流夢譚」」（「新潮」昭63・12）［中央公論社「小説中央公論」編集部、「憂国」］

綱淵謙錠『血と血糊のあいだ』（河出書房新社、昭49・10→文春文庫、昭63・4）［中央公論社「中央公論」編集部］
村松友視『夢の始末書』（角川書店、昭59・8→角川文庫、平2・10）［中央公論社「海」編集部］
粕谷一希『中央公論社と私』（文藝春秋、平11・11）［中央公論社「中央公論」編集部、「文化防衛論」］
粕谷一希『作家が死ぬと時代が変わる―戦後日本と雑誌ジャーナリズム』（日本経済新聞社、平18・6）
近藤信行「座卓」（池田弥三郎監修『四季八十彩―日本人の衣食住』日清製粉、昭55・5）［中央公論社出版部、「中央公論」「婦人公論」「海」編集部、「文章読本」］
三枝佐枝子『女性編集者』（筑摩書房、昭42・4）［中央公論社「婦人公論」編集部］
宮田毬栄『松本清張の仮想敵』（「松本清張研究」平13・3）［中央公論社「週刊コウロン」編集部、出版部］
宮田毬栄『追憶の作家たち』（文春新書、平16・3）

【河出書房】
野田宇太郎『灰の季節』（修道社、昭33・5）［河出書房「文芸」編集部、「エスガイの狩」］
野田宇太郎「大雪の日に（学生作家三島由紀夫）」（「文芸」昭和46・2）
野田宇太郎『天皇陛下に願い奉る』（永田書房、昭56・5）
杉森久英「創刊の事情」（「序曲　複刻版別冊解説」日本近代文学館、昭56・5）［河出書房「序曲」実務、「文芸」編集部、「宝石売買」］
杉森久英『戦後文壇覚え書』（河出書房新社、平10・1）
志村孝夫「〝序曲〟の時」（「序曲　複刻版別冊解説」日本近代文学館、昭56・5）［河出書房「文芸」編集部、「序曲」実務］
巌谷大四「鬼才、三島由紀夫の秘密」（「潮」昭40・3）［鎌倉文庫出版部、『夜の仕度』河出書房「文芸」編集部『夜の仕度』］
坂本一亀「「仮面の告白」のこと」（「現代の眼」昭40・4）［河出書房編集部、河出書房新社「文芸」編集部、『仮面の告白』、「源氏供養」］
坂本一亀「〈書き下ろし長篇〉始末記」（「現代の眼」昭41・5）
坂本一亀「『仮面の告白』のころ」（「文芸」昭和46・2）
坂本一亀「「文藝」復刊まで―一九六〇年九月～一九六一年一二月日記」（「文芸」昭57・12）

坂本一亀・寺田博「復刊のころ」（「文藝」昭62・12）
寺田博「三島由紀夫のこと」（「季刊文科」平12・11）［河出書房新社「文芸」編集部、「英霊の声」「サド侯爵夫人」、『グリーン版日本文学全集　三島由紀夫』］
寺田博「文芸誌編集覚え書き1～13（未完）」（「季刊文科」平17・6～21・4）
佐佐木幸綱「三島由紀夫さんの手紙」（『手紙歳時記』TBSブリタニカ、昭55・2）［河出書房新社「文芸」編集部］
田邊園子『女の夢　男の夢』（作品社、平4・10）［河出書房新社「文芸」編集部］
田邊園子『伝説の編集者　坂本一亀とその時代』（作品社、平15・6）
藤田三男『榛地和装本』（河出書房新社、平10・2）［＊榛地和は装幀時のペンネーム。河出書房新社出版部、『サド侯爵夫人』『英霊の声』『朱雀家の滅亡』］
藤田三男『榛地和装本　終篇』（ウエッジ、平22・3）
富士正晴「『花ざかりの森』のころ」（「文芸」昭和46・2）［七丈書院紹介］
山口邦子『戦中戦後の出版と桜井書店―作家からの手紙・企業整備・GHQ検閲』（慧文社、平19・5）［桜井書店社主桜井均、『岬にての物語』］
木村徳三『文芸編集者　その跫音』（TBSブリタニカ、昭57・6）［鎌倉文庫「人間」編集長、目黒書店、「煙草」、「春子」］
木村徳三『文芸編集者の戦中戦後』（大空社、平7・7）＊同右の改訂版
堤　堯「ある編集者のオデッセイ」（「編集会議」平13・4～16・8、「WiLL」平17・1～）［文芸春秋社「オール読物」「週刊文春」「文芸春秋」編集部、座談会「東大はどこへ行くのか」、「東大を動物園にしろ」］
堤　堯「三島由紀夫が遺した「謎の予言」」（「諸君！」平15・2）
堤　堯他「三島由紀夫「僕を殺す唯一の男」」（「WiLL」平20・8）
粉川宏「解題」（三島由紀夫『わが思春期』集英社、昭48・1）［集英社「明星」「女性明星」編集部、「わが思春期」「新恋愛講座」「第一の性」］
粉川宏「解題」（三島由紀夫『第一の性』集英社、昭48・7）

粉川宏『今だから語る三島由紀夫』（星の環会、昭50・10）

粉川宏「三島さんの思い出」（『決定版全集31　月報』平15・6）

坂上遼『無念は力―伝説のルポライター児玉隆也の38年』（情報センター出版局、平15・11）［児玉→光文社「女性自身」編集部、「をはりの美学」「レター教室」］

長尾三郎『週刊誌血風録』（講談社文庫、平16・12）［光文社「女性自身」編集部］

椎根和『平凡パンチの三島由紀夫』（新潮社、平19・3→新潮文庫、平21・9）［平凡出版「平凡パンチ」編集部］

椎根和『オーラな人々』（河出書房新社、平21・2）

徳岡孝夫『五衰の人』（文藝春秋、平8・11→文春文庫、平11・11）［毎日新聞社「サンデー毎日」編集部］

臼田捷治『装幀列伝―本を設計する仕事人たち』（平凡社新書、平16・9）［藤田三男、雲野良平→美術出版社、『聖セバスチャンの殉教』］

内藤三津子「華やかな宴の日々―『血と薔薇』から薔薇十字社へ」（別冊幻想文学「澁澤龍彦スペシャルⅠ」昭63・11）［天声出版「血と薔薇」編集部、薔薇十字社、未刊『男の死』］

持丸博「楯の会と論争ジャーナル」（『決定版全集32月報』平15・7）［育誠社「論争ジャーナル」編集部］

竹内良夫『文壇のセンセイたち』（学風書院、昭32・4）［読売新聞社「少年読売」編集部、「読売新聞」文化部］

江国滋『語録・編集鬼たち』（産業能率短期大学出版部、昭48・8→『鬼たちの勲章―語録・名編集者の秘密』旺文社文庫、昭58・10）［本郷保雄、木村徳三］

森　詠「三島由紀夫の思い出」（「江古田文学」平18・2）［「週刊読書人」編集部、座談会「エロス　権力　ユートピア」］

松本徹他編『三島由紀夫　同時代の証言』（鼎書房、平23・5）［川島勝、寺田博］

高橋吾郎『週刊誌風雲録』（文春新書、平18・1）［本郷保雄］

寺田博編『時代を創った編集者101』（新書館、平15・8）［菅原国隆、新田敞、小島喜久江、川島勝、松本道子他］

【主要文芸雑誌編集長一覧】

■「新潮」

斎藤十一　1945・11～12
佐藤哲夫　1946・1
斎藤十一　1946・2～67・8
酒井健次郎　1967・9～76・5

■「文学界」

芝本善彦　1947・7～48・4
今日出海　1948・5～12
上林吾郎　1949・3～50・3
鈴木貢　1950・4～54・4
尾関栄　1954・5～56・5
中戸川宗一　1956・6～57・4
上林吾郎　1957・5～59・2
車谷弘　1959・3～60・7
小林米紀　1960・8～64・2
杉村友一　1964・3～67・5
山本憲章　1967・6～68・12
印南寛　1969・1～72・5

■「群像」

高橋清次　1946・10～51・5
有木勉　1951・6～53・5
森健二　1953・6～55・9
大久保房男　1955・10～66・6
中島和夫　1966・7～71・7
徳島高義　1971・8～73・8

■「文藝」

野田宇太郎　1944・～46・2
今野一雄　1946・3＋4～46・12
飯山正文　1947・1～47・6
荒川竹志　1947・7～12
杉森久英　1948・1～50・6
巖谷大四　1950・7～57・3
坂本一亀　1962・3～63・12
竹田博　1964・1～65・3
寺田博　1965・4～66・8
杉山正樹　1966・9～67・6
佐佐木幸綱　1967・7～68・8
寺田博　1968・10～77・8

■「中央公論」

蠟山政道　1946・1～2
畑中繁雄　1946・3～47・11
山本英吉　1947・12～49・10
篠原敏之　1949・11～53・9
藤田圭雄　1953・10～54・10
嶋中鵬二　1954・11～57・10
竹森清　1957・11～61・2
嶋中鵬二　1961・3
笹原金次郎　1961・4～64・12
宮脇俊三　1965・1～67・4
粕谷一希　1967・5～70・4
島村力　1970・5～72・5

■「海」

近藤信行　1969・9～70・10
吉田好男　1970・11～73・11

編集者・三島由紀夫——二つの「文学全集」

藤田三男

「三島由紀夫の時代？」という見出しが、新聞の「文藝時評」に見られるようになったのは、昭和二十八（一九五三）年に入ってからのことである。小松伸六「図書新聞」の「創作月評」（昭28・5・30）で編集部の付けたリードだが、このとき三島由紀夫は当然のことながら「金閣寺」は書いていない。「禁色」の第二部「秘楽」を発表し、文壇と文藝ジャーナリズムが、この作品を扱いかねていたころのことである。口当たりの良い「潮騒」の甘味な成功はすぐ目前のことであったが、文藝ジャーナリズムはこの「秘楽」を掌に投げ入れられた煙草の火の玉を転がすようにして戸惑い逡巡し、すぐにその熱さに耐えかねて放り出した、そういう時期である。三島文学への好悪が極端に分極化する時代の始まりでもあった。

「三島由紀夫の時代」の始まりは、昭和三十一年「金閣寺」の成功によることは明らかだが、この昭和三十年代から三島没年までの十五年間に、文藝ジャーナリズムと出版界で何が起こっていたか、大手出版社の異例の繁栄に支えられた文藝ジャーナリズムの中で、三島由紀夫が見ていたものは何なのか、思いつくままに書き連ねてみたい。その中に「編集者・三島由紀夫」の影がかすかではあっても浮かび上ってくるかもしれない。

昭和三十年代に入ると、「中間小説」「時代（歴史）小説」「推理小説」の隆盛によって「文学の大衆化」がはかられたが、もう一つの要因、局面があると指摘したのは、曾根博義の論考である（「文藝時評大系」昭和篇III、別巻解説　ゆまに書房二〇一〇）。

この時期、「中間小説」は「オール讀物」「小説新潮」「小説現代」三誌の競合によって部数を大きく伸ばし、「新聞小説」の注目度もさらに高まった。松本清張に代表される「探偵小説」を脱した「社会派推理小説」の隆盛、少し後の司馬遼太郎に象徴される「時代（歴史）小説」の擡頭によって、文藝書は未曽有の巨大市場になった。

曾根は加えて「日本近現代文学全集」が大手出版社から次々に刊行され、「純文学」の大衆化に大きな力をもったと指摘する。私のように河出書房新社在籍時に、何らかのかたちで五度も文学全集の編集に携り、いささか食傷気味の者にとって「文学全集」とは何であったのか、改めて考えさせられたのはいささか憂鬱でもあり、いくぶん誇らしくもあった。

曾根博義の調査によれば、戦後刊行された主なる「文学全集」は以下の二十五点に及ぶという。

現代日本小説大系　河出書房　序巻1・本巻60・別巻3・補巻1　昭24〜27
昭和文學全集　角川書店　全58巻・別冊1巻　昭27〜33
現代日本文學全集　筑摩書房　全97巻・別巻2巻　昭28〜36
新選　現代日本文學全集　筑摩書房　全38巻　昭33〜35
日本文學全集　新潮社　全72巻　昭34〜40
ワイン版　日本文学全集　河出書房新社　全25巻　昭35〜37
日本現代文學全集　講談社　全108巻・別巻2巻　昭35〜54
サファイア版　昭和文学全集　角川書店　全20巻　昭36〜37
新日本文学全集　集英社　全38巻　昭37〜40
ルビー版　昭和文学全集　角川書店　全20巻　昭37〜39
現代の文学　河出書房新社　全43巻　昭38〜41
現代文学大系　筑摩書房　全69巻　昭38〜43
日本の文学　中央公論社　全80巻　昭39〜45
明治文學全集　筑摩書房　全99巻・別巻1巻　昭40〜平1
豪華版　日本文学全集　河出書房新社　全54巻　昭40〜44
われらの文学　講談社　全22巻　昭40〜42
現代日本文学館　文藝春秋　全43巻　昭41〜44
日本文学全集　集英社　全88巻　昭41〜44
カラー版　日本文学全集　河出書房新社　全55巻・別巻2巻　昭42〜48
グリーン版　日本文学全集　河出書房新社　全50巻・別巻2巻　昭42〜49
全集　現代文学の発見　学藝書林　全16巻・別巻1巻　昭42〜44
現代日本文学大系　筑摩書房　全97巻　昭43〜48
新潮日本文学　新潮社　全64巻　昭43〜48
現代日本の文学　学習研究社　全60巻　昭44〜51
日本近代文学大系　角川書店　全60巻・別巻1巻　昭44〜49

昭和二十年代に刊行された「現代日本小説大系」（河出書房）、「昭和文學全集」（角川書店）、「現代日本文學全集」（筑摩書房）、この三つの全集は、それぞれに個性的な性格をもつ文学大系である。河出版「現代日本小説大系」は改造社の円本全集「現代日本文學全集」以来の作家別編成を排し、文学的思潮、エコールに沿って編集し、その充実した作品解説と戦後派《アプレゲール》の立場からの作品の読み換えを迫った出版史上特筆されていい全集である。角川版「昭和文學全集」は「戦後の文学」とともに和辻哲郎、天野貞祐、小泉信三など、思想の領域にまで「文学」の幅を広げ、その一方で吉川英治など大衆文学も収めて「昭和文学」の全体像を意欲的に示した。またそれまで各出版社が門外不出としてきた作品（島崎藤村「夜明け前」、谷崎潤一郎「細雪」などの長篇）を一挙収録し、大手出版社間の既得権の障碍を破った企画として注目された。筑摩版「現代日本文學全集」は編集者としての臼井吉見が立案した全九十九巻の大系的な文学全集であり、のちの講談社版「日本現代文学全集」（全一一〇巻）とともに、もっとも正統的、大系的な文学全集として、「現日文」「日現」と併称されその覇を競った。

　昭和三十三年に始まった筑摩の「新選 現代日本文學全集」から昭和四十四年、角川の「日本近代文学大系」まで、二十二本の文学全集がほとんど毎年、新規企画としてスタートした。そして注目すべきことは、それらの巻数が二十巻、三十巻といった規模の小さなものではなくて、五十巻以上、百巻を超えるものさえある。通常、月に一冊あて配本されるから一シリーズが四年以上、八、九年に及ぶものもあり、それが重畳し刊行され続けられたから、年に数点以上の文学全集が同時に刊行されているという状態が、十二年近く続いたということになる。

　さらに注目されるのは、その初版部数と累計部数である。この種の文学全集は（「明治文學全集」「全集・現代文学の発見」を除いて）個人全集などとちがい、百パーセント収益のために刊行するもので、講談社、新潮社、中央公論社のような大手出版社とちがい河出書房、筑摩書房、角川書店などの中堅出版社は、まさしく社運を賭けての事業となる。この春（二〇一一）に復刊された和田芳恵の名著『筑摩書房の三十年』には、その間の社主古田晁とその志を継ぐ編集者たちの苦闘が生きいきと描かれている。

　当時の大型文学全集の原価計算は初版三万部から五万部くらいで試算し定価を決めるものだが、数ヵ月に及ぶ拡販営業活動を進めた結果、実際の初版部数はその二倍から四倍にまで跳ね上がることがある。私の知るかぎり河出の「カラー版日本文学全集」全五十七巻や中公の「日本の文学」全八十巻は優に初版二十万部を超えている。新潮社の「日本文學全集」（昭34〜）は俗に「赤函」といわれ、河出の「グリーン版世界文学全集」とともに多くの若者に迎えられたロングセラー全集だが、その初版と累計部数はおそらく河出、中公の両全集をはるかに凌駕するものであったと思う。

　昭和四十三年五月に河出書房新社は経営上頓挫したが、その年の秋から、見合わせていた出版を「継続全集」のみ刊行を再開することになった。再刊した「カラー版 日本文学全集」の初版部数は一四八、〇〇〇部で、二割ほどの部数減となって私はいささか気落ちしたが、いま考えれば信じられないほどの大部数である。当時の私たちは編集者にいたるまで数字のバブルに麻痺していた。

　またそれらの文学全集の累計部数の厖大なことは驚くばかりである。初版三万部で出発した筑摩の「現日文」は総発行部数、一、三〇〇万冊を超えたという（『筑摩書房の三十年』）。これより出版規模のさらに大きな新潮社の「赤函」、河出の「カラー版」、中公の「日本の文学」、講談社の「日現」などの累計部数はその何倍かであることは確実で、それが重畳して流通機構を流れていたのである。

　曾根博義の指摘する通り、これらの厖大な文学全集は「文学」の大衆化に大きく寄与したが、ここで改めて注意しておきたいのは、これらの文学全集の収録作品の大半は、いわゆる「純文学」作品である、ということである。「時代小説」「推理小説」はほとんど含まれていない。「中間小説」の隆盛によって、「純文学」と「中間小説、大衆小説」は近接してきたようにみえるが、昭和三十年代から四十年代の文壇、文藝ジャーナリズムにおいては「純文学」の位置は、すこしも「変質」することのない確固としたものとしてあった。文学全集の収録作品はそのほとんどが「純文学」であり、大衆文学作品の入るものは「日本国民文学全集」（昭30〜河出書房）、国民の文学（昭42〜河出書房新社）などのように別企画として刊行された。

　累計部数一、〇〇〇万部を超える文学全集が数本以上並立していた、この異常ともいえる時代、「文学」の「大衆化」は確かに進んだが、この数字だけを鵜呑みにすることは早計といえよう。そこには「文学全集」などの「定期物」独特の販売方法があったことを忘れてはならない。通常、書籍は小売書店の店頭だけで販売されるものだが（通信販売もあったが、これは極わずかである）、「文学全集」は「円本」時代に遡っても、刊行以前に全巻の予約金をとる「全巻予約制」を建前としてとっていた。さすがに昭和三十年代の「文学全集」は予約金こそとらぬものの、読者は全巻を購入するという予約制をとっていた。それを実施可能にしたのは小売書店の経営構造が、今とはちがう形をとっていたことにある。小売書店は店頭販売とともに、定期の月間雑誌などを宅配する「外商」部門をもっていたが、「全集物」を「外商」にのせることによって、販売促進とともに確実に商品を読者にとどける（とどけてしまう）というシステムをとっていた。当時の関係者によれば「全集物」の七〇パーセント近くが、この「宅配」によって購入者の手元に毎月確実に届けられていたという。

　しかしどのくらいの読者が実際に本を開き読んでいたのだろうか。昭和四十年ころ河出書房新社では自社刊行物の広告チラシを毎月作り、新刊に挟みこんでいた。このチラシの効果について知りたいと思い、広告宣伝部に問い合わせると、大まかな数字だが約五パーセントとのことであった。「カラー版 日本文学全集」の場合、日本画壇の重鎮（鏑木清方、奥村土牛、小倉遊亀、林武など）から当時新鋭の平山郁夫までの装画を各巻に掲載していたので、それだけでも眺めようと本を開いてくれるのではと私は期待していた。五パーセントという数字に拍子抜けしたことを記憶している。

読者は毎月届けられる新刊を全集の刊行直後こそ開いてみるが、配本が四、五、六回ともなると、徐々に包装されたまま放置されたというのが実情のようである。しかしこの五パーセントという数字も今となってはかなり希望的数値のように思われる。一つの全集で初版二十万部のうち一万人の読者が毎月「文学全集」を開き読んだとすれば、これは「純文学の大衆化」を絵に描いたような盛況というべきではないか。

しかしここで確実にいえることが一つある。この「文学全集」の濫造、乱立は（作り手としてはかなり身を入れたつもりだが）、ごく限られた少数の作家たちに巨額の収入をもたらしたということである。苦心して新規に原稿を書かずとも、中公版「日本の文学」初版二十万部、定価三九〇円、河出版「カラー版」は定価七五〇円、その一〇パーセントが印税として、いわば「不労所得」として作家の収入となる。あまつさえ昭和三十三年から四十四年の十一年間に、二十二本の「日本文学全集」が企画された、ということは年に二回、この「不労所得」の恩恵に浴した、ということになる。円本時代、正宗白鳥が改造社の「現代日本文學全集」の印税で、夫人とともに世界周遊の旅に出たなどというエピソードは微笑ましいくらいのものである。

いったいに「円本」以来のどの日本文学全集をみても、文学史的にいって公正な編集というものはあり得ず、編集時点での「文壇」情勢に大きく左右されたものが多い。その時点での「現役作家」の割合の多くなるのは避けがたいことである。

「少数の選ばれた作家」、その代表の一人が三島由紀夫にほかならない。三島は戦後の文学全集二十五本（当然のことながら「明治文學全集」を除き）すべてに作品を収録され、その処遇も極立って重用されているのである。

昭和三十八年、三十九年に踵を接して二つの日本文学全集が刊行された。昭和三十八年五月から刊行された「現代の文学」全四十三巻（河出書房新社）、翌年二月から刊行を始めた「日本の文学」全八十巻（中央公論社）である。この二つの全集に、三島由紀夫は編集委員として関与している。この二つの全集はちょっと見、書名もよく似ているが、編集方針は全く異なっている。シリーズ名を「の」でつなぐのは中央公論社の創意で、「世界の歴史」（昭35）、「世界の旅」（昭36）、「世界の文学」（昭38）に続く「日本の文学」（昭39）である。「現代の文学」は「日本の文学」の前年の刊行だが、タイトルは明らかに「世界の文学」を踏襲したネーミングである。

昭和三十六年、河出書房新社に入ったばかりの私は、翌年復刊することになった「文藝」の復刊準備に忙殺されていた坂本一亀氏の下で雑役をのんびりとこなしていたが、いったいこれから何をしなければならないのか、何をしたいのか、皆目見当がつかずにいた。当時の日本文学編集部は、小田実の「何でも見てやろう」がベストセラーになり少し活気づいてはいたが、それでも部長の竹田博氏以下五人の編集部員はひどくのんびりとしたものだった。

というのは「文藝」の復刊によって、編集経験のある優秀な若手編集者はほとんど「文藝」編集部へ異動し、出版に携わる編集者は竹田博の下に若手一人とわれわれ新入社員三人という寥々たる布陣になった。これでは打つ手なしと言ってもいられぬ竹田さんは、それまで刊行していた「ワイン版日本文学全集」(昭35〜)の後続企画を立案し、昭和三十七年夏、軽井沢へ避暑中の川端康成を訪ねた。

内に居る私たちにはなかなか分らぬものだが、どの時期をとってみても、「河出書房」という出版社が出版界、著者からどう見られているのか、なかなかとらえにくいという不思議な出版社である。昭和四十五年に創業三十年を記念して配られた『筑摩書房の三十年』(和田芳恵の著作であることは、「あとがき」の文末の記名にしかその名がないので、不注意にも私はこの本が和田さんの著述であることに当時は気づかずにいた)の中で、臼井吉見が瀕死状態の筑摩の起死回生策として立案した「国民文学全集」全一〇〇巻(未刊)の刊行を断念する件で、「この提案は結局否決されたが、その理由は、河出書房のような大型出版社ならともかく、三十名たらずの少人数で、財政難の筑摩書房では無理だということであった。」と書かれていることに当時も今も奇異の思いをもつ。新潮社、講談社、中央公論社のように「金看板」を負うた大手出版社の編集者と、自分はちがうという意識を私は新入社員のころからもっていた。もちろんこうした意識は本式に仕事をしてみて初めて身に沁みて分るもので、当時の私は二人の先輩編集者、坂本一亀、竹田博両氏の背後にそれを薄々感じとっていたにすぎない。言葉には決して出さなかったが、私たちの窺い知ることのできないトラウマを深く抱えこんでいるようであった。二人にとって昭和三十二年三月の河出書房の第一次倒産は、刀折れ矢尽きての頓座という印象を強く残したようである。それから五年に近い文壇との「没交渉」の間に、「第三の新人」から石原、大江、開高の世代が着々と成熟してゆく現場から「河出」は取り残されてしまったという思いが深かったようである(彼らのスタート時点で、河出はかなりの手を打っていた)。そして河出書房を足場にして出発した作家たちの一人、三島由紀夫とも疎遠になっていった。昭和四十三年五月、河出の第二次倒産にあって、その夏三島邸で私は三島さんから第一次倒産に絡めて激しく叱責された。その非難はおよそ三島さんらしからぬ非論理的で感情的なものであったが、一方で三島さんの河出に対する愛惜は十分に感じとれた。

坂本一亀氏はつねに河出の本流の編集者を自負しており、雑誌「近代文学」を主軸とする反文壇的姿勢と新人発掘に力を傾けていたが、竹田博氏は既成文壇にも万遍なく顔を売り、河出の編集者としては杉森久英、巌谷大四両氏の衣鉢を継ぐ編集者であった。京大法学部の出身で、海軍で「幹候」にもならず、戦後銀座の露天商を手伝っていたとき、たまたま松本中学での恩師杉森久英氏に誘われて河出へ入った異色の編集者であった。インテリ臭のまったくないむしろ偽悪的な人で、その人柄は多くの文壇人に万遍なく愛された。川端邸へも頻繁に出入りすることを許されていた。竹田さんはつねに川端家の台所口から出入りするのを常とした。その訳はのちに知った。

昭和三十七年の夏、竹田博が軽井沢の川端康成を訪ねたのは、立案中の文学全集の「監修」をお願いに上ったのである。通常この手の「監修」というものは名ばかりのことが多く、煩瑣な実務をともなわないから、気安く引き受けてもらえるものである。翌日出社した竹田さんは珍しく興奮気味で、早速社長室に赴き河出孝雄社長に川端さんとの交渉の経緯を報告したらしい。編集室に戻ってきた竹田さんはまだまだ興奮冷めやらぬ面持ちで、先輩編集者の武田穎介さんと私に、事の顛末を丁寧に説明し始めた（坂本一亀氏は全く逆で、一方的に指示を出すだけで、部下に説明を一切しない人であった）。

軽井沢へ持参した「日本文学全集」案は廃案にする。川端さんから全く新味のない企画だと一蹴された、新しい発想と枠組みの文学全集を作るべきだと言われた。「新しい発想」といわれたところで私たちにはまったく見当もつかない。「ところがあるんだよ」と話し始めた竹田さんの熱弁は、少しばかり「文学全集」の編集について学び始めた私にとって意想外のもので、その時はよく分からぬことの方が多かった。「純文学」「大衆文学」の枠を外して、いま現在よく読まれている小説（手取り早くいえばベストセラー小説）と「純文学」の良質の作品を塗して編成する、「熱い小説」のシリーズだというものである。これは考えつくのはさしてむずかしくはないが、実際に編集となれば、かなりの高等技術がいる。従来の大系的、文学史的な「文学全集」の概念との整合性がなく、読者の反発をかうことも考えられる。またベストセラーというものは意外に短命なもので、五年、十年もの「時」に篩《ふる》われてロングセラーになる確率ははなはだ低い。

となればそのベストセラーの版元が「熱い小説」を「熱

い」うちに売ることに必死であるのは当然で、容易く手放すとは思われない。それ以前、著者に交渉を試みても、現に売り続けてくれている大手出版社に対して、それを強く要請することのできる作家は、まずいないといってよい。できるとすればそれは川端康成、ただ一人である。

そうした局面をどうやって打開してゆくかについて、川端康成と竹田博がどのように企画案として詰めたのか、あるいは河出孝雄社長、江口幸編集部長、坂本一亀をまじえた五人の間で詰めたのか、その辺のことについて私は知るべくもない。そこで詰められた「戦略」はおよそ以下のようなものであった。

編集委員を川端康成、丹羽文雄、円地文子、井上靖、松本清張、三島由紀夫の六氏に依嘱する（この人選に川端康成の意向がどの程度反映しているのかは分らない）。丹羽、円地は当時の文壇の実力者として揺るぎがない。それに当時はまだ「中間小説」「新聞小説」の書き手とみられていたが、当代一の流行作家井上靖（とはいっても、昭和三十四年に刊行し始めたスタンダードな文学全集、新潮社版「日本文學全集」の第一回配本は「井上靖集」だが）、「純文学変質説」の一つの論拠ともなった「社会派推理小説」の祖、松本清張、三島由紀夫の六人。いずれも小説家ばかりで、「文学全集」の編集委員に文藝評論家が一人も入っていないのは従来もなく、これ以降にも中公版「日本の文学」だけである。複数以上の全集に文藝評論家の山本健吉、中村光夫、平野謙の三氏の入るものが多かった。

収録作家に「ベストセラー小説」の提供をお願いするには、まず編集委員に率先してそれを実現してもらう必要がある、と竹田博は考え以下の作品の収録を編集委員に要請した。

川端康成『眠れる美女』（昭36・11　新潮社）
丹羽文雄『欲望の河』（昭37・9　新潮社）
円地文子『男の銘柄』（昭37・2　文藝春秋新社）
井上靖『蒼き狼』（昭35・10　文藝春秋新社）
松本清張『黒い福音』（昭36・11　中央公論社）
三島由紀夫『美徳のよろめき』（昭32・6　講談社）、『潮騒』（昭29・6　新潮社）

三島作品以外は、初版刊行から一年ないし二年しか経っていない新刊ベストセラーである。三島の候補としては『宴のあと』（昭35・11）があるが、裁判係争中ということもあって、「潮騒」「美徳のよろめき」の二作を当てるしかなかった。しかしこの二作は版元講談社、新潮社の「虎の子」であり、充分にその責を果すに足ると竹田博は考えたのであろう。

出版社との交渉に当っては事前に六人の編者が各出版社からの内諾をとった上で、主に竹田博ひとりが折衝に当った。収録作品に自社刊行のものは全くない、というくらいのもので、収録全作品のうち永井龍男『皿皿皿と皿』、井上靖『孤猿』の二篇だけである。ここにも昭和三十二年倒産から五年の空白期が響いたということが明らかである。文藝出版社としては面目のない話で、竹田博は大手出版社の幹部から「強盗竹田」の渾名を奉られ苦笑するばかりであった。

「現代の文学」の編集委員に名を連ねた松本清張と三島由紀夫は、初めて膝を交えて話をする機会をもったのではなかろうか。編集会議は昭和三十七年夏から秋にかけて都合四回、全委員出席して開かれたが、いずれの会合でも積極的に発言するのは三島由紀夫一人で、それを川端康成が追認しさえすれば事は決り、という感じで進んだ。文藝時評家ならぬ三島さんは実に同時代の小説をよく読んでいる風があり、他の編集委員をその意味でも圧倒した。大藪春彦の『野獣死すべし』を持ち上げ皆を煙に巻いたりして一人上機嫌であった。日常の会話の中でも三島さんは「同時代の文学《ツァイトゲネシッシュ》」ということをよく口にした。それは多くの場合、日本の文学についてというよりも外国文学との同時性という意味合いが強かったが、日本の現代小説も実によく読んでいた。

会議の席上、「有馬頼義集」（松本清張と並ぶ社会派の流行作家であった）に何を入れるかという話になって、丹羽文雄が「ユービンナントカ」というのはいい、と言った。戦地からの帰還兵が戦友宅へ「遺書」を届ける話で、当時評判の高かった佳作「遺書配達人」である。走り読みでもしていれば、絶対に間違えるはずのないタイトルである。丹羽さんは他人の作品などに全く興味をもたない（読まない）真の小説家だなと苦笑したことを思い出す。井上靖、松本清張の二人は終始ほとんど積極的に発言しなかった。

元々この種の編集会議は、一種のセレモニーでもあって、一から議論を積み上げて編集をするわけではない。編集部原案は会社原案としてかなりかっちりと出来上っているものである。坂本一亀、竹田博の協議で作られた編集部原案は当然、河出孝雄社長の目も通っていたはずで、たしか四十五巻案であったと記憶する。それにほどほどの修正を加えるのが編集委員の発言であるが、三島由紀夫以外からは格別の意見も出なかった。第二回以降のいずれの回であったかはっきりとした記憶がないが、「中野重治集」はいかがかという指摘が出た。誰からその発言が出たのか確言できないが、丹羽文雄がぽつりと洩らした一言かもしれない。川端さんの「この全集にはなくてもいいでしょう」の一言で「中野重治集」は見送られた。そのとき坂本一亀はたまたま前の席に坐っていた私を睨みつけ憤懣やる方なしという風に口をへの字に歪めた。間を置かずに座談の名手、河出孝雄社長が——島木健作『生活の探求』（昭12）を出したとき、中野さんが猛烈な「悪口」を言ってくれたおかげでベストセラーになった、いわば恩人を落すのは、と半ば冗談口にいうと、川端さんはすかさず「河出さん、そういうことを言っているから会社を潰すんです」と軽く往なされてしまった。

河出書房の社風というのだろうか、河出孝雄社長の方針なのか、昭和三十七年、入社二年目の私にも著者交渉をするように、数人の収録作家の作品リストを渡された。竹田博の作製した企画書と企画案を棒読みすればいいのだと心得て、尾崎一雄、永井龍男、佐多稲子、石原慎太郎、有吉佐和子、大江健三郎の諸氏を訪ねた。佐多さんは「たいへん光栄です」と一応は承諾してくれたが、リストを眺め直して、「中野（重治）さんはないのですか」と尋ねられた。経緯を説明する暇もなく佐多さんは、それでは私は入れていただけませんと、きっぱりと拒絶された。

全四十三巻と切りの悪い巻数で最終的に決定した。「現代の文学」編集会議の席で、三島由紀夫はひとり雄弁に語ったが、三島の発言には誰彼を個別に排除するような否定的な響きはなく、つねに積極的肯定であり、同業者への配慮が感じられた。文壇のことなど全く知らない当時の私が意外と思ったというのも妙な話だが、三島さんが「永井龍男」を強く推したのは思いがけないことであった。「蜜柑」「一個」などの短篇小説の名手として知られてはいたが、長篇作家としては「風ふたたび」などの長篇も「新聞小説」の典型のように見られていた（野間文芸賞を受けた『一個その他』はまだ刊行されていない）。それまでもっともスタンダードな文学全集の一つ、新潮社の赤函「日本文學全集」（昭34〜）には永井龍男の名はない。さすがに筑摩の「現日文」（昭31・12）には井上友一郎、織田作之助とともに三人一冊、講談社の「日現」（昭37・2）には井伏鱒二と二人一巻に収録されていたが、主としてベストセラー小説を集めたこの異色の全集に、永井龍男、尾崎一雄を一人一冊に収めたのは三島由紀夫の積極的な発言と、川端、丹羽両氏のバックアップがあったからである。

「現代の文学」刊行の翌年から配本を始めた中央公論社版「日本の文学」にも三島由紀夫は編者の一人として参加した。編集委員は谷崎潤一郎、川端康成、伊藤整、高見順、大岡昇平、ドナルド・キーンの七名である。ドナルド・キーンを除き全員作家であり、文藝批評家は一人もいない。「続 高見順日記」に「今まで被害者だったが、今度初めて加害者になれて、いい気持ちだと大岡君が冗談を言ったが、私も同感。」と高見順は書いている。

この編集委員会で一つの「事件」が三島由紀夫をめぐって起きた、とされる。全八十巻の収録作品の中に松本清張の名がなかったことである。昭和三十六年、高額所得者番付で作家部門の第一位になった松本清張は自他ともに認める流行作家であり、すでに角川書店の「サファイア版 昭和文学全集」（昭36・10）には「松本清張集」（解説・平野謙）もあった（河出版「現代の文学」の第一回配本も「松本清張集」）。中央公論社とは個人全集の内約もあったようで、自身は当然「日本の文学」に収録されると考えていて不思議はない。ところが編集委員会で「谷崎、川端、三島の純文学三人組」が松本清張収録に反対し、なかでも最も強硬に反対したのが三島であり、そのために「外されて」しまい「清張さんの落胆、怒りは激しかった」という。松本清張の怒りと三島への敵意については元中央公論社の編集者、宮田毬栄さんの『追憶の作家たち』（平16・3　文春新書）に詳しい。

この顚末については「続　高見順日記」に詳しく記録されている。これらの記述は、元中央公論社の前田良和氏（秘書室長）の記録と、月日も合致しており、その記述の信憑性は高いものと思われる。

「日本の文学」の編集会議は、昭和三十八年六月四日から八月十七日まで都合五回開かれた。この短期間に五回の編集会議がもたれるのは異例に属する。谷崎潤一郎はすでにこのころ心臓に変調を来しており、七月三十日、八月十七日の二回だけに出席した。毎回出席したのは川端、伊藤、高見、大岡、三島の五人。とくに「松本清張」について否定的な意見を強く出したのは大岡、三島の二人だけである。

「続　高見順日記」によれば、その議論が闘わされた（というより三島さんの独演に近い）のは、第三回の編集会議（七月十七日）の席上であった。この時の会に谷崎は出ていない。

「松本清張君を入れるかどうかが、大問題になった。／三島君がまず強硬意見を述べる。大岡君も、入れるのに反対する。／社の人たちが別室に行って協議する。その留守に三島君が、松本を入れろと言うのなら、自分は委員をやめるつもりだ。全集からもオリるつもりだと言った。／社の人々が別室から戻って松本清張を二本立てということで譲歩してくれぬかと言う。／二本立て、一本立てということではなく、入れるか入れぬかという問題だ。入れれば、この全集の性格がすっかり変わってしまう。三島君は「責任が持てぬ」と言って、委員辞退を口にする。／川端さんが、やっぱりそれでは入れないことにしたらどうですと言う。これで結論が出て、社側も折れた。」

またしても川端康成の一声が、中央公論社（嶋中鵬二社長）の「懇願」を一蹴することになった。三島が主張し、川端が追認すれば決着という河出書房新社版「現代の文学」と同じパターンである。「松本清張」を入れれば「全集の性格がすっかり変わってしまう」という三島の主張に「心情」はあるが、説得力ははなはだ薄いといわなければならない。「文学全集」は文学史であると同時に「時代的好尚を如実に辿ることのできる真の現象史的文学全集」であるという三島自身の言葉（「現代の文学」編集のことば）とも相入れない。そこにみえるのは「純文学の擁護」という危機意識であり、当時すでに色濃くあった松本清張への反発、とくに大岡昇平、山本健吉、吉田健一らの強硬意見に裏打ちされたものであろう。昭和三十六年三月から四十年六月まで四年にわたって「読売新聞」紙上に「大衆文学時評」を連載した吉田健一にいたっては、その間ただの一度も松本清張について言及することなく全く黙殺した。

「続 高見順日記」には、「日本の文学」の編集会議の様子が他にも詳しく書かれており、これだけを読むと、編者七人が侃々諤々と議論したようにみえる。しかし都合五回の議論で「全集」の規模と構想がすべて組み上がると考えるのは実情に合わない。大系的な文学全集といえども、その時々の文壇の縮図であることを逃れられず、「現役作家」に対する一つの格付けになることもある。それを「現役作家」の代表が「現役作家」に対してさせないように、出版社（編集者）は周到に準備をするものである。ましてや中央公論社のように文壇の中央で出版事業を行う会社は、明らかに河出書房とは違った特段の配慮をもつはずである。「日本の文学」の場合も第一出版部部長の滝沢博夫、次長の常田富之助両氏を中心に八十巻案が作られ、嶋中社長の承認を経て編集委員会に提出されたはずである。その案は「叩き台」であって「叩き台」ではない。五、六回の編集会議で議論し、一から積み上げて「文学全集」を作るなどということはあり得ないことである。編者は編集原案に対しての修正に徹するものであって、たとえば「日本の文学」の「徳田秋声集」が二冊になったのは、川端康成の強い要請を容れたものである。もともと滝沢、常田両氏の「叩き台」には松本清張の名はなかったのかもしれない、とも思われる。

＊

昭和三十七年秋、河出書房新社版「現代の文学」の第四回、最終の編集会議が終り歓談に入ったとき、河出孝雄社長は川端さんに「編集の辞」の執筆を依頼した。川端さんは言下に「それは三島君に……」と言って例のにやりとした笑いを浮かべた。三島さんはそれに対してしばし黙っているので、私たち編集者は、他の年長の先輩作家を慮って躊躇っているのかと思ったが、やがてやおら万年筆のキャップを引き抜き、その場で書き始めたのが、六〇〇字ほどの「編集のことば」（刊行の辞）である。三島由紀夫の記名なしで「編集委員会」として内容見本等に掲載されたので、当然のことながら「三島全集」にも収められていない。

鬼面人を驚かすことの大好きだった三島さんらしい所業だが、文意は真っ当で三島由紀夫の「文学への自負」にみちた文章であった。

■編集のことば

小説は生き物である。従って、長寿を全うするのもあれば短命のもある。長寿と言っても僅々数千年であり、短命と言っても一日二日ということはない。今までの文学全集は、ひたすら長命の小説ばかり集めようとするのみか、編者自身が作品の命数を決める気概が高かったが、今度、小説家ばかりで編集したこの文学全集には、おのずから異なった見地がある。

　これは現在、生き物として最もいきいきとしており、面白さにおいても最も面白がられているところの、小説らしい小説ばかりを集めた全集である。もちろん面白さの性質も、時代と共に変化してゆく筈だが、今はそれを問わない。裁かず断定せず、小説家同士の話し合いによって、各自が能うかぎり読者の立場に立ち、読者が選んだ文学全集としての形を成そうと念じたのである。

　この文学全集は、従って、小説をあくまで生き物として扱い、むずかしい定義を課さないけれど、後世に対する責務は十分果たしえていると信じる。それは視聴覚文化や、さまざまな形の消費産業が、未曽有の活況を呈しつつあるこの一九六〇年代という時代において、小説がいかに逞しく生きのびたかという証明にもなり、小説がいかに本来の雑草的な生命力を取り戻さなければならぬかという要請にもなり、かつ最も重要なことは、これが、後世から見て、一九六〇年代の時代的好尚を如実に辿ることのできる真の現象史的文学全集になったということである。

編集委員会

付記　本稿の執筆に当って、中央公論社の元編集者近藤信行氏、元秘書室長の前田良和氏、河出書房新社元社長の清水勝氏、元営業部長の早川和一氏のご教示を得た。（元編集者）

ミシマ万華鏡

太田一直

　去る平成二十三年三月十一日の東日本大震災は日本国中に大きな被害をもたらしましたが、三島由紀夫文学館でも電燈が壁にぶつかりかさが凹んだり、写真資料の額が破損したり、パソコンのディスプレイが倒れコードが切れるなどの被害がありました。しかし、資料が破損・損傷するという被害はなく、建物の損壊などの被害もなかったため、閉館することは免れました。不幸中の幸いと言えます。ただ、当館では平成二十三年三月一日より三島由紀夫「近代能楽集」展を開催していた矢先の出来事だっただけに、新展示を開催したにも関わらず団体予約のキャンセルが相次ぎ、三月四月は入館者が前年を大幅に下回ることになってしまいました。団体予約の中には外国からの団体もあっただけに、三島文学への外国人の関心の高さを認識していたのですが、大変残念な結果となりました。

　さて、七月二日～九月二十五日まで、『鹿鳴館』―「俳優芸術のための作品」展が三島由紀夫文学館隣りの徳富蘇峰館企画展示室にて開催されます。『鹿鳴館』は三島由紀夫の代表的戯曲の一つで、最近では劇団四季の一年間に渡るロングセラー公演や池辺晋一郎氏によるオペラ化で評判になり、今でも大変人気のある戯曲です。今回、上演パンフレット・ポスター・プログラム・チラシを中心に、初版本や初出雑誌、当時の新聞記事などを展示致します。ご来館を心よりお待ち申し上げております。

特集　三島由紀夫と編集

編集との係わり素描――三島由紀夫、活動の一つの基軸

松本　徹

作家が登場し、活躍をする上で、必ず編集者との出会いがある。それとともに、作家自身の側にもなんらかの編集感覚、編集意識があり、それを積極的に働かせることもある。

その両面について、三島由紀夫に即して、とりあえず文芸誌編集との係わりを中心に、おおまかなところをメモ風に記そうとするのが、本稿である。

（本稿は、山中剛史の論考と多くの点で重複するが、主に時系列で扱うなどの違いがあるので、その点を留意して見て頂きたい。資料は山中論考のものと重複するものが多いので省いた）

一

三島由紀夫の筆名で、初めて連載されたのが「花ざかりの森」だが、これは「文芸文化」同人の学習院高等科教授であった清水文雄の目にとまり、推薦されてのことであった。その際に、同人の蓮田善明が編集後記に「われわれ自身の年少者」であり、「悠久な日本の歴史の請し子」のようなものと書いた。

「文芸文化」は、広島文理大学の斎藤清衛門下生によって文献主義、実証主義が主流であった国文学会に新風を吹き込もうとして、昭和十三年七月に創刊された月刊誌で、すでに戦時下にあり、古典への回帰が声高に叫ばれていた中のことであったが、その声はもっぱら「万葉集」や「古事記」なども武勇、忠義を称える部分に限られがちで、「古今集」を初めとする平安朝文学などは逆に排除される傾きがあった。その風潮に抗しようとの思いが同人たちにはあった。

だから、蓮田善明が言う「われわれ自身」「悠久な日本の歴史」とは、なによりも雅びな平安朝文学の流れを汲んでいる点にあり、同人たちの意向に沿った作品として、掲載されたのである。

雑誌編集に携わる者と一作家の登場が結び付いた最も好ましい例である。

そして、蓮田善明、伊東静雄らの依頼で、若い編集者であ

った富士正晴（当時、七丈書院の関西駐在員）が単行本とすべく奔走した。富士自身、「一冊の書物に、ひとがしないのならわたしが骨折つてでもしたい」と奔走、昭和十九年十月に刊行された。

戦時統制下、単行本の刊行が極端に少なくなっていたこともあって、かなりの人々の目に留まり、よく売れたようである。

ただし、このことが敗戦後の再出発においては、少なからぬ障害となった。「日本浪曼派」の流れを汲む、戦後日本にふさわしからぬ作家と見なされたのだ。

この見方は後々まで尾を引いたようだが、鎌倉文庫の役員をしていた川端康成の推挙を得て、昭和二十一年、創刊間もない「人間」六月号に「煙草」を掲載、一応、戦後文壇の一角に顔を出すことができた。次いで「人間」編集長木村徳三の助言を得て、「春子」「夜の仕度」などを書き継ぐことになった。

戦後は多くの雑誌が創刊されたが、「群像」もそうであった。高橋清次、川島勝の手で同年十一月号に「岬にての物語」が掲載され、「軽王子と衣通姫」を引き続いて発表した。

これらの雑誌は、書き手の獲得に力を注いでいて、新人作家にとっては恵まれた状況であった。しかし、七丈書院が合併して出来た筑摩書房に幾編もの小説を持ち込んだものの、顧問であった中村光夫に「マイナス百二十点」として、退けられた。

これに衝撃を受けたが、一応、発表舞台は幾つも得、新進作家の仲間入りを果たした。

その一方で、大学を卒業、大蔵省に入ったが、そうなるとこのまま官僚としてやって行くか、職業作家として進むべきか、悩むようになった。三島の父親梓が、木村徳三を訪ねて筆で立つ不安を訴えたことが知られる。

そうして大蔵省を辞める決心をほぼ固めた昭和二十三年八月末近く、河出書房の坂本一亀が、大蔵省に三島を訪ねて書き下ろし長篇の執筆を依頼した。

これに力を得て三島は、九月早々に辞表を出し、職業作家として進む決心をした。

これに少し遅れて、「新潮」の菅原国隆が訪れた。そして、まず「大臣」（昭和24年1月号）を掲載したが、この菅原との結び付きが、以後の三島の作家活動の軸になったと言ってもよい。

いかなる出版社の、いかなる編集者と結び付くかが、その作家の行く手、文壇的位置を、少なからず決めるようなところがあり、その点について三島は早くから意識していたし、機会にも恵まれた。

二

「仮面の告白」（昭和24年4月）が刊行され、作家としての地位を確立したが、坂本一亀が戦後派作家の結集を図って雑誌「序曲」を創刊、雑誌自体は一号で終わったが、その同人に三島は加えられ、戦後派作家の一員として認められるとともに、彼らと知り合う機縁となった。

その年の十一月、東大法学部学生で金融会社光クラブ社長山崎晃嗣が、人を食った遺書を残して自殺、世を驚かせたが、これを題材にして小説を書くよう勧めた編集者がいた。「人間」の木村徳三であり、「新潮」の菅原国隆であった。

菅原の方が後であったようだが、三島は「新潮」を選んだ。これに木村は激怒したが、当時、「人間」は経済的に苦しくなっていたという事情も絡み、なおさら怒りを覚えたようである。

三島と新潮社との間では、すでに書き下ろしの「愛の渇き」(昭和25年6月刊)が進んでいた。

そして、資料の収集など全面的な協力の下、光クラブ事件をモデルにした「青の時代」を連載(7～12月号)した。作品としては失敗作と見るべきだが、スキャンダラスな話題に果敢に取り組んだ、若手作家として深く印象づけ、戦後の新しい作家像を体現したかたちとなった。二人もの編集者が企てたのも、時機に適った題材であったからであろう。

ただし、この作品の強引な観念性は、編集者主導の下で執筆する三島側の対抗策と見てよいかもしれない。下手をすると編集者に押し切られる危機を感じたはずである。

この後、三島は「禁色」第一部を「群像」に連載、世界一周旅行に出て、帰国すると第二部を「文学界」に連載するとともに、帰国後最初の短篇「真夏の死」を「新潮」(27年10月号)に掲載する。多分、人気を得た新進作家として主要文芸誌の間でバランスを取ったのである。

そして、昭和二十八年七月から、最初の本格的作品集「三島由紀夫作品集」全六巻が新潮社から刊行された。若冠二十八歳でありながら、戯曲、評論エッセイ、紀行を含め、自ら執筆の解説がつく、ユニークな編集で、函入りの立派な造本である。新田敞の手になり、以後、雑誌と単行本と両面から、三島を囲い込むかたちになった。

この結び付きが「潮騒」を生み、「金閣寺」の連載となった。

そして、昭和三十年十月から小島千加子(本名喜久江)が「新潮」の三島担当に加わり、「豊饒の海」四巻の連載へとつながって行く。

三

「群像」では、川島の後を松本道子が受け継ぎ、「禁色」以降、担当したが、「日本の芸術」と題して、昭和三十一年、十五代坂東三津五郎、喜多村緑郎、喜多六平太、三代杵屋栄蔵、豊竹山城少掾、竹原はんと対談した。この企画は三島が歌舞伎や舞踊の台本を書くようになったのを受けてのものであったが、三島にとって大変有り難い企画であった。出版部門に移った川島は、評論集『美の襲撃』のカバー写真の撮影に細江英公を起用しことから、二人を結び付け、『薔薇刑』を生み出す切っ掛けをつくった。また、松本と協力してベストセラー「美徳のよろめき」、書き下ろしの秀作「午後の曳航」を送り出した。

中央公論社とは、「婦人公論」と早く係わりを持ち、最初のエンターティメントとでも言うべき「純白の夜」を昭和二十五年一月号から連載、映画化されるなど、成功を収めた。そうして昭和三十年「中央公論」一月号から「沈める滝」を、昭和三十五年から「宴のあと」を連載した。主に係わったのは社長の嶋中鵬二であったようだが、その下に笹原金次郎、近藤信行、井出孫六らがいた。三十一年には「中央公論」新人賞の選考委員となり、深沢七郎「楢山節考」を推薦した。この関係から「風流夢譚」の原稿を読み、刺激を受けるとともに危惧の念も働いて「憂国」の執筆となったが、嶋中鵬二家での殺傷事件（昭和36年2月1日）が起こり、三島も脅迫され、ボディガードが付く事態になった。そして、「宴のあと」ではプライバシー裁判の当事者となった。

こんなふうに中央公論社との係わりからいろいろ厄介な問題を生んだが、嶋中鵬二は、昭和二十九年十一月、三島とドナルド・キーンを引き合わせる手配をしている。この出会いが、三島が海外に広く知られるようになる決定的な要因になったし、同社が創刊した「海」編集長になった近藤が、海外へ押し出す一翼を担った。

「文學界」には、昭和二十三年に「頭文字」を掲載、「禁色」第二「秘楽」を連載などして来ているが、文藝春秋社との係わりはあまり分明でない。この社は定期異動が頻繁で、担当編集者が固定しなかったためだろうが、昭和二十七年秋から「文士劇」に出演、久保田万太郎、小林秀雄、後には石原慎太郎などと知り合う機会を得た。四十一年夏からは芥川賞選考委員になった。そして、文学作品でないが、「東大を動物園にしろ」（「文藝春秋」昭和44年1月号）は堤堯、「革命の哲学としての陽明学」（「諸君」45年9月号）は田中健五によるもので、「行動家」たろうとした三島の足取りをよく示している。

以上、ざっと見てきただけでも、三島が作家として大きく育ち、多方面で活躍、海外にも知られるようになるのには、いかに編集者の役割が大きいか、明らかだろう。

四

河出書房の「文芸」の場合は、会社が倒産するなどのことがあって、小説を掲載するには至らなかった。その苦労は、寺田博が率直に「同時代の証言」で語っているが、その代わり、もっぱら戯曲を掲載した。「サド侯爵夫人」もそのなかの一編である。小説としては異色の「英霊の声」を四十一年六月号に掲載している。

これに関しては寺田宛書簡がある。「小生のやうに、何でも青写真みたいに計画を立ててゐる人間にも、時折鬱屈があり、爆発があつて、そこをうまくつかまへて書かせて下さつた御好意に感謝してゐます。出来栄えはともかく、イキの合つた仕事とは、かういふものでせうね」（昭和41年5月14日）。

作家から編集者へ贈られた最高の言葉である。ただし、寺田自身は、「三島さんの原稿が欲しくて順番を待っていた」ところ、「天皇の人間宣言について、小説にしたいことがあるんだよね」というような程度のことを言われて、「それはもう是非書いて下さい」と言ったぐらいですよ」と、ひどくそっけない返事であった。しかし、少なくとも三島の側から言えば、その程度の軽い話ではなかったはずである。天皇を批判的に扱う場合、いかなる事態を招くか、深沢七郎「風流夢譚」の例を上げるまでもなく、予測し難いところがあって、それなりの覚悟が必要であった。その点を三島は危惧し、あれこれ考えた上で寺田に白羽の矢を立てたのであろう。それに寺田はさりげなく応じ、平常心で乗り切ったのだ。「イキの合つた仕事」と三島が言うのは、そのあたりのことを言っているのに違いない。そのあたりの呼吸を寺田自身もよく承知しながら、座談の席では、知らぬ顔をし通したのだ。

三島は、売れる作家であるだけでなく、何を仕出かすか分からない危険なところがあり、編集者は、そういうことも覚悟して付き合わなくてはならなかったのだ。

ついでに記すと、「三島由紀夫研究」をとおして、幾人もの著名な編集者の話を聞いて来たが、男女にかかわらず共通して言えることは、胸奥に期して語らぬなにかを持っているという印象である。それはわれわれが知りたがる秘密を隠しているというのとは違う。いまも触れた、編集という仕事をやり遂げる上での他からは伺い難い覚悟と言えば近いかもしれない。

なお、新田敞は、没後に「三島由紀夫全集」全三十五巻補巻一を刊行、二度目の全集のＤＶＤにより映画なども収める基本方針も定めた。松本道子は、再晩年に虫明亜呂無編『三島由紀夫文学論集』、中村光夫との『対談・人間と文学』、『東文彦作品集』を出している。いずれも三島の意向を汲み取ってのもので、三島を喜ばせたが、それ以上に大きな意味ある仕事であった。

五

寺田の「文芸誌編集覚え書き」（「季刊文科」連載、未完）や編著『時代を創った編集者１０１』（新書館）収録の三浦雅士との対談などを見ると、月々の雑誌の目次への拘りの強さを感じる。編集者はその平衡感覚（公平というのではなく「一種の世界観」だと言う）でもって、一人では表現できない、異なる考えを持つ多くの執筆者を並べて表現しようと努め、その成果を目次に示すのであり、毎月々々その達成度を高めようと努めつづける、というようなことを語っている。編集者は編集者で、自らの「世界観」を賭けて、この時代なり社会を掴み、表現し、かつ批評、記録もしようとしているのだ。

この点において、作家や批評家と共通項を持つと捉えてよかろうと思うが、そのところを三島は意識化し、編集に係わることもあった。

例えば三島には自作解説の文章が実に多いが、これもその一つの現われであろう。最初の作品集に自ら解説を加えたのを初め、文庫版、新書版においても進んで書いているし、「自己改造の試み」などと言った文章もある。自己検証を怠らず、そして、今日において自分が占めている位置を探索、知り、かつ、自から積極的に提示しようともしたのだ。

その萌芽は、十三歳の時に作った「聖室からの詠唱」詩集ノートに見てよいかもしれない。自作のなかから気に入った短歌十四首、俳句八句、詩六十九編を選び、序、巻頭言まで付けている。つづいて習作詩集「公威詩集」、「十五歳詩集」を編んでいる。そして十六歳になると、学習院の「輔仁会雑誌」編集長に選ばれた。これが文学的青春と言ってよい時期であったようである。

やがて作家として活躍するようになってからだが、鉢の会の一員として季刊雑誌「聲」（昭和33年10月創刊）の創刊に加わった際がそうであった。「私にはしきりと、高等学校時代の校友会雑誌編集のころのことが思ひ出される」（「にはか編集者の文学熱」）と、嬉しそうに書いている。ただし、目次全体を考えるようなところまで行ったかどうか。

この後、「新鋭文学叢書8　石原慎太郎集」（35年7月）筑摩書房刊、「文芸読本川端康成」（37年12月）河出書房新社刊を編集、解説も書いている。

本誌で藤田三男氏が書いる河出書房の「現代の文学」全四十三巻（38年5月〜）河出書房新社刊、「日本の文学」全八十巻（39年2月〜）中央公論社刊の編集委員となると、随分、編集に積極的に係わった。とくに後者では「川端康成」「森鷗外」一「林房雄・武田麟太郎・島木健作」「尾崎紅葉・泉鏡花」「尾崎一雄・外村繁・上林暁」「内田百閒・牧野信一・稲垣足穂」を担当、すべてに解説を書いた。この仕事が果たした意味について考察する必要があるだろう。

そして、佐伯彰一、村松剛、遠藤周作らとの「批評」では「デカダンス特集」（昭和43年6月）の編集を単独に担当している。編集後記には「年来の夢を実現し、諸氏の知識と探求の成果から、多くを学ぶことができるのを喜んだ」と書いている。

もう一点、注目すべきは没後に刊行されたペンギン・ブックスの「New Writing in Japan」（１９７２年）である。翻訳も担当したジェフリー・ボーナスとの共編だが、これまで海外にほとんど紹介されたことのない作品を選んでいる。稲垣足穂「イカルス」、埴谷雄高「宇宙の鏡」、安部公房「棒」「赤い繭」、大江健三郎「飼育」、吉行淳之介「驟雨」、安岡章太郎「質屋の女房」、石原慎太郎「待伏せ」、三島「憂国」、秋山駿「簡単な生活」。それから吉岡実、安西均、田村隆一、辻井喬、谷川俊太郎、白石かずこ、高橋睦郎の詩に塚本邦雄の短歌、水島波津の俳句である。

　韻文作品も加え、現代文学のエッセンスを示そうとしたのだ。三島自身、海外に知られ、幾多の著名な賞の候補になるとともに、日本を代表する作家として海外で広く認められるようになると、こうした仕事も積極的に果たしたのだ。

　こうした編集作業で獲得した目でもって、自分の文学活動を検討しようと企てたのが、「日本文学小史」だったと見てよかろう。未完に終わったが、日本文学史の流れの中に自らを位置付けて密かに考察しているのだ。それが「豊饒の海」に投影されていると思われる。

　そうなると、編集という営為を通して、作家活動を考察する必要が改めて確認できそうである。

六

　以上、ほぼ文芸誌を中心に、筆者の貧しい知見に入った編集者の回想記などを中心にして、その要点を略述したが、他にもさまざまな雑誌があり、新聞、週刊誌、ミニコミ誌などにも、それぞれに多くの編集者がいた。

　その文芸誌以外の媒体選びにおいて、三島はより意識的意図的であったようである。獲得していた知名度が、そうすることを可能にしたのだが、そうした側面の検討も必要だろう。

（文芸評論家）

松本道子氏

座談会

話しているうちに企画が……——松本道子氏を囲んで——

■出席者　松本道子・松本　徹・山中剛史・池野美穂
■平成22年3月2日
■於・東京六本木・松本道子氏宅

■「群像」編集部に呼ばれ

松本　「三島由紀夫研究」では座談会形式でいろいろな方にお話を伺って来ていますが、きょうは講談社の編集者として長らく活躍された松本道子さんのお話を伺おうと、ご自宅にお邪魔させていただきました。同じ講談社の川島勝さんからすでにお話は聞いているのですが、その際も、これは松本道子さんの方が詳しい、などとおっしゃっていましたし、部下であった徳島高義さんが、掛け値なしに敬愛の念をこめて松本さんのことを語るのを聞いて、ぜひともと思った次第です。「群像」の初代の編集長は高橋清次さんでしたね。三島さんがその高橋さんを訪ねて行ったところ、急用で、川島さんが代わって対応された時から、講談社との係わりが出来た……。
松本道　初代が高橋さん、二代目が有木勉さんという方で、それから大久保房男さん。この方はユニークな方でした。
山中　大久保さんは回想記を何冊か出版されてらっしゃいますが、まわりからは鬼の大久保なんて言われていたそうですね。
松本　あの時代、異色の人材がいたんですね。
松本道　はじめて本格的な文芸雑誌を出すというので、今思えば会社も、当時としては優秀な人を持ってきた、というような印象ですね。私は創刊からはいなかったですけれども。
松本　間もなく松本さんが社内からスカウトされて……。
松本道　そのとき私は「少女倶楽部」にいまして、隣の編集部が「群像」だったんです。高橋清次さんからお声がかかって、それで。
松本　すぐに行く、というご返事はなさらなかったようですね。
松本道　「少女倶楽部」の編集長がとても大事にしてくださっていて。そのときは同僚に文学趣味の合う人がいまして、当時は、文化国家なんとかというかけ声があったでしょ？だからそういう雑誌にしようと思っていたんです。
池野　当時、「群像」の編集部に女性はいらっしゃらなかったのですね？
松本道　ええ、いなかったですね。
松本　あの時代、女性編集者としての先陣を切って活躍されたんですね。そういう意味でも随分大きな足跡を残されました。
山中　だからこそご苦労もおありだと思うのですが……。
松本道　私なんかは大学で文学の勉強をしたわけでもありませんが、幸い父親が、絵描きなんですけれども、文学趣味がありまして、家にいっぱいあったんですよ、文学全集が。あれが私の学校代わりですね。ですから、「群像」に移ってからも作家の先生方とおつきあいするのに、なんの抵抗もなくおつきあい出来て幸せでしたね。
山中　小説家といえばまだ色眼鏡で見られていた時代でしたし、無頼派などと呼ばれる作家もいましたからね。
松本　三島と最初にお会いになったのはいつでしょう？
山中　確か『禁色』連載の途中からご担当になられたと伺っていますが。
松本道　そうですね。その前に三島さんの松濤のお宅へお使いで行った……。それが初めてですね。三島さんのお母様がいらして。
松本　その松濤の家、取り壊されちゃいましたけど、見に行ったことがあるんですよ。玄関から入って左手でしたか、応接間があって……。
松本道　応接間ですかね、向かい合って座るようなお部屋があって。そこに腰掛けて話したりしていましたね。

松本　玄関のところがちょっと洋風になっていましたね。

松本道　そうですね。あの頃の家、懐かしいですね。伺うと、奥でご飯を食べていらしたりしてね。三島さんがお母様に、「おかあさまぁ」っていうんですよ。文学座に関わりがおありになったでしょ？　文学座ではそのマネをして三島さんをからかっていましたよ。

松本　どういう親子関係だったんでしょうね？

松本道　お母様のことは大好きだったんじゃないでしょうか。それと、おばあちゃん子みたいな時代があったでしょう。だからお母様と一緒に出かけることがうれしかったみたいですね。

松本　作品をお母さんに見てもらっていたというようなことを書いていますが。

池野　出版社へ渡す前に必ず見てもらったそうですが……。

松本道　そうですね。お母様のことはとてもお好きでしたからね。

松本　しかし、母親に見てもらうような作品の内容じゃないですからね。普通だったらお互い嫌がるのではないかなと思うんですが。

山中　幾ら作品でも、色事のシーンなんか自分の親に見せるのはちょっと躊躇したんじゃないかと思うんですよね。殊に『禁色』となると……たとえば女性の着物の柄とか持ち物とか、そういうことならよくわかるのですが。

松本道　そうしたことは男性の方はわからないですからね。

松本　松本さんは『禁色』の原稿をご覧になって、違和感を覚えませんでしたか？

松本道　いいえ、やっぱりおもしろかったですよ。ああいうこと、知らないでしょう？

松本　だけど、世間の常識を逸れているというか……。

松本道　そうですね。そういう状況にいる主人公自身が、必死に拒絶感を持っている感じは、何となく伝わってくるようなところがありましたね。

池野　当時は、かなり偏見がありましたし、こんな小説は嫌だ、というふうには……。

松本道　全く思いませんでした。

山中　以前川島さんにお話を伺った時、『禁色』に出てくるゲイバーなんかに連れて行かれたと仰っていましたが、そういうことはありませんでしたか？

松本道　私はやっぱり女だから、そこまではね。

山中　原稿は、自宅へ取りに行ったのですか。編集部に持ってくるようなことはありましたか。

松本道　ないですね。自宅以外ということもあまり。三島さんは、担当するようになった当初から、スターでしたからね。

池野　その頃から日光浴をしたり……。

松本道　日光浴は、馬込の家からですね。

松本　松濤から緑ヶ丘に移るでしょ。あちらの家はどうでしたか？

松本道　そうですね。松濤の家より緑ヶ丘の家に通った時期のほうが長かったかな。あの頃、月に十万円稼ぎたいって仰ってましたね。

山中　昭和三十年少し前の十万円って、かなり大変な額ですね。

松本道　当時はね。夢みたいなお話ですよ。

松本　僕なんか初任給が一万円なかったからね。

松本道　私なんか四十五円ですよ（笑）。

山中　十万円稼ぎたいと、ある程度、実現性をもって考えるようになっていたんですね。それでその頃、着ているものとかは派手目でしたか？

松本道　いえ、そうでもなかったですね。割と普通でしたね。頭はリーゼントでね。

松本　それでいて、ぬいぐるみを持っていた……。

松本道　ああ、熊のぬいぐるみを持っていましたね。

松本　緑ヶ丘に移ってからですね。

松本道　よくご存じで（笑）。

松本　いやいや、僕らは、そういうことを文字の上とか伝聞でしか知りませんからね。やはり現に見ていらっしゃる方に保証していただかないと。

■歌舞伎にはよく一緒に

山中　「群像」ですと、戯曲として『卒塔婆小町』『夜の向日葵』『若人よ蘇れ』を載せているんですが、そういう新劇の芝居に招待されるとか、一緒に見にいったことはございますか。

松本道　それはありましたね。

松本　『若人よ蘇れ』は、俳優座でしたね。大阪公演（昭和三十年一月、毎日会館）を見たことがあるけれど、ちっとも面白くなかったなあ。

松本道　三島さんの芝居は、やっぱり『鹿鳴館』とか、ああいうのが面白いですよね。それから三島さんは、歌舞伎も大好きでね。

山中　川島さんが担当された写真集『六世中村歌右衛門』の編集にご一緒されたことはございますか。

松本道　それをやっているのを、ちらっと見たことがありますね。あれ、相当大変だったみたいね。川島さんから聞いた話だけれど、いろんな写真を部屋にわあーっと広げて。歌右衛門が、これ、これ、とか指すんですって。でもその写真が三島さんの好みとずれているときがあってね。

松本　どう違ったんでしょうね？

山中　どれがどう違ったのかわかったら面白いですね。歌舞伎なんかもやはり誘われたのですか。

松本　徹氏

松本道　歌舞伎座はよく誘っていただいたわね。珍しい狂言が出ると。泉鏡花の『天守物語』（昭和三十年二月）の時は、一緒に行きましょうっていってね。お母様がご一緒の時もありました。腰元が沢山出てくるお芝居を観たとき、「お母様、女中さんがいっぱいいてうらやましいでしょう？」なんていっていました。

松本　『只ほど高いものはない』で、そのことを扱っていますね。女中さんがいないので、亭主が過去に因縁のあった女性をひっぱってきちゃうっていう。

松本道　お芝居を見ながらそんな構想も立てていたのかもしれませんね。

松本　それでいてお芝居を見てゲラゲラ笑い転げていたんでしょうね。

松本道　そう、あの大きな声でね。

山中　劇場の中でワッハッハと笑うと、一緒にいてちょっと恥ずかしいというか……客席でかなり目立っていたようですね。

松本道　あれは恥ずかしいのよね（笑）。

松本　自作のお芝居を見に行ったときもそんなことがあったんですか？

松本道　ありますね。面白いと思ったところが、自分の思ったとおりにできているというときはね。

松本　それはどんなお芝居ですか？

松本道　やはり歌舞伎でしたね。

松本　三島さんは『鰯売恋曳網』の舞台には随分不満を漏らしていますが、その一方で楽しく笑っていたんじゃないかと思いますね。

松本道　そうですね。再演されたときも勘三郎だったかな。その次は勘九郎が演じて。それのほうがいい、と瑤子さんはおっしゃっていましたね。

松本　歌舞伎座さよなら公演にも『鰯売』が出ましたよ。

松本道　私の友達も見てきてとても面白かったといっていました。書いた歌舞伎の中でも非常によく出来ているのではないでしょうか、『熊野』や『鰯売』なんかは。

山中　何度も再演されているのがその証拠ですね。

松本　歌右衛門の最後の舞台『熊野』を見ましたが、よろよろしていて痛々しかったですね。三島さんの仕事を考えると、お芝居が没後の作家生命を長くしていますね。次々と新しい演出の工夫が凝らされて、ますます生き生きとして来ている。海外でも、いまも盛んに上演されています。

松本道　『地獄変』なんかは見ましたね。三島さんは男の主人公役の役者を、あんまり認めていませんでしたけど。歌右衛門、勘三郎が出てましたね。車を燃やす場面が印象的でした。

松本　『椿説弓張月』はいかがでしたか。

松本道　『弓張月』はねぇ……面白かったの。それで再演されたでしょう。二度目に見たときはもう三島さんはいなくて。そうすると、あの台詞が、びんびんこちらの胸に響いてくるのね。あそこには三島さんが入っている。そう感じましたね。

松本　三島さんの歌舞伎はこれからもっともっと重みを持ってくると思いますよ。新作歌舞伎はみんな現代ふうに作られているけれど、三島さんは浄瑠璃やなにもかもきちんと取り入れている。そうしなくては、歌舞伎の演劇としての力は出ませんね。どこの劇場でも見られるような芝居を、歌舞伎座で見たくはありませんよ。

松本道　もうちょっと書いて欲しかったですね。

■「太陽と鉄」をほめると

山中　「群像」では、『禁色』に続く長篇として『美徳のよろめき』を連載しましたが、その頃のことで何か印象的なことはありましたか?

松本道　あのころ私はちょっと病気をしましてね。三ヶ月休んで、出てきたら「今度、『美徳のよろめき』というのを書くんだ。いい題でしょう?」っておっしゃったんです。

山中　三島由紀夫がアメリカへ行く少し前ですかね。『美徳のよろめき』は、川島さんが単行本を担当、松本さんは雑誌の方の担当をされたのですね?

松本道　そうです。

松本　あのヒロインにはモデルがいる、という話ですけれども、そのあたりは……。

松本道　うーん……まあ、そうかな、と思うような方がいないでもなかったけれど。

山中　かなり時間も経過していますし、よろしければそこのところをもう少し……。

松本　三島さんのモデル問題は、いろいろと紛糾する恐れがあるので（笑）にわかには……とくに女性関係はちょっとあぶないことになりますかねえ。

松本道　そうですね。

山中　先程の着物の柄の話じゃないですけれども、例えば湯浅あつ子さんですとか、個人的に意見を聞いていた異性の友達はけっこういた筈だと思いますけれども。

松本道　そうですね……。

山中　湯浅さんなんかとお会いになってらっしゃいますか?

松本道　直接お会いしたことはないですね。

山中　『美徳のよろめき』は当時けっこう反響も大きかったと思うんですが。

松本道　よろめき夫人なんて流行語にもなりましたね。

山中　中間小説っぽいところがあって、当時の有閑マダムたちを刺激するというか、女性読者をターゲットとしていろいろと意識したところがありますよね。

松本道　そうですね。女性に合わせて書いていらっしゃいますね。

山中　ベストセラーになってお祝いのようなことはされたんですか？

松本道　それは『禁色』が終わったときかな。まだ三島さんが若い時期でしょう。非常に喜んで、お宅に食事に呼んでくださったわね。

山中　『金閣寺』で高い評価を受け、またエンターテイメント的な作品でベストセラーも出してスター作家となったわけですが、その一方で、文学以外でもいろいろと活躍し始めましたね。映画「からっ風野郎」の主演だとか。

松本道　あの、エスカレーターから落っこちたやつね（笑）。

山中　あれで頭を切ったりして当時大変だったようですが、ご覧になりましたか？

松本道　映画は見ませんでしたね（笑）。

山中　是非見に来てくれとか、監督にしごかれたとか、そういうことをいわれたことは……。

松本道　ありませんでした。

山中　ボディビルにボクシング、剣道、いろいろやっていましたけど、男の編集者だと、「ちょっと見ていけ」とかそういうふうに言われたという話をよく聞きますが。

池野　女性に対してそれはないでしょうけれども。

松本道　でも、剣道をやっているところは見に行ったことがありますね。警察のPRのときに呼ばれたことがあって。あれは、『太陽と鉄』（昭和四十三年十月刊）のことで打ち合わせだった時かな……。そしたら、おまわりさんと一緒にやっているわけですよ。それを後ろから見たら、三島さん、とても細々とした体で。おまわりさんってとても体格がいいでしょう。だから、鍛えた体だったんでしょうけども、比べちゃうとやっぱりね。

松本　今、お話に出た『太陽と鉄』ですけれども、講談社で出ましたね。その企画はどなたが出されたのですか？

松本道　あれはね、話しているうちにそういうことになっちゃったんです。

松本　連載したのは「批評」でしたね。

松本道　それの、頭のところを私が読んで、あれはいい、といったら大変喜んでくれて。

松本　そうでしょうね。自分独自なものを出したと思っていたところ、即座に認めてくれたわけですから。

山中　カバーの写真は、三島の方からこれを使ってくれという指示があったんですね。

松本道　そうですね。篠山紀信さんの撮ったものですね。なんか、あれ、子供みたいね（笑）。

松本　評論の類を出すのを、三島さんはずいぶんお喜びになったようですね。その流れの中で、これなんか一番うれしい出版だったんじゃないかな。

山中　小説と比べると地味でしょうから……。「『仮面の告白』続編！」なんていう帯の文句は編集担当の方が考えたんでしょうか。

松本道　そうですね、私もやりました、担当すればね。『太陽と鉄』は違いますが。

松本　じゃあ、『美徳のよろめき』なんかは帯をお書きになったんですか？

松本道　うーん。それは……。ご本人は書いていないですね。

松本　もう、その辺のところ、お明かしになってもよろしいんじゃないですか（笑）。

山中　「群像」時代の忘れてはいけない大きな仕事としては「日本の芸術」という対談シリーズがありますね。

松本　あの時代、こういう企画をよく思いつかれたなあと思います。

山中剛史氏

松本道　私も懐かしいですね、これは。坂東三津五郎とか喜多六平太さんとか、豊竹山城少掾さんとか。これが終わった時は、会いたいと思った人に会ったわけですからとても喜んでいましたよ。

山中　収録した『源泉の感情』のあとがきなんか読むと、かなり緊張したようですけどね。脂汗を流した末、脳貧血を起こしたなどと。

松本　三島さんの歩みから考えてみても、とても重要な企画で、ああいう機会を提供されたことはすごく大事なことだったなと思うんですね。松本さんは小さい頃からお芝居に親しんでおられていて、三島さんならいける、という感じを持たれたんですか？

松本道　そうですね。

松本　でも三島さんは、このとき、これだけの広がりはまだ持てていなかったんじゃないですか？

松本道　でも、そのときに会ってみたい、と思っていたんじゃないですかね。

松本　古典芸能への広がりに興味があって、もっともっとそれを広げたいと思っていたところにこの企画が出されて、それでぐっと広がって、より確かなものになった、と言うような。

松本道　とても楽しくお話をさせてもらったって仰っていました。それで、そのときにイヤリングを買ってくださったんです。

池野　それは、何回かお使いになられましたか？

松本道　いいえ（笑）。

池野　それはもったいない（笑）。今でもお持ちですか？

松本道　そのままにしておくのももったいないから、そういうのが好きそうな友達に……。あとはね、ハンドバッグを戴いたことがあるんですよ。それがね、エメラルドグリーンみたいな色のハンドバッグでね、とても使えないのよね（笑）。

松本　昭和三十一年でしたね。あの時代にそんな色はねぇ……。

松本道　独特の趣味なのね。でも、いまでも大事にしているものがひとつだけあって、それは『豊饒の海』の第三部『暁の寺』の取材でタイへいらしたときのお土産に、タイシルクのマフラーをくださったんです。それは今でも大事にしています。やさしいのよね。

松本　ご本を拝見していてひとつ強く思ったことは、三島さんは女性のほめ方が実にうまいということですね。あんな心配りの行き届いたほめ方をする人って男でそういませんね、特に日本人では。

松本道　男の方、下手よね（笑）。私が入院しているときにお見舞いに来てくださって、まるで少女のようだとかなんとか仰るのよね。

山中　それは、松本さんへの個人的な信頼と、編集者としてのセンスを大事にしたいということがあるんだと思いますね。

池野　「日本で一番文学がわかる女性」って三島が仰ったそうですね。他に女性編集者が出てきたのは、いつ頃でしたか。

松本道　最後の原稿を受け取った小島千加子さんね。

松本　昭和三十一年、菅原国隆さんの助手としてでしたね。

松本道　男の編集者と違って、心やすくお思いになったのか、全く関係のないところへよく遊びに行ったりしましたよ。霞ヶ関ビルが出来た時は霞ヶ関ビルへとか。高層ビルの最初でしたでしょ。なぜか行こうっていうことになって、てっぺんの食堂へ行ったりして、展望台みたいなところから、窓の外を眺めていたのね。そしたら、年配のご夫婦がいて、こっちをおのぼりさんだと思ったのか、「あれが皇居ですよ」なんて教えてくださった（笑）。

松本　三島さんとしては心外だったでしょうね（笑）。

■原稿を持ち込みますよ

山中　松本さんは昭和三十七年に「群像」編集部から第一出版部のほうに移られているんですが、最初の三島作品の担当は？

松本道　『午後の曳航』でしょうか。川島さんが出版部長のときで。あれは、船員の話でしょう。そういうことを具体的に知りたい、というので、私の弟がたまたま船会社にいたんですね。それでいろいろ取材なさっていましたね。

山中　このシリーズ「今日の文学」は他の作家も加わっていますけれど……。

松本道　あまり長続きはしなかったんです。書き下ろしはな

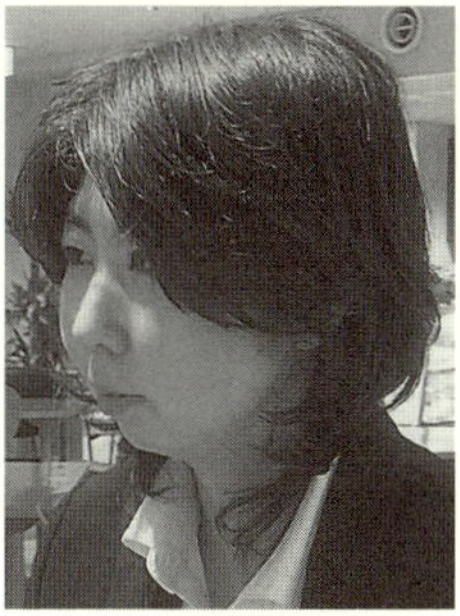
池野美穂氏

かなか難しいですね。

松本　その一冊の分量が三島さんにはぴったりだったけれど、他の作家には難しいところがあったんでしょうかね。『愛の渇き』とほぼ同じ分量でしたね。

松本道　その辺は調節のできる人でしたからね。書いているうちにだらだら長くなっちゃうなんていうことはなかったですね。

松本　この時期、書くのが楽しく、自分の感覚にぴったりというのは、この作品でしたね。だから嬉しかったんでしょう、取材後には乱痴気騒ぎなんかして（笑）。

松本道　あの時は、川島さんと二人で三島さんと行ったんですけれど、ものすごく盛り上がっちゃって……。

山中　飲み始めて、最初は三島由紀夫って気づかれなかったなんていう話ですけれども、またそれがよかったようですね（笑）。

松本道　そうなんですよ。横浜の場末の店に行ったんです。そうすると、周りはみんな気づかないんですよね。それがまた、うれしいのよね。みんな、本物の三島由紀夫が来るなんて思っていないんですよ。だから、自分が本当はただの若者ではなくて実は、っていう感覚を楽しんでいたみたい。歌舞伎みたいにね。

松本　いまは世を忍ぶしがない船員崩れだが、実は雅やかな貴公子だとか、そんな気分になったんでしょうね。

山中　単行本は、この後、講談社ですと『愛の疾走』とか『絹と明察』『私の遍歴時代』などがありますが、その辺はご担当ではなかったですか。

松本道　私はやらなかったですね。『絹と明察』は、取材には何度かご一緒しましたけれど。

松本　晩年の「豊饒の海」を外しますと、最後の長篇ですね。だけどちょっと狂ったところがありますね。

松本道　ちょっと照準が合わないようなね。

池野　紡績会社の社長駒沢善次郎が主人公ですね。

松本　そう。『絹と明察』は、三島さんが一番嫌いなタイプを主人公にしたんじゃないかな。それを無理やり肯定して見せようとした。そういう気配をお感じにならなかったですか。徳島高義さんがやっていらしたんでしょうけれど、傍らでご覧になっていて。

松本道　そんなに、大ヒットという感じではなかったわね。

池野　毎日芸術賞を受けていますね。その後になると、何でしょうか。

松本道　『蘭陵王』ですね。中山義秀さんが亡くなって（昭和四十四年八月）、青山斎場でお葬式があって、三島さんがいらした。三島さんと中山義秀さんとはちょっと結びつかなかったんで、今日はどうしていらしたんですかっていったら、昔、作品をずいぶん褒めて下さったことがあったんですって。そういうところは義理堅いのね。で、「あなた、いつまでもそんなところに立っていないでお茶でも飲みましょう」って、喫茶店へ行って。「今度僕、原稿を持ち込みますよ」って。それが『蘭陵王』だったのね。

松本　三島さんは最後まで、原稿を持ち込む心意気を持っていたんですね。

山中　最後の短篇ですね。単行本としては新潮社が出しましたが、講談社はそれの原稿複製版まで作って。

松本道　担当の、宍戸芳夫さんがやっていらっしゃいましたね。

山中　そうですか。三島没後に出たガラス表紙の豪華本『仮面の告白』も、宍戸さんですね。ガラス表紙の本なんて日本の出版史の中でもかなり異色なものだと思うのですが。

松本道　そうですね。なんかこう、「仮面」だから透けて見えるものって思ったんでしょうね。すごく装丁に凝る人だったのね。落っことしても割れないかとか試してみたりしていましたよ。

松本　仮面だけれども素通しだという、三島の自己注釈として最も的確だったかもしれませんね。

■孤立状態に援助の手

山中　それから松本さんが直接ご担当されたものでは、中村光夫との対談『対談・人間と文学』（昭和四十三年四月刊）があります。このときは企画から全て松本さんがなされたのでしょうか。

松本道　これは三島さんと話していて、やろうって話になったんです。なんというか、あのころ三島さん孤独感を深めていましたね。それで、やるなら結局中村さんだけかなあ、なんて。

松本　鉢の木会はどうしてあんなふうになってしまったんでしょうね。ドナルド・キーンさんが非常に残念がっていました。

山中　『宴のあと』裁判の時に吉田健一が有田八郎側についたとか、いろいろとあったようですが……。

松本道　吉田健一さんは、あまりに……。ちょっとつきあいきれないみたいな感じね。

松本　『愛の渇き』では吉田さんが随分ほめて解説を書いていたんですけどね。

松本道　中村光夫さんだけしか、気持ちを割って話すことの出来る人はいないから、中村さんと対談したいって。それで結局、大先輩の中村さんに、つきあっていただくことになって、電話でお願いしたの。三島さんがこういうことで対談をさせていただきたいって。そうしたら中村さんに、「今日は随分低姿勢ですね」なんていわれちゃった（笑）。気を遣っているのがわかっちゃったのね。それで、引き受けてくださって。

松本　お二人の最初の出会いは、必ずしも幸せな出会いでなかったようですけれど、この対談が出来て本当によかったと思いますね。あのころ、吉田さんだけでなく、福田恆存さんや大岡昇平さんとも関係がおかしくなっていたんですものね。

山中　鉢の木会では雑誌「声」がありましたけど、単行本として三島とのコラボレーションといえばこれくらいでしょうか。それで、この丸々一冊「語り下ろし」というのは、その前に林房雄との『対話・日本人論』がありましたが、段々多忙を極めるようになってきた当時の三島にとっては、やりやすい仕事だったかもしれませんね。

松本道　あれが出たときは本当に喜んでくださって。それで国立劇場に招待してくださったんですよ。玉手御前なんかを見ようっていって。

松本　「摂州合邦辻」（昭和四十三年六月）ですね。そのときの梅幸（七代目）はよろしかったですか？

松本道　歌右衛門とは全然違う役者ですから。梅幸のほうがどこかに女性を感じるのね。

松本　お二人で盛んに歌舞伎評をおやりになりましたか。

松本道　そうですね。

松本　中村さんも歌舞伎には詳しかったようですが、晩年に中村さんと心を通わせるとは、不思議な縁ですね。その不思議な縁をうまくお掴みになって、三島さんもそれで大分救われたようですね。

松本道　そうね。最初の評価が酷かったでしょう。マイナス百二十点なんて。でも『仮面の告白』でちょっと認知したっていう感じだったかな。

山中　それから、出版物では『三島由紀夫文学論集』（昭和四十五年三月刊）が虫明亜呂無編集で講談社から出ていますけれど。この企画は松本さんですか？

松本道　こっちから持って行ったんです。そうしたら虫明さんが編集することになって。三島さんがものすごく見込んでいましたよ。

松本　あの本は三島さんを見ていく上でとても大事な本ですね。二段組みでびっしり、四百九十五頁ですね。この分量でいい、とご指示を出されたんですか。

松本道　とにかく虫明さんにお任せでしたからね。

松本　じゃあ、出来て来てびっくりされたんじゃないですか。こんなに沢山詰め込んで、と。

山中　あの時期にこういう企画を立て、実現させたことは三島にとってとても嬉しいことだったと思います。

松本道　三島さんは評論がいいですからね。

松本　そうですね。その評論家としての三島由紀夫を、あの本が押し出したと思います。

■同時代作家たち

山中　松本さんはいろんな作家とおつきあいがあったかと思うんですが、三島由紀夫はスター的存在で、いろいろ言われたし、三島の方も他の作家について忌憚なくあれこれ言っていたようですが、そうした中でなにか印象に残っていることはございますか。

松本道　そうですね。井上靖さんが出たての頃だったか、三島さんが「井上さんは徳川家康みたいな人だから」って。私が「三島さんも徳川家康みたいになりますよ」って言ったら「僕は信長だからね」って。

山中　信長っていうのが三島っぽくて面白いですね。谷崎潤一郎にもお会いになっていますが、三島にとって谷崎は特別な存在だったと思うんですけれど。

松本道　谷崎さんとは、中央公論の『日本の文学』の編集委員で一緒になったんでしたね。なんか「お賽銭をあげたいような気がした」って言っていました。

松本　少年時代の愛読書でしたから、そういう感じになるんでしょうね。

山中　三島家ではクリスマスパーティーをやっていましたね。松本さんのご本では、有吉（佐和子）夫妻と一緒にいらしたということですが……。

松本道　そういえば、有吉さんのことを三島さんが「有吉さんは外で会うと知らん顔をしているようなことがあるね」と仰ったのね。そうしたら有吉さんが「私は自分より背の低い男は男として認めない」って（笑）。

山中　有吉さんは結構大柄な方でしたからね。三島の対談なんか読むと、そういう機知が発揮されていて面白いです。

松本道　そうですね。

池野　松本さんは他に瀬戸内晴美さんなどをご担当されていらっしゃいますが、当時、三島が若い女性作家に対して何か言っていたことは……。

松本道　あんまりなかったですね。

山中　三島は大スターでしたから、実際のところ他の同世代の作家や若い世代の作家は複雑な気持ちだったんじゃないかと思うんです。そういうところ何か生の声を松本さんは聞いておられるのではありませんか。

松本道　矢代静一さんなんかから話は聞きましたけどね。作家の友達づきあいっていうのは難しいのね。

山中　友達でもあり、ライバルですからね。

松本　同世代やちょっと下の世代にとっては、三島さんは一番鬱陶しい存在だったかもしれませんね。吉行淳之介さんにしたってそうだったのでしょう、三島没後に「スーパースター」（群像、昭和四十九年五月）を書いています。

松本道　そうだったでしょうね。東大だし、同学年だし。

松本　大江健三郎さんも三島について小説を書いていますね、「みずから我が涙をぬぐいたまう日」（群像、昭和四十六年十月）。あれなんかはどうなんでしょう。

松本道　逆に、本当に接点がないんですもんね。

松本　そのあたりのことを考えてみれば面白いかも知れません。

池野　女性作家の中で、三島はどのような位置を占めていたのでしょうか。

松本道　あんまり言わないですね。気にはしていたでしょうけれどね。

松本　石原慎太郎との間のこと、何か感じられたことは。

松本道　慎太郎さんは、あんまり面白くないような感じかしら。

松本　三島さんのほうが張り合うっていう感じで。

松本道　お互い、ある種スター的な出方をしたでしょう。ですからちょっと気にはしていたんじゃないですかね。

松本　三島さんは時代を代表する存在になろうと考えていて、慎太郎や大江は実際にそういう存在に一時はなった。しかし、三島さんは本質的になれなかったと僕は思うんです。なれなかったからこそ、スケールの大きい作家になったのかもしれませんが。

山中　同じように映画俳優やっても、慎太郎とはそもそものスタンスが違うように思うんですね。自意識の持ち方がやっぱり特殊だと思うんですよ。

松本　その意味でも、単なる時代の寵児というのとは違うね。そこを大きくはみ出してしまう。

山中　ちょっと上の世代で三島とつきあいのあった作家、たとえば舟橋聖一とか、久保田万太郎とかについてはどうですか。

松本道　久保田さんの噂はしましたね。文学座のことで。久保田さんは会合なんかであっても遅れて来る……。

山中　舟橋聖一のキアラの会に加わっていましたね。その辺のことは何か……。

松本道　舟橋さんのこと、キューピーちゃんって呼んでいましたね（笑）。

山中　言われてみれば、たしかにどことなく似ているような（笑）。

松本道　そうね。似ているかも知れませんね。

山中　三島は、ちょっと上の世代とはうまくつきあっていますね、年下というより年上の人とのつきあいのほうが多かったでしょうからね。川端の話は伺ったことはございますか。

松本道　川端さんは、ノーベル賞関係で、いろいろ微妙だったんじゃないですか。

山中　いろいろと複雑なところがあったという……。

松本　だけど、三島が登場するときは徹底的に川端さんの世話になっていますからね。先生とは呼ばなかったけれど、やっぱり弟子ですよ。
松本道　そう、弟子ですよね。だから、ノーベル賞のときはかなり意識していたみたいですよ。もみあげなんか伸ばしちゃってね。
山中　意識していた……、それで髪型を変えたんですか。確かに、リーゼントだったのを短髪にして、もみあげを伸ばして、いつもひげの痕が濃い感じで……。
松本道　そう、男らしくね。
山中　やはり、『禁色』の頃とは変わったなあとお感じになる部分はございましたか。
松本道　風貌はね、やっぱり。とくにボディビルを始めてからね。
山中　話し方や、応接のしかたなども変わりましたか？
松本道　それはあまり変わりませんでしたね。
山中　編集者の皆さん仰るんですけれど、時間をものすごくきちんと守られると。
松本道　きちんとしてましたね。締め切りもきちんと守って。遅れるとか待たせるとかいうことは全くありませんでした。原稿の字もきれいだし。
山中　清書しているんでしょうかね。あまりにきれい過ぎるような気がするんですが。
松本道　どうでしょうね。字がきれいですねっていったら「筆耕の内職していたって言いたいんでしょう？」って（笑）。

池野　読めないような字を書く作家が多い中で、あんな字の人はいませんね。
松本道　そういえば、三島さんの結婚式に行ったんですよ。
松本　そうですか。川端さんが仲人でしたね。
松本道　鳥居坂の……なんといったかしら。
山中　国際会館ですね。
松本道　そう、国際会館でね。それをよく覚えています。（昭和三十三年）六月でしたよ。
山中　盛大だったんですか？
松本道　そうですね。会場はそんなに大きくないですけれど、文壇の大御所が来ていたという感じですね。
松本道　そういえば三島さんと歌舞伎座の食堂にいたんです。向かい合って食事していたのね。そうしたら、杉山寧さんのところに出入りしている人がたまたまいらして。三島さんが杉山さんのお嬢さんと結婚したことは知っていて、でも直接知らなかったみたいで、「杉山先生のお嬢様ですか」って聞かれて。三島さんはちょっと慌ててね（笑）。「これは、講談社の……」って。なにもそんなに慌てなくてもいいのにね。
池野　面白いお話ですね。
松本　食堂は吉兆じゃないでしょうね。吉兆でお見合いをしたっていう話がありますが。
松本道　吉兆じゃないですね。一階から階段を上がったところかしら。

松本　松本さんのお父様は絵をお描きだから、全然縁がないわけではないですね。

松本道　瑤子さんが杉山さんのお嬢さんじゃなければ、せっつかれて何か描いていたわね、きっと。

■多彩な編集者の顔ぶれ

山中　講談社の編集者の方について伺っておきたいと思っているんですが、榎本昌治さん、亡くなってしまいましたが、あの方は出版部ではないのですね？

松本道　あの方は、「若い女性」にいたんだったかな。それから、一度出版部に来たことはありましたね。

山中　では三島とは直接担当という関係ではなくて、仲のいい編集者という……。豪快で独特の感じがある方と聞いているのですが。

松本道　名物編集者なんです。私なんかには親しくしてくれたけど。当時の文芸局で局長が交代するか何かでパーティがあったんですよね、文壇バーみたいなところで。榎本さんが、局部長みたいな形で来ていたのかな。みんな酔っぱらって……。その時に、松本さんのいうことなら聞くから、って榎本さんの前に連れていかれたりとかありましたね。

山中　「からっ風野郎」は榎本さんと大映の藤井さんの企画ということでやりましたね。その後、映画「憂国」を主演しましたが、見に来いとかいわれはしませんでしたか。

松本道　見たくなかったですね（笑）。結局、見ませんでした。話は冗談半分で聞きましたけれど。あとは、楯の会の人とばったり会ったことがあります。三島さんの家に行ったら、「これから楯の会の奴が一人が来るけど、面白いよ」って。それでお昼ご飯を一緒に食べました。三島さんに対する楯の会の人の態度がね、あれは、側近にいた人なのかな。

池野　森田必勝さんでしょうか。

松本道　森田さんかしら。三島さんに口をきくときは殿様に口をきくような感じでね。それでびっくりしちゃったの。あんな口の利き方普通しないですよね。

松本　それをわざわざ松本さんに見せようと思ったんじゃないですか。

松本道　面白いよっていうところがね（笑）。

山中　編集者としては、新潮社には新田敞さんや菅原国隆さんがいて、中央公論社だと嶋中鵬二さんとか。近藤信行さん……。

松本　出発期からとなると、菅原さんが一番大きかったようですね。

松本道　菅原さんと新田さんでしょうか。「編集者は色々な人が来るけど、やっぱり新田さんと菅原さんと、松本さんかなあ」なんて三島さんが仰ったことがありましたね。ベスト3に入れてくださった（笑）。

池野　それだけ文学がわかっていらっしゃると。

松本道　そんなに親しくしていたわけでもないんですけれど。
松本　菅原さんとは自衛隊の体験入隊をめぐって別れた形になりましたしね。だから松本さんを頼りにしているところがあったんじゃないですか。『対談・人間と文学』なんかはまさにそうでしょうし。

■最後の依頼

松本道　亡くなる前の月の十月の末にご自宅へ伺ったの。お庭のテラスでね、そうしたら奥様がいらっしゃって。三島さんは「赤絵」（同人雑誌、昭和十七、十八年各一冊刊）をちょっと持ってきて、と仰って、取り寄せられたのね。「赤絵」開いて、ちょっと読んだら、ちょうどそのころの思想のようなことが書かれているのね。だから、「この間仰ったことと同じようなことを書いている」といったら、「それが同じだから困っているんだよ」って。あれはひそかにその次の月のことを考えていらしたのかな、なんてあとで思いました。
松本　三島さんは少年時代に戻っちゃったよって、よく仰っていたそうですが、本当にそうだったんですね。
松本道　そうだろうと思いますね。
松本　少年の時は、二十歳で戦争に取られて死ぬつもりでいた。だから二十五年後に死ぬのは、一度覚悟したことをもう一度覚悟して、実践することだったのかもしれませんね。
池野　そこで三島さんの最期についてお聞きしたいのですが、どのようにお感じになりましたか。
松本道　本当にねえ。本当か嘘か、っていう感じでしたね。白昼夢、という感じですね。
池野　今もそういう感じが残っていらっしゃいますか。
松本道　そうですね。
松本　もう四十年も経つんですからね。驚きますね。
松本道　そうですね。そんなには思えないですね。
松本　本当に、あのときはなんだったんだろうと。
松本道　あの事件があって、私はあの日、三島さんのお宅へ行っていたんだわ。検死があってそれが済んで、帰って来て。お母様が、公威《こうい》さんて呼んでいたのね。「公威さん、帰って来たのね」って仰ったのを覚えていますね。それから、お母様は仏教のお勉強をなさって。
松本　ある意味では、最大の親不孝をしたわけですね。
松本道　そうですね。奥様もお子さんもいらして。威っちゃん（平岡威一郎）は、小学生でしたよね。
松本　三島由紀夫文学館の開館の時に一度、威一郎さんにご挨拶をしているんですが、とても育ちのいい方だなという印象を受けましたね。
松本道　でも、人にはいえない屈託を持っていたと思いますけれどね。
松本　有名な文学者の息子に産まれたら大変ですね。
池野　先ほど、三島さんが亡くなる前の月の十月末にお会いになったと伺いましたが、それが直接お会いになった最後でしたか。

松本道　そうですね。

池野　そのあと……。

松本道　谷崎賞のパーティーがありまして、その時お目にかかりましたが、お話しするとかそういうことはなかったんです。一人だけ遅れて来てね。目立っていましたね。それはわざとだった、なんていう人もいますけれども、私は、それは違うって言ったんです。だって、時間を守る人ですからね。

山中　吉行淳之介の「スーパースター」がそれについて書いた短篇ですね。今読むと、あの書き方はちょっと意地悪かなあとも思うんですが。遅れて来たことを三回もわびた、とか……。

松本道　あの人は、正確には一つ上ですが、早生まれの三島さんと同学年ですね。それでひどくデリケートなんですよ。「群像」の編集者に吉行さんから電話がかかってきてね。あれを読んで、松本さんなんて言ったか聞かせてくれって。気になったんでしょうね。

松本　それを伺って、松本道子さんが作家の中でどういう存在だったかがちょっとわかりましたね。

松本道　いえいえ、そんな。

松本　それと、『東文彦作品集』（昭和四十六年三月刊）については是非伺っておきたいのですけれども。

松本道　そうそう、あれはね、三島さんに頼まれてね。

山中　こういういい方は正しいかどうかわかりませんが、戦時中に若くして亡くなった、いわば無名の文学青年の作品集を単行本で出すのは、出版社としてはかなり冒険ですよね。

松本道　それはもう、三島さんの顔を立ててっていうことよね。

松本　だけど、社内的にあれを提案して、実現させるのにご苦労があったんじゃないですか？

松本道　三島さんのお墨付きっていうんでね。

山中　それでポンと通るのは、やはり力があったんだなあと思います。それで、松本さんがご担当されたんですね。

松本道　ええ。

松本　やはりそのときには、覚悟は決めていたんですね。

松本道　そうでしょうね。だから、いろいろやり残したことがないように、と、整理していたんじゃないですか。

松本　文学的恩恵を受けた亡き年上の友人に、報いておきたいという強い気持ちがあったんですね。

松本道　そうですね。義理堅いところがある方でしたから。

松本　三島さんは普通の人間にはわからないところで、いろいろ配慮していたんですね。この作品集に三島が寄せた序が、自決のちょうど一ヶ月前、昭和四十五年十月二十五日の日付です。松本さんの同意を受けて、すぐ書いたんでしょうが、粛然たる思いになります。今日は、編集者として身近に三島さんを見ていて、晩年には少々の無理も聞き入れる、まことに頼りになる、三つ年上のお姉さんの松本さんでないとわからないようなことも伺えたと思います。本当に長い時間、ありがとうございました。

■プロフィール

松本道子（まつもとみちこ）

大正十一年（一九二二）三月、東京都生まれ。旧制高等女学校卒。昭和十八年十二月、大日本雄弁会講談社入社。終戦後「少女倶楽部」編集部を経て、昭和二十四年に「群像」編集部配属。その後、三十七年には文芸図書第一出版部に移籍。五十五年には出版部部長となり、五十八年、定年退職。講談社の編集者として、三島由紀夫の他、室生犀星、広津和郎、川口松太郎、舟橋聖一、網野菊、円地文子、佐多稲子、由紀しげ子、大田洋子ほか多くの作家たちと交流。著書に『風の道』（ノラブックス）、『きのうの空』（牧羊社）がある。

ミシマ万華鏡

池野美穂

第八十三回アカデミー賞作品賞を受賞した「英国王のスピーチ」は、吃音症であったイギリス王ジョージ六世の物語である。「アカデミー賞は障害・闘病、戦争や、感動実話を描けば受賞できる」と批判されることもあったが、選考委員の世代交代などを経て、そういった傾向は少なくなってきたかに見えていた。今回いわゆる障害・闘病モノの映画が受賞したわけだが、三島研究に携わる者としては、やはり「金閣寺」を想起せずにはいられない。「炎上」は、監督の市川崑が、小説の完成度の高さゆえ「金閣寺」をそのまま映画化するのではなく、新たに脚本を書かせて、別のストーリーに仕上げた。「英国王のスピーチ」と「炎上」は、どちらも実際にあった事柄、しかも同じ吃音をテーマの一つとしているのにも関わらず、大きな隔たりがある。前者は、吃音と向き合い、それを克服していく物語であるのに対し、後者は、吃音と向き合うことを諦め、不幸な自分と対照的に美しい金閣寺（「炎上」では駿閣寺）を燃やす、ネガティブな物語である。ただし、「炎上」では最後に溝口が自殺するが、「金閣寺」では〈生きようと私は思つた〉とあり、三島が溝口の生き死にを、読者に預けているように読める。3・11の震災以来、自主規制過多の傾向にある。「英国王のスピーチ」のアカデミー賞受賞を機に、吃音が忌むべき障害ではないと広く認識されることで、「金閣寺」の新たな読者が現れることを願いたい。

古層に秘められた空間の記憶——「鏡子の家」における戦前と戦後——

中元さおり

はじめに

焼跡の廃墟の時代であった昭和二十年代に訣別し、昭和三十年代を高度成長時代の幕開けとして印象づけたのは、「もはや『戦後』ではない[1]」という宣言であろう。戦後としての昭和二十年代を過去として葬り去り、三十年代という新たな時代をポスト戦後として位置づけたこの言葉は、敗戦の記憶を乗り越えようとする時代の潮流を顕著に反映している。

「この小説は、いはゆる戦後文学ではなく、「戦後は終つた」文学だとも云へるだらう。「戦後は終つた」と信じた時代の、感情と心理の典型的な例を書かうとしたのである[2]」と三島が語る小説「鏡子の家」（『声』昭三十三・十、それ以降は書き下ろし。『鏡子の家　第一部』『鏡子の家　第二部』昭三十四・九、新潮社）もまた、このような時代をとらえたテクストである。昭和二十九年四月から三十一年四月までを背景とする「鏡子の家」では、廃墟の時代から高度成長へと転換していく様が、都市空間の変化に重ねられている。鏡子は「今ごろになつて私、東京がどんなに復興したか、この目で見てびつくりしたわ」（一）と、焼跡が消滅してしまった都市の景観について、驚きをもって清一郎に語る。「君は現在に生きることなんかできやしないよ」（一）と清一郎が話すように、鏡子は「崩壊と破壊」（一）の時代にとどまり続けている。そのため、〈鏡子の家〉という空間から都市を眺める鏡子の目は、都市の変貌のさまをとらえることができていなかったのである。鏡子は、〈鏡子の家〉から出ることによって、はじめて変貌していく都市に出会い、時代の変化を認識することとなる。

「鏡子の家」における時代の変化は、清一郎、収、夏雄、峻吉という、鏡子のもとに集まる四人の男たちの変貌の様子に重ねられてこれまで論じられてきた。しかし、彼らが身を置く都市空間の表象にも、時代の変化は色濃くにじんでいる。そこで、本稿では「鏡子の家」の都市空間をめぐる表象が、いかに時代の変化を映し出し、また、鏡子をはじめとする登場人物に作用しているのかを明らかにしていく。

従来の論考では、「鏡子の家」における時代は、戦後からポスト戦後という流れのなかで論じられてきた。また、戦争を体験している鏡子と清一郎が「いかなる体験のうちに戦争を通過したのか」を「一切明らかにしていない」[3]と梶尾文武が指摘しているように、戦前から戦中にかけての時代はテクストの表層にあらわれることはなく、仄めかしの状態にとどめられている。しかし、「鏡子の家」の都市空間には、戦後の時代だけではなく、戦前から戦中（以後、この二つをまとめて戦前と称する）の記憶が深く刻みこまれた場があるのだ。本稿では、そのような空間として、テクストの冒頭に登場する勝鬨橋から晴海の埋立地にかけての空間と、常に鏡子の目をひく明治神宮外苑一帯の森を取り上げる。そして、ポスト戦後という時代の波が、戦後の風景だけではなく、都市空間の古層に埋め込まれた戦前の記憶にも深く亀裂を生じさせていくことを考察していく。また、これらの空間と同様に戦前の記憶を内包する人物として峻吉に着目し、「鏡子の家」における時代の表象の振幅をとらえていく。

一、勝鬨橋から晴海の埋立地における時代の様相

小説の冒頭で、鏡子と収、峻吉、夏雄が勝鬨橋を渡り、月島を抜け、訪れるのは晴海の埋立地である。そこは「平坦な荒野」「人工的な荒野」「人工の平坦な幾何学的な土地」（一）であり、敗戦後の廃墟の一側面を物語っている。彼らが訪れた時点では、米軍の占領地でありながらも、具体的な利用には供されず、空き地のまま放り出された、宙づりの〈空白〉の場である。彼らが訪れる場所が勝鬨橋から晴海の埋立地であることの理由は何も語られることはない。また、鏡子にとってもその空間が象徴する意味は明確な像を結んではいない。ただ彼らは「みんな欠伸をしてゐた」（一）退屈まぎれに、この空間を訪れのだ。

これまで、勝鬨橋のせり上がる鉄の壁については、「現実世界の揺るぎなさの換喩」[4]であり、男たちの前に立ちはだかる新たな時代の壁を象徴するものとして読まれてきた。しかし、彼らが都心を離れ、勝鬨橋から晴海の埋立地一帯を訪れたことの意味については、従来の「鏡子の家」論では言及されてこなかった。冒頭に語られた場を勝鬨橋のみに焦点化させるのではなく、晴海の埋立地までの空間として捉えたとき、この場面は異なった様相を呈してくる。

この一帯は、テクスト内では空き地のままに放り出された〈空白〉の場として語られるのみである。ただし、この場における空白性は、このテクストで設定されている時間のなかで有効であったにすぎない。その証拠にこの場は、「鏡子の家」発表時の昭和三十三年においては、すでに高層アパートが建設され、これからの日本の経済成長を象徴する空間へと変貌し、新たな時代の生活の場として広く注目を集めていた。

「鏡子の家」と並行して書かれた日記体の「裸体と衣裳」（『新潮』昭三十三・四〜三十四・九）では、三島が「鏡子の家」の取材のために勝鬨橋から晴海埠頭を訪れたときの印象につ

いて、「数年前「幸福号出帆」（完全に失敗した新聞小説であるが、自分ではどうしても悪い作品と思えない）を書くためにここへメモをとりに来た時と比べて、完全に一変した景色に一驚を喫する」[5]と書いている。つまり、三島はわずか数年で一変してしまったこの空間を、時代の変化を色濃く反映した場として認識している。

ここで、米軍に接収された「廃墟」の時代以前――戦前における このエリアの変遷についておさえておきたい。晴海の埋立地は時代の変化にさらされ続けた場所である。歴史を遡ると、戦前に政府は皇紀二千六百年にあたる昭和十五年にこの地を会場として、万国博覧会とオリンピックを開催することを国家事業として掲げている。開催の目的については、「当面の経済的行きづまりを打開することとされたが、他方で万国博という国際的行事を開催して国家の力量を示したいという、国威発揚の意識もはたらいていた」[6]。万博開催に向けて広報誌『万博』が発行され、大々的に国民の気運を高めるキャンペーンがおこなわれた。その結果、昭和十三年に売り出した前売り入場券は一〇〇万枚が完売している。また、勝鬨橋は「帝都の門」として国家の威光を証明すべく昭和十五年に建設され、万博会場へのゲートとして位置づけられていた。しかし、この計画は戦争の激化により中止、延期された。オリンピックと万博の予定地であったこの埋立地は、その後軍需産業を支える工業地帯に様変わりし、戦中の日本を

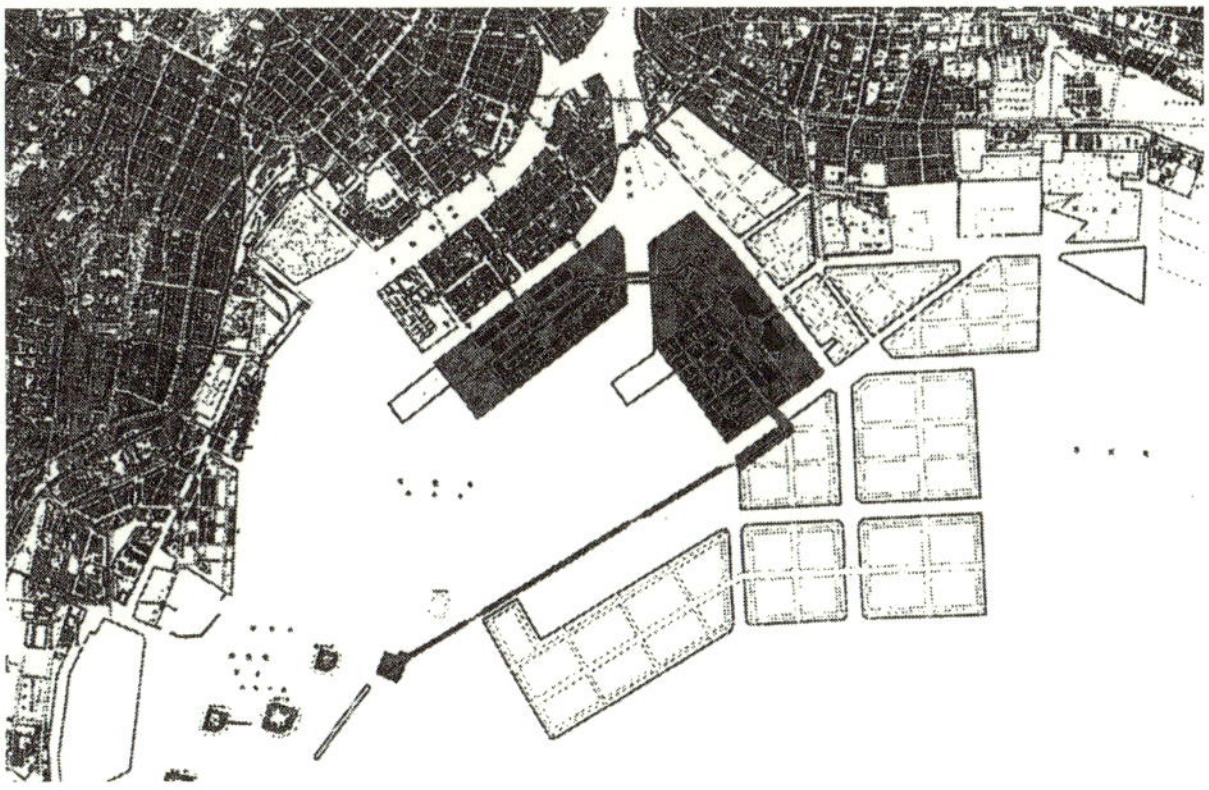

図1　紀元二千六百年記念日本万国博覧会会場配置図（昭十三）　現晴海の埋立地は、昭和十五年の万国博覧会の会場予定地であった。〈紀元二千六百年記念日本万国博覧会会場配置図〉（東京都中央区京橋図書館編『中央区沿革図集　月島編』平六）を、〈昭和一二年測図〉（『明治・大正・昭和　東京一万分一地形図集成』柏書房、昭五八）と、〈東京港修築工事計画平面図（昭五）〉（東京都『東京港史』昭三七）に重ね合わせたもの。
※出典　片木篤『オリンピック・シティ　東京　1940・1964』（平二二・二、河出書房新社）

支えた。[7]

　この空間における歴史的側面について、テクスト内で言及されることはない。しかし、「鏡子の家」の冒頭で描かれたエリアは、まさに戦前の近代国家としての歴史が刻み込まれ、時代に翻弄された空間だったのである。そして、鏡子たちが訪れた時点においては、未だ米軍の占領地であり、敗戦の記憶が生々しく残っている。この地がアメリカの占領下にあるという時代設定は、「鏡子の家」における父親の気配の希薄さを映し出したものである。[8]また、近代国家の成立というお題目のもとに天皇が絶対者として据え置かれた戦前から、敗戦を期にその絶対者は退場を余儀なくされ、アメリカの支配のもと不在の中心を抱えることとなった戦後の日本の姿が、この空間に刻み込まれているのだ。

　また、先述したように、「鏡子の家」が発表された昭和三十三年から三十四年にかけて、このエリアは米軍の占領から解放され、現代的な高層住宅の建設地として再び脚光を浴びていた。この地に新たに建設された晴海高層アパートは、現代的なデザインを採用した公団住宅で、日本の復興と高度成長期の到来のシンボルとして注目されていた。[9]

　そして、この空間における変容の予感は「鏡子の家」にも表出されている。それは、目の前に広がる「春の汚れたお納戸いろの海」(一)に予兆されている。峻吉はこの春の海に向けて拳を突き出す。

　それは見えないものを相手にするシャドウ・ボクシングではない。茫洋たる汚れた春の海が彼の相手に立つてゐる。岸壁の下を舐めるだけの漣の連鎖が、はるか沖のうねりにまでつらなつてゐる。決して戦はない敵。呑み込んでしまふだけで、怖ろしい宥和を武器とする敵。しじゆう、かすかに笑ひつづけてゐる敵。……(一)

　埋立地の向こうに広がる海は、大波を立てるわけではない。しかし、目の前に絶えず寄せてくる漣は、その波頭に沖のうねりを忍ばせている。それは一見穏やかで平穏なようでいて、実はあらゆる動きを呑み込む「怖ろしい宥和を武器とする敵」として存在する。峻吉が海に抱いた感情は、清一郎が鏡子に向けて語る次の言葉に重なるものとして受けとることができるのではないだろうか。

　君は過去の世界崩壊を夢み、俺は未来の世界崩壊を予知してゐる。さうしてその二つの世界崩壊のあひだに、現在がちびりちびりと生き延びてゐる。その生き延び方は、卑怯でしぶとくて、おそろしく無神経で、ひつきりなしにわれわれに、それが永久につづき永久に生き延びるやうな幻影を抱かせるんだ。幻影はだんだんにひろまり、万人を麻痺させて、今では現実と夢の境界がなくなつたばかりか、この幻影のはうが現実だと、みんな思ひ込んでしまつたんだ。(一)

　峻吉が認識した、決して戦わず「かすかに笑ひつづけてゐる敵」は、安泰ムードが蔓延し始めたポスト戦後の微温的な市民社会を意味するだろう。戦後の混乱期を抜け、高度成長へと大きく転換していく社会と、そこに生きる人々の緩慢でありながら、どこか不敵な様相。それは静かにゆっくりと忍び寄る大きなうねりであり、また「いつまでたっても、アナルヒーを常態」（一）とした戦後の混沌と無秩序に満ちた〈祝祭的な空間〉、「廃墟」の時代にとどまり続けようとする峻吉や鏡子たちを脅かすものの影でもある。

　米軍に占領されながらも、何ら具体的な利用に供されていないこの埋立地は、保留された〈空白〉の空間として描かれている。この埋立地に吹き寄せる海からの風は、鏡子にもまとわりつく。一緒にこの空間を訪れた峻吉や収、夏雄がそれぞれ物思いにふけっている様子をみつめながら、彼らとの旅の疲れからくる「感情の火照り」（一）を感じ、その意識は海風に向けられる。「すこしずつ激しくなる海風が、髪をかきみだしはしないか」（一）ということが「ただ一つの煩い」（一）として意識されている。少しずつ激しさを増す風は、焼跡の時代にとどまり続け、変化を遅延しようとする鏡子を混乱させるものとして意味付けられている。〈空白〉の場である埋立地の向こうに広がる海とそこから吹き寄せる風は、峻吉の抱いた印象と同じく、とどまり続けようとする自己を脅かす存在の暗示として提示されているのである。

　それはまた、この土地の工事従事者である男たちが夏雄の

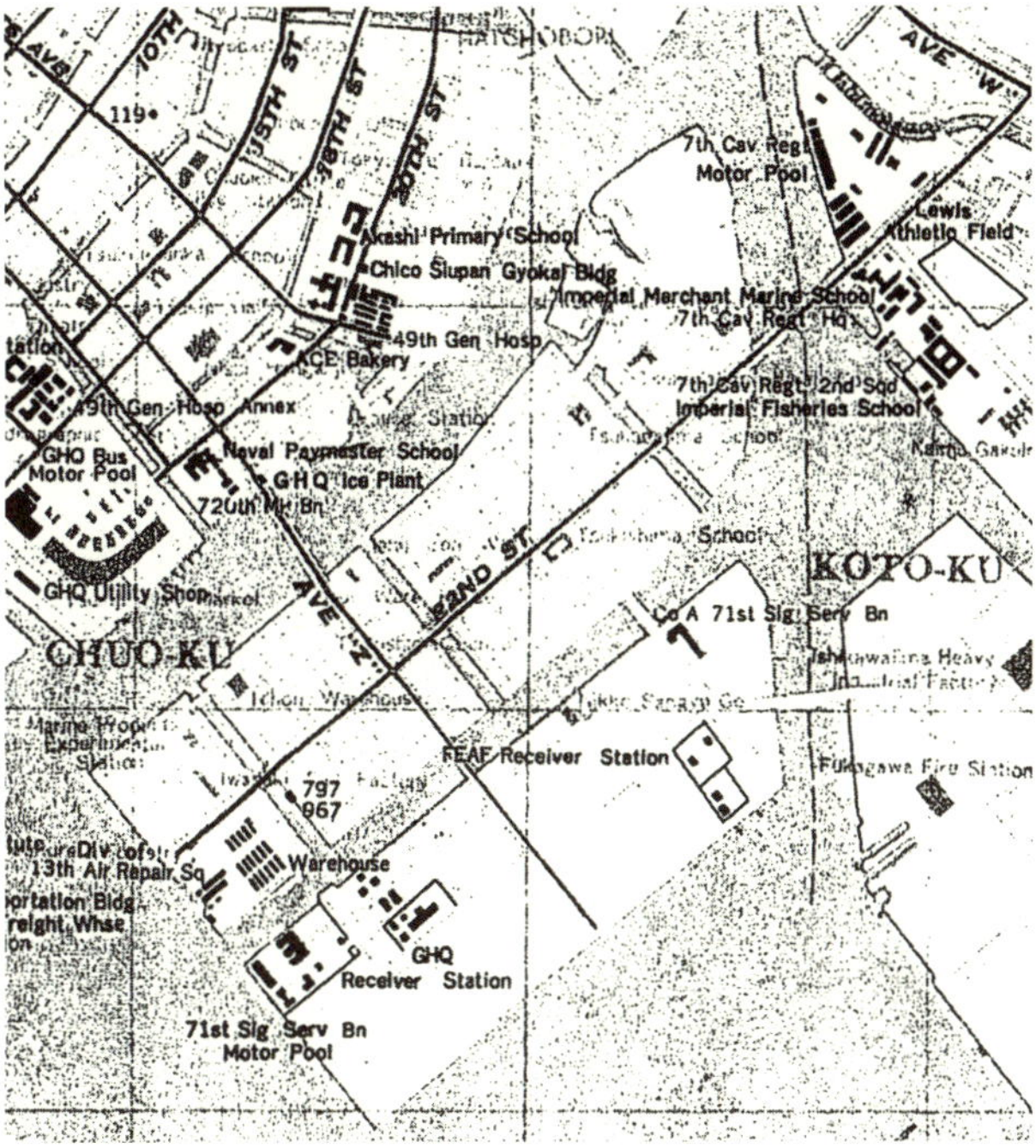

図2　占領時の晴海埋立地

昭和二十三年にGHQが作成した地図「CITY MAP CENTRAL TOKYO JUNE 1948」における晴海の埋立地（旧月島四号地）。占領時には、〈FEAF Receiver Station〉として利用されていた。

※出典　福島鑄郎編・著『G・H・Q　東京占領地図』（昭六二・三、雄松堂出版）

車を破壊したことから始まる乱闘事件にもあらわれている。乱暴をはたらく男たちは、この「廃墟」の時代の気分を色濃くとどめている〈空白〉の土地を、新たな土地へと造り変える者である。時代状況からすれば、高層アパートの建設に関わっている人たちとも推測できるだろう。要するに、ポスト戦後へと向かう時代の転換点において、新たな時代の台頭は、「廃墟」の時代にとどまり続けようとする者に対して暴力的なまでの力でその存在を脅かしうるのである。「若僧が自動車なんか乗り廻して、昼日中からこんなところで女といちゃついてゐるのは面白くない」（一）という理由から峻吉たちに向かって投げかけられる「ブルジョアの小倅」（一）という言葉は、彼ら労働者と夏雄や峻吉らとの差異を如実に物語るとともに、鏡子に顕著なブルジョア性が、新たな時代においては受け入れられないものであることを明らかにしている。無論、ボクサーである峻吉によって男たちは撃退されるのだが、この乱闘事件は鏡子たちの行く末を暗示する一挿話となっているのだ。さらに、時代の転換点―敗戦と、まさに今迎えつつあるポスト戦後という時代の到来は、どちらも暴力的なかたちで、時代を押し進めていくのである。

　テクストでは、この空間に内包されている歴史に翻弄された時代の記憶は明かされない。しかし、さまざまな時代の象徴性が付与された場において、鏡子たちが自らの存在と行く末について漠たる不安を抱いていることからすれば、その意

図3　晴海高層アパート
昭和三十三年日本住宅公団により建設された。設計は前川國男。〈晴海高層アパート〉は、十五棟からなる晴海団地の住棟の一つ。
※出典　注9に同じ

味するところは決して無視することはできない。

二、明治神宮外苑の森における時代の様相

都市は着々と焼跡の時代の痕跡を消し去り、新たな時代に向けて更新されていく。しかし、都市の変容のさまを、鏡子の目は正確に捉えることができていない。そのため、崖の上に位置する〈鏡子の家〉は、エアポケットのように周りの状況から孤立した、「社会の孤島」（四）なのだ。

そのような〈鏡子の家〉から周囲を見下ろすとき、強く鏡子の目をひきつける空間がある。それは明治神宮外苑一帯のエリアである。明治記念館の森とその向こうの大宮御所の森へ、鏡子の意識は時折向けられている。だが、この空間について、鏡子が何を感じとっているのかは明白にされることはない。

鏡子が幼かった頃から常に〈鏡子の家〉の仏蘭西窓から眺められたこの空間は、暗い森と鴉の光景として語られる。

この森には、時折、胡麻を撒いたやうに鴉の群がるのが見える。鏡子は子供のころから、鴉の群を遠く眺めて育つた。神宮外苑の鴉、明治記念館の鴉、大宮御所の鴉……鴉の塒《ねぐら》はこのあたりにたくさんある。鴉は又、客間から迫り出してゐる露台にも現れた。しかし遠く群立つて、凝集するかと思ふと散らばつて姿を消す黒い点々は、鏡子の子供心に、漠たる不安の印象を残してゐた。一人でいつまでもそれを眺めてゐたことがある。消えたかと思ふと又現れる。突然眼下の木の繁りをざわめかせて、その啼声がするどく空中をよぎつて走る。……今では鏡子自身はそれを忘れてしまつて、一人ぼつちで置かれることの多い八歳の真砂子が、よく露台で鴉を眺めてゐる。（一）

都心のなかに浮かびあがる広大な森は、明確な輪郭線をもった異空間である。深く生い茂った森に包まれたその空間の内部を、鏡子の視線は透過することができない。その内部を把握することができないために、鏡子にとってこの空間は意味を明確にすることのできない、言わば〈空白〉の場としてある。森はその内部に知られざる何のものかを秘めているがために、幼い鏡子の心に「漠たる不安」をもたらしている。そして、その「不安」は鴉の姿となって時折、森から鏡子の側まで飛来する。それは見えざる森の内部から飛来するものであり、常に不安な何ものかを予感させている。この不安の源泉についてはほとんど語られることがなく、「漠たる不安」という曖昧な輪郭のままにとどめられている。

しかし、明治神宮外苑一帯の風景は、鏡子の心象の引き写しにほかならない。鏡子は常に焼跡の都市の記憶、「廃墟」としての都市の記憶をとどめ、そのような視点から眺めることが、鏡子の認識の方法である。その一方で幼い頃から鏡子を支配しているのは、〈鏡子の家〉から都市の情景を間に挟

んで存在するこの森なのだ。時代とともに変貌していく都市の様相とは対照的に、明治神宮外苑の森の外観は〈鏡子の家〉と同様に変わらないものとしてある。だが、その森の内部は今や大きく変貌している。鏡子にとっては、森の内部は依然として不可視の領域にとどめられているが、その森の内部に踏み込んだ清一郎を通して現在の明治神宮外苑の森の内部が語られる。

杉本一家を載せたハイヤーが明治記念館の入口を入るとき、清一郎ははじめて来たこの場所が、鏡子の家の露台から何度となく眺めやつたあの森に包まれてゐるのを思つた。夕べごとに胡麻のやうに鴉の群を撒き散らしてゐたあの森、夜おそく訪ねるときには月下に黒く静まつてゐたあの森を、彼はかつて感動もなく眺めたが、森の中では年がら年ぢう、結婚式の群衆が煮立つてゐたのだつた。低い谷間の町と信濃町駅とを隔てて、この対照はいかにも当を得てゐた。彼一人があの家の露台から、この森の裏側へ跳躍したのである。(四)

その暗い森の内部は、〈鏡子の家〉から眺められる外観の印象とは大きく異なり、小市民的な生の祝祭の場として、新たな生の始まりに向かう人間たちでひしめき合う空間だったのだ。

テクスト内で触れられることはないが、この空間もまた、歴史的な意味が内包された象徴的な場である。そもそも明治記念館は明治十四年に建造され、明治二十一年には憲法制定のための御前会議が開かれ、大正七年に明治神宮外苑に移築された。また、近代国家成立の象徴である明治天皇と昭憲皇太后を祀る明治神宮を臨む外苑は、第二次大戦下には、晴海の埋立地と同様に、昭和十五年の皇紀二千六百年奉祝記念事業のオリンピックの開催地候補として話題をよんだ。[10] そもそも、神宮外苑の競技施設は「国民の身体鍛錬と精神の作興を目的[11]」に築造されたものである。オリンピック計画が頓挫した後も、戦時下には「国民体力の錬成と国民精神の振作」を目的とした明治神宮国民錬成大会が開催されるなど、過分に歴史的意味を内包した空間である。

また、戦後GHQに接収されたという経緯も、「鏡子の家」の冒頭に登場した晴海の埋立地と重なる。戦前にこの空間を支配していた明治天皇の威光は、戦後のアメリカの占領体制によって希釈され、ここもまた、絶対者不在の場として記憶されることとなったのである。その後、昭和二十二年には明治記念館は結婚式場として一般市民に利用され、「鏡子の家」の作中時間に重なる昭和二十九年には、年間挙式者が三千組を超えている。それはまた、これまでブルジョア的なものとされてきたものに大衆の手が容易く届くようになった状況を語ってもいよう。鏡子の目が見透かすことのできなかったこの濃密な森の内側には、近代国家の歴史とともに、それを凌駕するかのような勢いで新たな時代を生きる大衆の生の欲望

—結婚をし、安定した家庭生活を営むことへの欲望が充満していたのだ。絶対者の不在のまま、この空間がポスト戦後的な空気に支配されていく点において、テクスト冒頭に描かれた晴海の埋立地が内包する記憶と重なりあっていく。鏡子は清一郎の結婚式を思い、小市民的な生の祝祭の場で

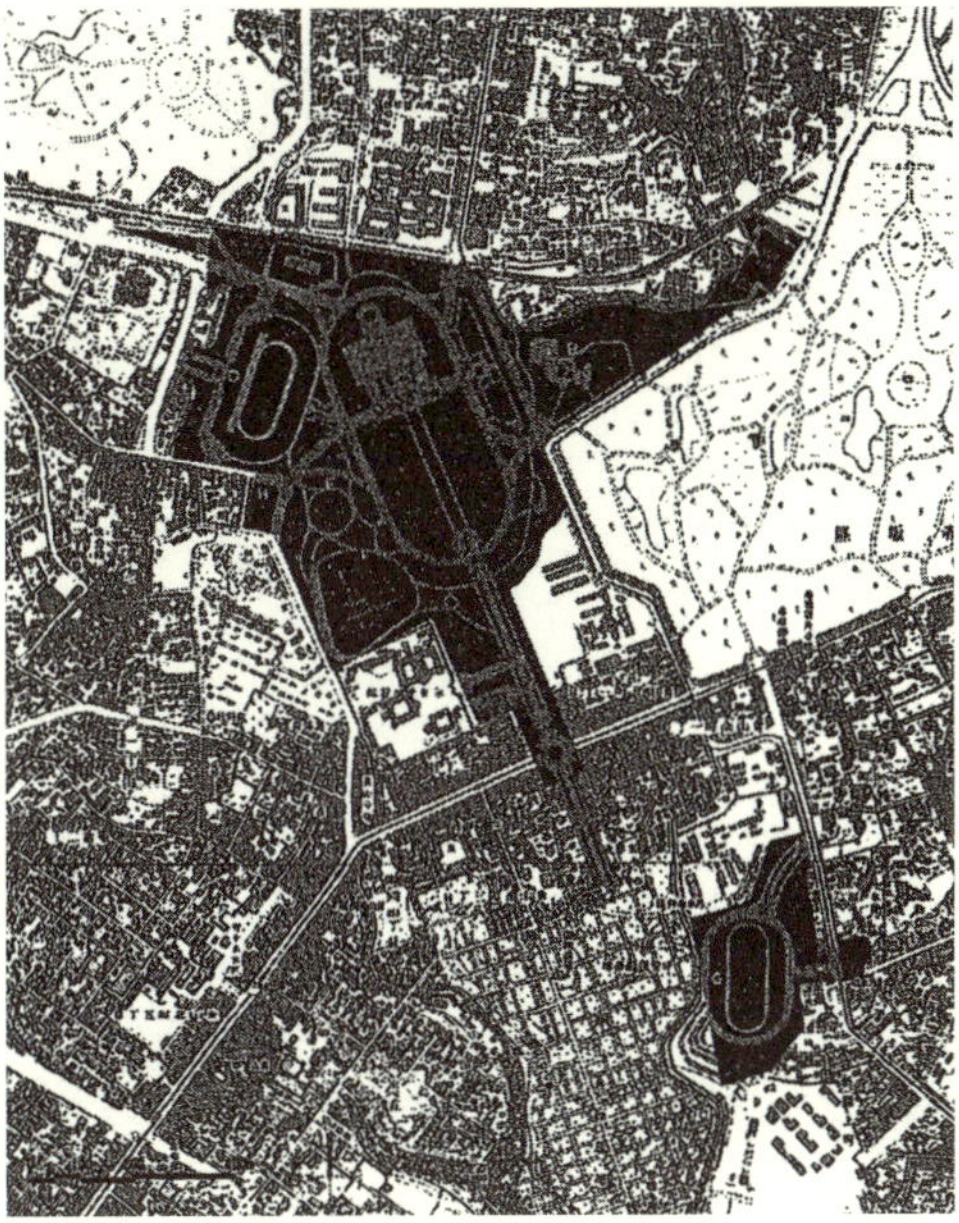

図4　第十二回オリンピック大会招致計画大綱（昭十一・三）
明治神宮外苑はオリンピックの主要競技場として計画されていた。〈第十二回オリンピック大会招致計画大綱〉（『内田文庫』東京都公文書館）を、〈昭和一二年測図〉（『明治・大正・昭和　東京一万分一地形図集成』柏書房、昭五八）に重ね合わせて作図されたもの。
※出典　図1に同じ

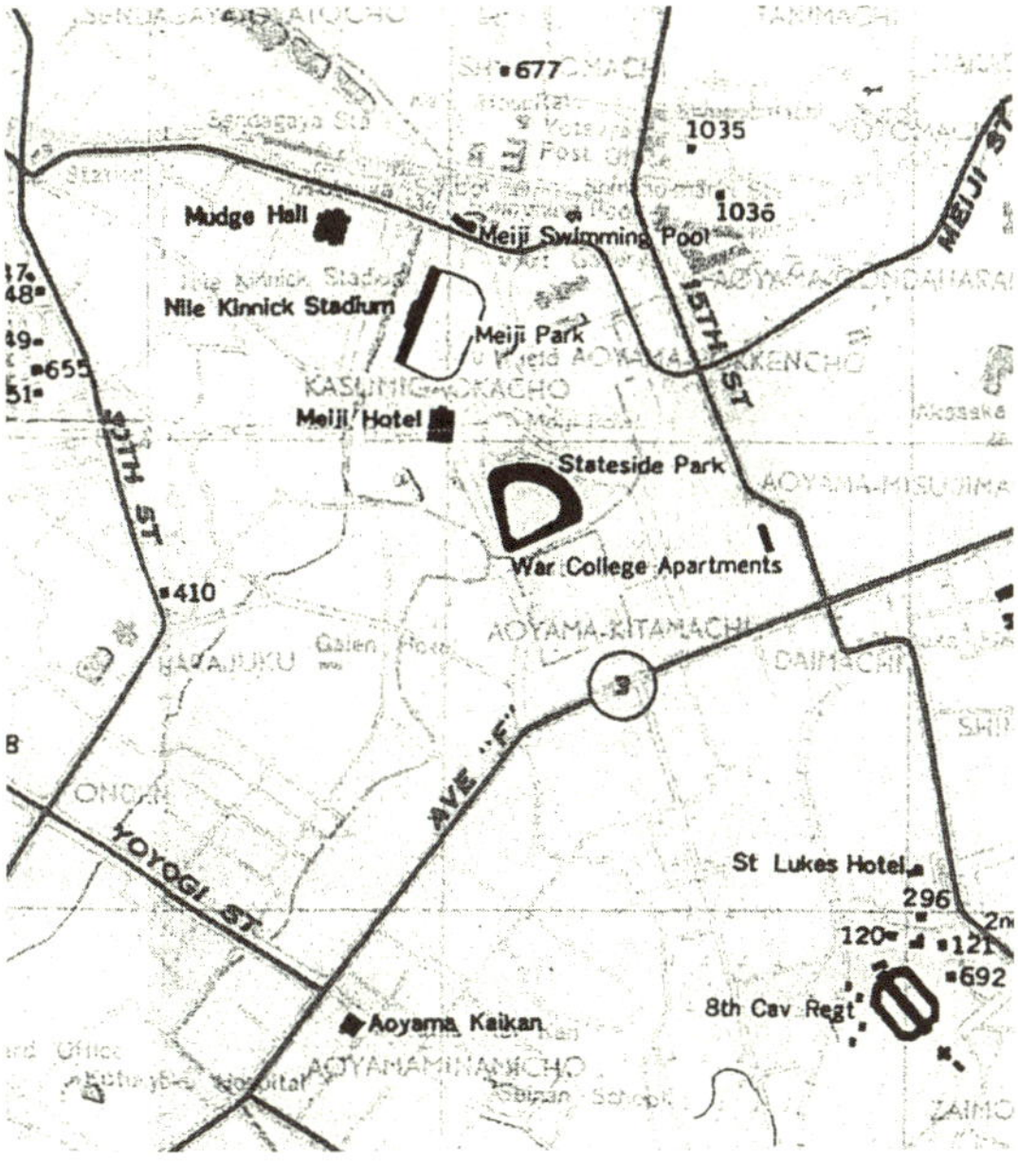

図5　GHQ占領時の明治神宮外苑周辺
昭和二十三年にGHQが作成した地図「CITY MAP CENTRAL TOKYO JUNE 1948」における明治神宮外苑周辺。占領時には、外苑は〈Meiji Park〉、明治神宮球場は〈Stateside Park〉として利用されていた。
※出典　図2に同じ

ある明治神宮外苑の森に視線を向ける。この森が鏡子に漠然たる不安を呼び起こしていたのは、新たに始まるポスト戦後という時代の波が、それ以前の時代を凌駕し、駆逐していく予感だったのだ。

鏡子に象徴されるブルジョア性がポスト戦後の到来とともに失墜を余儀なくされることとの予感として、明治神宮外苑の森の存在はある。そして、戦前の少女時代からその森の鴉の姿をみていた鏡子には、鴉の飛翔する様子によって、あらかじめ不吉な予感を抱いていたのだ。それは明治神宮外苑の森だけに限られた事態なのではなく、いずれ自らの身に降りかかるものとして感じられていたといえよう。神宮外苑の森における時代の変化は、鏡子の内面にも波及しているのである。

三、峻吉における戦前と戦後

ここで、神宮外苑の森を背景に、プロボクサーの道を断念した峻吉の姿が、「鏡子の家」の終盤に描かれていることについても考察しておきたい。ボクサーから雇われ右翼へという峻吉の転身は、時代の変化のコントラストを如実に映し出すものとしてみることができる。チャンピオン峻吉もまた、戦後日本の近代史の変遷をその内部に深く刻みつけながらも、戦後の高度経済成長の急加速度的な流れのなかで、資本主義的な様態へと変質していくのである。それは、峻吉の後ろに控える明治神宮外苑の森という空間や、晴海の埋立地一帯がさらされてきた変遷と、相似形を描いている。以下では、このような峻吉の転身の過程をみていくこととする。

右手を負傷した峻吉は、正木に誘われ「大日本尽忠会」なる右翼団体に入団する。しかし、それは団体の思想に共鳴したからではなく、「全然信じないもの、を目的にすることができる」（八）という正木の言葉に感化されてのことである。ボクサーとしての将来を失った峻吉は、この先の人生が、「すでに死んだ時間を、緩慢な死を以て生きること」（八）でしかないことを怖れ、「永い何もない時間」（八）を生きていく手段として右翼団体に入団する。つまり、右手の負傷という事態は、これまで峻吉が把持していた世界からの退場を迫るものであったのである。峻吉にとって世界とは「強さの象徴としての拳がいわば中心の中心[12]」として成立していた。

たしかに、峻吉の拳は「強さの象徴」として彼の世界の中心点であった。しかし、拳を中心点たらしめている思想とは、峻吉の兄の死ではないだろうか。拳を繰り出す原動力として、輝かしく死んでいった特攻隊員の兄の存在が常に峻吉に意識され、「行動の亀鑑」（三）として峻吉を規定してきたのである。彼を支配し続ける兄という存在は、「鏡子の家」で唯一語られる戦前の記憶であるが、それが死という不在によってのみ想起されることの意味は大きい。甘美な死の観念に支えられながらも、それは絶対的な不在であるがゆえに、峻吉はなにものかによって埋め合わせようとしている。兄という存在は、その死ゆえに、暴力性によって常に身体を死の危機にさらすボクシングによって代補されてきた。峻吉は、ボクシングという方法で死に接近することにより、兄の存在を感じている。そして、峻吉にとって兄の存在とは、「すべて男にとつて宿命と分ちがたい観念であるところの義務の観念、加ふるに、有効な自己犠牲、闘争のよろこび、簡潔な死の帰結」(三)そのものなのである。しかし、ボクシングが不可能となった今、峻吉と兄を繋いでいたものは、右翼団体という組織の紐帯へ移譲されることとなったのである。死んだ兄と峻吉との血縁によって結びついた兄弟の繋がりは、血判を押した入団書の取り交わしによって、正木、あるいは右翼団体という男たちの組織との新たな血の交わりのなかへと回収されていくのだ。峻吉にとって右翼団体への所属とは、血の繋がった特攻隊員の兄の死に対する憧憬を引きずりながらも、血判を押すというイニシエーションによって新たに結ばれた血の繋がりのなかへ自己を投企していくことを意味する。

それでは、新たに峻吉が身を置くこととなった右翼団体とはどのようなものなのだろうか。正木の説明によると、「建国の理想を明らかにし、日本精神の昂揚を計り、共産主義を排し、資本主義を是正し、敗戦屈辱の亡国憲法の改正を期する。国賊共産党の非合法化を達成し、平和・独立・自衛のための再軍備を推進する。売国共産党と同調勢力、およびその温床をなす亡国支配階級を打倒し、民族共栄の新秩序確立を期す」(八)というのが、「大日本尽忠会」の思想であり、その思想の中心は、反共主義とみてよさそうである。資本主義への反発は小さく、あくまでも是正を求めるという程度にとどまっており、いわゆる親米反共路線にあった戦後右翼の代表的な有り様といえるだろう。戦後右翼の多くは、天皇を頂点とした民族主義を唱えながらも、反共と経済復興という点において、アメリカの従属から逃れることができなかった。さらに、その活動は保守政党や大企業からの資金によって支えられており、それゆえ、後に体制右翼として、新右翼(民族派)から批判されることとなる。[13]

正木が峻吉に、いずれ「どうやつて金をとつたらいいかといふことを覚える」(八)ようになると語るのも、このような戦後右翼の実体を反映したものであろう。その結果、団員となった峻吉は、「制服がはち切れるほど肥つた」(十)身体へと変貌していく。元ボクサーとは思えない峻吉の肥った身体は、高度経済成長の旨味を裏から吸い取り、政治家や企業と癒着していくことで生き延びていく峻吉の内面の表出である。思想という衣裳を身に纏いながらも、経済発展という時代の流れに峻吉は屈服していくのである。

カーキ色の制服と黒いシャツとネクタイを纏い、「不吉な、陰気な感じ」(十)を帯びた峻吉らの団体は「威々しい残忍な鳥類のやうな制服の若者の群れ」(十)として語られる。それはまさに、〈鏡子の家〉に飛来した神宮外苑の森の鴉のイメージに結びついていくものであろう。幼少期から鏡子が不吉なものを感じとっていた神宮外苑の森の鴉は、ポスト戦後という時代の変遷のなかで、峻吉の変わり果てた姿に重ねられているのだ。

　峻吉は、ひたすらにボクシングに打ち込みながらも「兄の一度も知らなかつた日常性の影、生の煩雑な夾雑物の影」（三）が浸食しつつある自分の生活に対抗しうるものとして、輝かしく戦死した兄が生存していた戦前という時間を召喚している。兄の死を思い起こす峻吉の描写は、「鏡子の家」において唯一戦前の記憶を物語る場面である。ポスト戦後へと移り変わろうとする時代にあって、戦後の焼跡の時代を保留し続けるのではなく、純粋な行動が可能であった戦前の記憶が峻吉を支配し続けていたのだ。その記憶は、右翼団体への入団という行為によって、表向きは保留され続けるが、高度経済成長という緩慢な海にどっぷりと浸かりきるという皮肉な選択をしていくこととなる。峻吉の世界は、兄の死の影響下にあった拳を中心としたものから、もはや実体のない天皇を中心に置き、アメリカ的な資本主義体制を信奉するポスト戦後的な思想のなかへとスライドしていったのである。時代のシフトチェンジに、皮肉的に身をまかせていく「鏡子の家」の登場人物のなかで、峻吉の変容は、まさに時代の影響を強く受けている。また、戦前の記憶がその原点として定位されているとともに、時代との関係が、血によって結ばれた兄／弟、あるいは右翼団体におけるホモソーシャルな紐帯として表象されているのである。

　そして、変貌した峻吉の姿は、その背景として描かれる神宮外苑の森と重ねることができる。明治神宮外苑の森の内部は、清一郎が見たように「結婚式の群衆が煮立つてゐ」（四）るような小市民的な生の祝祭の空間であり、ポスト戦後という時代の終わらない日常の象徴である。そして、峻吉の肥った肉体もまた、今では彼が緩慢で怠惰なポスト戦後的な日常のなかに埋もれていることを物語っているのである。

四、廃墟の時代を象徴する空間と鏡子の差異

鏡子に焼跡の混乱期を想起させる空間として、峻吉のプロボクシング初戦の試合会場がある。

　鏡子はこの若い「悪者」たちの吐く熱い息が、正確にあの無秩序な焼跡の時代から伝承されてゐるのを感じた。あの時代に、あの時代特有の精力とお先真暗な生命力の暗い輝きとを代表してゐたのは、正にこの人たちだつたのだ。鏡子はふつうの劇場とはまるでちがつた、すでに叫喚にみちあふれ、煙草の煙の靄とライトとが綾をなしてゐる会場へと入つてゆくとき、はじめて来た場所であるのに、いかにも親しいものに触れる思ひがした。（五）

鏡子は混乱と野卑な雰囲気に包まれた会場に、焼跡の無秩序な状態に通じるものを感じ、この空間に親しみをもつ。鏡

子にとって焼跡の時代とは、混乱と無秩序という〈祝祭的な空間〉なのである。確かにボクシングの試合会場には、リングで行われる肉体同士のせめぎ合いへの期待と、「惨劇に対する渇望」（五）が渦巻いており、それは鏡子に「廃墟」の時代の「アナルヒー」を思わせる。

「鏡子の家」におけるトポスを問題としたとき、鏡子が親しみを感じているこの空間が軽視することのできない場であることは、「《鏡子の家》の変奏曲」であり、「無秩序な焼け跡の時代につながるトポス」として佐藤秀明が指摘していることからもわかる。[14] しかし、この場面で語られているのは、鏡子が親和性を抱いた空間と、鏡子という存在の乖離のありようではないだろうか。確かに鏡子はこの空間に「無秩序な焼跡の時代」に通底するものを感じてはいるが、鏡子の内面描写から一歩退けば、むしろ、この場における鏡子という存在の異質性の方が際立っているように思えるのだ。

惨劇に対する興奮を秘めたこの空間には、野蛮で無秩序な空気が漂う。鏡子自身は「親しいものに触れる思ひ」（五）を抱いているが、その一方で彼女の姿は異質な存在として人々の目を引いている。特に鏡子の異質性はその身なりに顕著にあらわれている。例えば、「いつもながらのエレガントな身なりをして、雨も構はず大きな帽子をかぶつて」（五）いる鏡子は、いかにもボクシングの試合会場にはそぐわない。そのような身なりの鏡子に野卑な若者が投げかけた「いい席ありますよ、妃殿下」（五）（傍点は引用者による）という言葉は、まさに、この空間における鏡子という存在の違和感の明白な表出にほかならない。鏡子は「無秩序な焼跡の時代」に身を置きながらも、彼女のブルジョア的な振る舞いは周囲の人間にとっては、明確な差異を表象するものとして受け取られているのだ。また、天皇の神格化が否定された戦後においては、皇室のカリスマ性も大衆にとっては希薄なものになっており、鏡子に対して投げかけられた「妃殿下」という言葉には、揶揄の意味合いが色濃くにじんでいる。皇室を連想させるこのような言葉は、戦前的な振る舞いを依然として引きずった時代遅れな存在として、鏡子を看做すものだろう。

試合直前の峻吉を訪れる場面においても、鏡子の異質性が再びクローズアップされ、その印象はさらに補強される。

> このとき鏡子の一行が控室へ入つて来た。控室にゐた連中は呆気にとられ、セカンドの若者が口笛を吹いて会長に睨まれた。
>
> 場ちがひに頓着しない鏡子は、鼻血をこすりつけたあとのある椅子のあひだを、峻吉のはうへ近づいて、レエスの手袋の手で、バンテージを巻いた手と握手した。そしてこれから外科手術をうける人にするやうな挨拶をした。
>
> 「頑張つてね。気をしつかり持つて頂戴ね」

健気なものを見るときの母性的な率直さが、鏡子の目に悲しみの色を点じた。まはりの男たちが大さう残酷に見えたので、陽気に元気づける作法を忘れてしまつた。峻吉にはこの気持がよく通じたので、バンテージの手を自分で嗅いでみて、かう云つた。

「きょうのパンチは香水くさいつて云はれるだらう」

「あら、あなたもう怪我してるの」

鏡子がはじめてその繃帯に気がついて、高声で云つた。

控室の一同は笑ひ出した。(五)

鼻血やバンテージといった野蛮なものと、優雅なレエス手袋の対比。ここに、「無秩序な焼跡の時代」をとどめている空間と、その場にいる鏡子という存在の間の差異が見てとれる。鏡子のもつブルジョア性と野卑な状況が混交し合う状況こそが鏡子の望む時代である。「戦後の時代が培つた有毒なもろもろの観念に手放しで犯され、人が治つたあとも決して治らなかつた」(一)鏡子にとって、焼跡の時代の野蛮さや無秩序は、鏡子のブルジョア性を脅かすものではない。むしろ、野蛮さの消滅―平板な日常性の瀰漫こそが鏡子の存在を危機に追いつめていくのである。

そして忘れてはならないのは、鏡子自身が場違いな存在であることに自覚的であるとともに、自らの特異性そのものに意味を見出していることである。つまり、鏡子は野蛮で無秩序な空気に満ちたこの空間に「廃墟」の時代の影をみとめ親しみを感じながらも、「廃墟」と鏡子の間には明らかなズレが生じているのである。

おわりに

鏡子は戦後の「廃墟」の時代という〈祝祭的な時代〉にとどまり続けようとしながらも、結局、高度経済成長を背景とした緩慢な日常の到来という時代の変遷の圧力から逃れることはできなかった。このような鏡子の変化は、勝鬨橋から晴海の埋立地にわたる一帯の空間と、明治神宮外苑の森の内部の空間に内包された歴史の変遷と同様な軌跡を描いているのである。

テクスト内では、晴海の埋立地や明治神宮外苑にまつわる歴史は直接的に語られてはいない。しかし、これらの空間における鏡子や峻吉の振る舞いは、その空間が内包する歴史と深く結びついていることがわかる。これらの空間には、戦後という時代の変化を反映するものだけではなく、その〈古層〉には戦前の歴史が内包されている。昭和三十年代という新たな時代の到来は、昭和二十年代の焼跡の時代を暴力的なまでの圧力で葬送するとともに、これらの空間に刻みこまれた日本の近代の歴史すらも大きく変質させていくのである。〈鏡子の家〉もまた、鏡子の父親が築いた戦前からの経済力が支えてきた空間だが、ポスト戦後の到来とともに衰退し、鏡子のブルジョア性も喪失され、微温的な日常に支配されていくのだ。

この二つの空間に内包された歴史や変化の過程について明かされることはないが、鏡子をはじめとする四人の男たちとともに、時代の変化を象徴する場としてこれらの空間が三島によって選びとられ、記述されたことの意味は大きいだろう。

鏡子は戦後的な人物というよりは、むしろ戦前という時代を担保にして戦後の混乱のなかに生きようとする人物である。彼女の存在を支えているのは、戦前から引きずっているブルジョア的な振る舞いなのだ。晴海の埋立地と明治神宮外苑の森という空間が、ポスト戦後という時代の到来によって変質していくように、鏡子という人物もまた、戦前からの記憶が刻みこまれながらも、ポスト戦後という終りのない日常の到来によって、余儀なく変質させられていくのである。「アナルヒーを常態」としていたような廃墟の〈祝祭的空間〉は、もはやどこにも存在しないことを、鏡子は痛感するのだ。また、峻吉も兄の死という戦前の記憶に支配された拳の世界から、ポスト戦後の経済に寄生する戦後右翼へと変質していく。

「鏡子の家」については、鏡子と四人の男たちが戦後からポスト戦後という時代の流れのなかで、どのように時代と向き合っていくのかという問題がこれまで多く論じられてきた。確かに「「戦後は終つた」と信じた時代」を描いたという三島の言葉は、戦後からポスト戦後というドラスティックな変化を見据えたものである。昭和二十年代が終り、昭和三十年代という次のディケイドの始まりにおいて時代を支配した空気は、戦後という時間を切断しようとする意識であろう。焼跡の時代であった戦後は、敗戦の記憶が未だ残っていた時代である。そしてそれは容易に戦前の記憶に結びついていく。そのような戦後を切り捨てようとしたのが、昭和三十年代という新たなディケイドにむかう時代の空気であり、「鏡子の家」はまさにそのような変化をトポスに反映させているのである。

テクスト内では、戦前の記憶については不思議なぐらい語られていない。しかし、戦後とポスト戦後の時代を描いたテクストの表層の下には、さらに過去の記憶としての戦前からの歴史が気づかざる〈古層〉として埋め込まれているのだ。高度経済成長という思想に大衆が身を委ね始めたポスト戦後的な時代の到来は、鏡子たちが拠りどころとしていた「廃墟」の「アナルヒー」を駆逐しただけではなく、日本の近代の歴史や記憶を塗り替え、大きく変質させていくのである。「鏡子の家」は、新しい時代の到来による戦後的空間の変容だけではなく、人々の内面や空間に刻みこまれた日本の歴史までもが否応なく塗り替えられていこうとするポスト戦後という時代への不信感に満ちている。

（広島大学大学院博士課程後期在学）

注1　中野好夫「もはや『戦後』ではない」（『文藝春秋』昭三一・二）という評論の題名が、『経済白書』（昭三一・七）

の副題にも使われた。
2　三島由紀夫「『鏡子の家』そこで私が書いたもの」広告用リーフレット（昭三四・八）
3　梶尾文武「三島由紀夫『鏡子の家』とその時代―戦争体験と戦後社会」（『文学』平二〇・三／四）
4　柴田勝二「他界の影―三島由紀夫『鏡子の家』論―」（『日本文学』平八・九）
5　「幸福号出帆」は、昭和三〇年六月十八日から十一月十五日にかけて『読売新聞』に掲載された。なお、この取材については、昭和三〇年六月八日付の中村光夫宛書簡に「小生このところ、新聞小説に密輸の話を書くので、税関や水上署をかけまはり、いつぱしの新聞記者気取です」とある。また、『決定版三島由紀夫全集四十二』（平十七・八、新潮社）の年譜によると、昭和三〇年六月七日に取材をおこなっている。
6　吉田光邦編『図説万国博覧会史　1851―1942』（昭六〇・三、思文閣出版）
7　吉見俊哉『博覧会の政治学　まなざしの近代』（平四・九、中公新書）、古川隆久『皇紀・万博・オリンピック　皇室ブランドと経済発展』（平十・三、中公新書）、片木篤『オリンピック・シティ　東京』（平二二・二、河出書房新社）、前掲書『図説万国博覧会史　1851―1942』などを参照した。
8　松山巖「湾岸ヤッピー・カルチャー」（『都市という廃墟』（昭六三・七、新潮社））に、「『鏡子の家』の中に父親の気配が希薄なのは、東京湾の埋め立て地に米軍基地があり、「立入禁止」の札が立つようにアメリカの占領下にある日本を鏡の如く映しているとも読めるだろう」との指摘がある。
9　生誕百年前川國男建築展実行委員会編『建築家・前川國男の仕事』（平十八・四、美術出版社）による。
10　入江克己「近代の天皇制と明治神宮競技大会」（『運動会と日本近代』平十一・十二、青弓社）、山口輝臣『明治神宮の出現』（平十七・二、吉川弘文館）などを参照した。
11　日本体育協会『国民体育大会の歩み』（昭五三）。前掲入江論文内にて引用されていたものによる。
12　佐藤秀明「峻吉と収のニヒリズム―『鏡子の家』私註（一）―」（『椙山女学園大学研究論集』平二・二）
13　小熊英二『民主と愛国　戦後日本のナショナリズムと公共性』（平十四・十、新曜社）、堀幸雄『最新右翼辞典』（平十八・十一、柏書房）、浅羽通明『右翼と左翼』（平十八・十一、幻冬社新書）、片山杜秀『近代日本の右翼思想』（平十九・九、講談社）などを参照した。
14　佐藤秀明「移りゆく時代の表現―『鏡子の家』論―」（『三島由紀夫論集Ⅰ　三島由紀夫の時代』平十三・三、勉誠出版）
※本稿で扱った三島テクストの引用は、すべて『決定版三島由紀夫全集』（平十二・十一～十七・十二、新潮社）に拠る。

無根化されるジャンルあるいはキャラとしてのゾーエ

——三島由紀夫の二重の批評性について——

柳瀬善治

——「まあ、俗悪だわ！　俗悪だわ！」
「あれはね、この世のをはりの景色なんです。」
『近代能楽集』——

三島の作品の特徴はその「逆説的性格[1]」にある。すなわち演出と演技を他者の身体にゆだね、告白から限りなく遠いと思われる戯曲において告白が可能となる[2]というジャンルの背理も、また「恥ずかしい新劇調を極限まで突き詰めることで恥ずかしくなくする」作劇法[3]もそうである。その逆説性はまた、三島のジャンルへの二重の批評性を帯びる。他者の身体と仮面を通した告白、そして恥ずかしいわざとらしさが壮麗な虚構の修辞により偽の宝石の輝きを放つという戦略は旧来のジャンル観を覆す。そしてこの二重の批評性は19世紀型の小説と現在のサブカルチャーに関しても該当する。つまり、あるジャンルに限定した視座から見れば不徹底な過渡期的作品に見え、あるいは完成度の低い破綻した失敗作に見える表象が、実はその双方に還元されない批評的視座を獲得しているということである。以下述べるのは、そうした三島の二重の批評性の持つ、過去から現代まで伸びる射程の広さを今一度確認し、その問いかけを受け止めるための作業である。すでに拙著[4]で述べたように、三島は１９５３年から58年にかけて彼の世界観の変容に裏打ちされた、芸術のジャンルへの巨大な問いかけと挑戦を行っている。

三島の世界観の変容を表す文章が『小説家の休暇』に収められた１９５５年7月19日の日記に記されている。

「かくて例の水爆実験の補償は、私の脳裏で不思議な図式を以て、浮かんで来ざるをえない。いづれも人間の領域でありながら、一方には、水爆、宇宙旅行、国際連合を含めた知的概観的世界像があり、一方には肉体的制約に包まれた人間の、白血球の減少があり、日常生活の生活問題があり、家族があり、労働があるのだ。この二つのものをつなぐ橋が経済学だけで解決されやうとは思はれぬ。この二つのものは、現代に住む人間の条件であり、アメリカの富豪にあつても、焼津の漁夫にあつても、程度の差こそあれ、免れがたい同一の条件なのである。」

「われわれはただ地上を地図のやうに考へ、与へられた概観に忠実であることによつてしか、世界を把握することができぬ。現代は、丁度かうして、常住飛行機に乗つてゐるやうなものである。諸現象は窓のかなたを飛び去り、体験は無機的になり、科学的な嘔吐と目まひは、われわれの感覚を占領してしまふ。精神はどこに位置するのか、とわれわれは改めて首をかしげる。巨人的な精神とは、一個の有機体であつて、こんなものを容れる隙が世界にはなくなつた。さういふものが人間と称されていたのに、人間概念は崩壊したのである。人間愛はかくて侮蔑的なものになつた。なぜならそれは、人間が人間を愛することではなくて、誰も信じなくなった人間概念を信じてゐるやうなふりをすることであり、ひいては人間の自己蔑視に他ならなくなつたからである。」（『小説家の休暇』28、p.610～614）

この人間像の変容に触れた一文が単にビキニの水爆実験「のみ」に触発された印象を書いたものでないことは、類似した世界観が、これより前に描かれた『旅の墓碑銘』（『新潮』1953・6）、『鍵のかかる部屋』（『新潮』1954・7）ですでに提出されていることからあきらかである。

「さらに隣室には見知らぬ他人がをり、ここには次郎がゐる。そして次郎の外部には皮膚や髪の毛があり、内部には血みどろの内臓がある。彼の働いてゐる心臓と新潟の雪とは同時に在る。この聯関は何事なのか？」（『旅の墓碑銘』18、p.754）

「また今日と同じ日附の朝、リオ・デ・ジャネイロのコパカパナ・パレス・ホテルでは、太つた横柄な中年のボオイが、小車を押して次郎の泊つた部屋へ新鮮な朝食を運んだにちがひない。丁度今ここの繁みで、老いた庭師が自分の仕事に熱中してゐるやうに。それはほとんど確実だと謂つていいが、確実だと信じるどんな理由がわれわれにあるのか？」（同18、p.756～757）

さらに「終末観と文学」では、「今日、交通通信の発達による世界像の最終的拡大は、つひに地球の表面積と正確に一致し、それは必然的に、全世界を終末に導く破壊力を発明させずにはおかない。かくて水爆弾頭の大陸間誘導弾と、国際連合の思想とは、表裏一体になつてゐるともいへる。」とも述べ、それは「破滅に裏付けられた連帯感」であり、「概括的、概念的な世界認識の裏側には必ず水素爆弾がくすぶつてゐるのである」とする。（「終末観と文学」初出『毎日新聞』1962年1月4日 32、p.19～22）

このような「技術による肉体への介入」そして「人間概念の分裂状態」を指摘する三島の発想はどことなくハイデガー哲学を、そしてそれをメディア環境への議論に敷延したポール・ヴィリリオを思わせる[5]。ハイデガーは、『放下』で「不気味なものを現出させる「技術」の展開の現代的指標として「原子爆弾」（ないし原子力）と「蛋白質合成」を挙げて」いて[6]、具体的には、「何故なら水素爆弾が爆発することなく、人間の生命が地上に維持されるとき、まさにその時こそ原子時代とともに世界の或る不気味な変動が立ち現われてくるからであります」「つまり原子時代に於て特別な程度で脅かされてゐる或る事柄を、熟思せしめるからであり、その事柄とは、人間の仕事や作品の土着性といふことであります」[7]と述べている。また後年のハイデガーは「すべてが機能しているということ、そしてその機能がさらに広範な機能へとどんどん駆り立てるということ、そして技術が人間を大地からもぎ離して無根にしてしまうということ、これこそまさに無気味なことなのです。あなたがびっくりなさったかどうか知りませんが、私は月から地球を撮影した写真を見た時にはびっくりしてしまいました。人間を無根にするために別に原子爆弾などはいりません。人間の無根化は既に存在しているのですから。[8]」とも述べているが、まるで三島の発言を裏書するような内容である。

和田伸一郎は、電話や映像などの現前性とは異なる経験を、ハイデガーとヴィリリオを踏まえて、存在論的〈不安〉ととらえ、その経験を「「ここ」にいながら、「ここ」にいる意識を剝奪されているというダブルバインド[9]」と呼んでいる。三島が『旅の墓碑銘』で提出した感覚はまさにこうしたダブルバインドの表象である。そしてヴィリリオが述べる歴史の変容、具体的には「今日の編年史＝時評とは、その情報が最大限に枝葉を削除され、あらかじめ消化されやすくされて差し出されている素材です。歴史とは、物語を通して、そして出来事に参加したことを証言している個人個人の記憶を通して形成されるものでした。ところで、今日では、メディアは物語の形ではたらくのではもはやなく、フラッシュやイメージの形ではたらいています。[10]」といった歴史表象の変容は、かつての19世紀型歴史認識、クラウカーの言う「歴史技術と写真的媒体との」「基本的類似」である「充実した生、われわれが一般に経験している生」すなわち「生活世界」[11]にたいし、「テレビ画像のリアルタイムの「今」の専制」（和田）によって「歴史のクロノロジカルな層の捨象を引き起こす[12]」ものである。

ヴィリリオは、これを「距離のエコロジー」「走行領域的な汚染」とも呼んでいるが、山崎義光の指摘する、60年代に顕在化する反核から反人間主義的なエコロジー（いわば「緑色のエコロジー」）に対する『英霊の声』『美しい星』の三島の批評的強度[13]は、言ってみれば、「距離のエコロジー」（人間概念の崩壊）の側からまだ自然主義・人間主義をひきずっている「緑色のエコロジー」を批判する試みであると同時に、それは「物語概念」を変容させる「リアルタイムの「今」の専制」のなかで、どのように小説を構想していくかという問いへとつながっている[14]。またヴィリリオは「旅行」を「出発と旅程＝道筋と到着」とみなし、それが若者を成長させたとしたうえで、現在においては、世界は有限となり「拘禁の感情におそわれ、旅はもはや若者を成長させるものではなくなります[15]」と述べているが、これはまさにクロノロジカルな成長譚を不可能にさせる条件であり、またいわゆる（貴種流離譚などの）物語の基本構造をも自壊に追い込む。

三島は自死の一週間前の古林尚との対談で、十九世紀以来の小説の枠組み―「お爺さん―お父さん―子供」という年代記風の小説―に「飽き飽きしたこと」を語っている。さらに『豊饒の海』で、生まれ変わり物語の形式を採用したのは「時間と空間がジャンプできるから」（40、p.772）だとも述べている。この「十九世紀以来の小説の枠組み」への疑いは、通常のリアリズム概念への疑いであると同時に、「年代記風の小説」すなわち「歴史のクロノロジカルな層」の表象への疑いでもある。

こうした認識は先に見た核時代の「知的概観的世界観」と密接に連関している。「技術による肉体への介入」により「人間概念の分裂状態」がおこるとそこでは世界を統一した視座から見る「巨人的な精神」が喪失する。そして「生と死が「技術」の時代に入り、人間の実存が宙に浮くと、もはや人間に固有の起源も終末もなくなり、一個の存在が生まれて死ぬという完結した物語は成り立たなくなる。個別な存在を成り立たせているアイデンティティの枠そのものが根拠を失ってしまうのだ[16]」という事態が起こるのである。このような状況下では、「お爺さん―お父さん―子供」という年代記風の小説は、意味を失うのである。

（こう考えたとき、『旅の墓碑銘』という表題は、旅という成長譚の終焉と墓碑銘の不可能―固有の起源も終末もない人間には墓碑銘を刻めない―という二重にアイロニカルな表題である。[17]）

三島が『美しい星』『豊饒の海』で、人間主義的な価値観と19世紀的な時間意識にもとづいた小説観を排した造形（宇宙人と輪廻転生）を行ったのは、この様な世界観に由来する。それは『豊饒の海』創作ノート[18]に以下の記述があることからもうかがい知ることができる。

「この世界はすでに汎神論的多次元的世界である。空間的には人は同時に地上の二点を占めることはできぬ、しかしわれ〲はわれ〲の不在のあいだも、インドの存在を擬制上信じてゐる。地球の丸いこととその感覚的把握（人工衛星写真）、時間的には、又人々は自己の願望に合せてさま〲な世界像を描き、未来をwishful thinkingにより思ひ描く。これは人間のもつとも強烈な抗すべからざる衝動である。しかも歴史は、ある人々の願望にこたへ、ある人々の願望にそむきつつ進行する。いかなる悲惨な未来といへども、万人の願ひを裏切るわけではない。」「昔は遠い存在は時間を含んでゐた。同時的把握による世界像は小さかつた。テレビの発達は同時的世界像を提供し、時間を蝕んでしまつた。視聴率は時間的営為にとつて代る。」（14、p.813）

これは「知的概念的世界像」を概観したといってよいものであり、『豊饒の海』（なかんずく『暁の寺』）執筆時に、三島がこの世界認識を歴史意識と絡めて、もう一度想起したことがうかがわれる。野坂昭雄は、『豊饒の海』と『美しい星』との関係について、「『豊饒の海』は、『美しい星』が理念的にしか提示できなかった時間や歴史に対する観念を形象化しようと試み、そして最終的にその歴史そのものを内破してしまった作品である」[19]と述べているが、地球を相対化する「知的概観的世界観」と歴史意識とを結びつけたこのノートでの発想はそれを裏付ける。

知的概観的世界観の中で寸断された「人間存在の分裂状態」は、作品中で次のように表象される。

「ただ、世界が寸断されてゐた。それを縫ひ合わせやうとする不気味な、科学的な、冷静な手がどこかに見えた。彼はその手を恐れた。」「一雄の世界は瓦解し、意味は四散してゐた。肉だけが残つた。この意味のない分泌物を含んだ肉だけが。それはみごとに管理されて、完全に運営され、遅滞なく動いてゐた。医者の言つたとほりだつた。百パーセントの健康。」（『鍵のかかる部屋』19、p.261）

この記述は、データベース型の「環境管理型権力」（東浩紀）[20]、そしてそこで管理されるむき出しの動物的な生（アガンベン）[21]の正確な予言となっている。

内田隆三が、マーク・ポスター[22]を援用しながら述べるように、データベース型の権力においては、「数値的身体は実身体の上にある個人の形象からのずれや乖離を確保することによって、さまざまに操作可能な空間となる。」「そこで適応される言説（β）は、個人という曖昧で粗大な形象を無差別に縦断し、生命のさまざまな部分やその集合体をなすフローを関説対象とすることになる[23]」。そして身体性は人称性を剥奪された単なる動物的な「生」（ゾーエ）、三島の言う「意味のない分泌物を含んだ肉」へと還元されるのである。東浩紀が90年代オタク文化の世界観として提出した「データベース消費」とは、この「操作可能な空間」での「生命のさまざまな部分やその集合体」（=キャラ）を「無差別に縦断」して受け手の側が消費して見せることに他ならない。

ハイデガーにもまたデータベース社会を予感させる発想がある。彼の技術論にある「Gestell」がそれである。「立て―組み」（和田伸一郎）とも「巨大収奪機構」（渡辺二郎）とも訳されるこの語は、「世界内に存在するすべての〈存在者〉を、挑発され、調達された〈用象〉に格下げする「巨大収奪機構[24]」」として考えられる。「何故ならば、言葉を情報と規定することは、思考機械を組み立てたり、大規模な計算装置を建設したりするための充分なる根拠を始めて提供するからである。しかし情報は、インフォームする、すなわち報道することによって、同時に整列せしめ、整頓せしめる。[25]」という『根拠律』の一文はその例証である。この「インフォームする、すなわち報道することによって、同時に整列せしめ、整頓せしめる」「巨大収奪機構」は、まさしく三島の描く「みごとに管理されて、完全に運営され、遅滞なく動いてゐ」る「縫い合わせやうとする不気味な、科学的な、冷静な手」である。三島がハイデガーの技術論を読んだとは想定しにくいが、[26]ハイデガーとほぼ同時期に三島がこうした認識に至ったことはきわめて興味深い。こうした「科学的な、冷静な手」によって「整列せしめ、整頓せしめ」られ「完全に運営され、遅滞なく動いてゐ」る「意味のない分泌物を含んだ肉」。それが現在の「人間概念の分裂状態」である。

「精神はどこに位置するか？　精神は二十世紀後半においては、人間概念の分裂状態の、修繕工として現はれるほかはない。統一と総合の代わりに、あの二つのものの縫合の技術が精神の職分になるだらう。それがどんなに不可能に見え、時にはどんなに「非人間的」に見えても、精神はこの仕事のために招かれてゐるのである。」

「さて、芸術は、もつとも頑なに有機的なものの中にとどまりながらも、もし精神がそれを命ずれば、どんな恐ろしい身の毛のよだつやうな領域へも、子供じみた好奇心で、命ぜられたままに踏み込んでゆくにちがひない。」

（『小説家の休暇』28、p.610～614）

つまり三島が考える現代の文学は、この問いを受け止め、新しい「縫合」の技術を持った「修繕工」でなければならないのである。

こうした、データベース時代＝知的概観的な時代の、ゾーエーを管理する生政治（フーコー）の時代の芸術の在り方については、田中純が次のように述べている。

「ラカン派精神分析の語彙でいえば、われわれ自身ではなく、「他者」である言語である言語的な象徴秩序こそが不死なのだ。十九世紀の死の文学は、言語の内部における死を通して不死を得る。それは言語そのものの不死性にもとづいている。個人の単独性という墓碑は不死なる言語の中に「占有され得ない場所」を獲得する」[27]。

19世紀型の文学は、言語である象徴秩序（三島の言う「巨人的な精神」）の不死性を信じており、その中で「一個の存在が生まれて死ぬという完結した物語」、クロノロジカルな小説は成り立つ。しかし、そうした状況が、20世紀に変質を始めたと田中はジュネを受けながらこう述べる。

「演劇は映画とテレビの出現以後の時代にあって変質せざるをえない、とジュネは言う。かつてそれは、政治的あるいは宗教的関心のもとに、劇的行為を教育の手段にしていた。映画やテレビがその教育的機能を引き受けた結果、演劇は空っぽになって純化される。では、こうして純化された演劇に残されたものとは何なのか。それは「場」である。そして、ジュネによれば、現在の都市で劇場が建設される場は「墓地」以外にはない(28)」。

これを裏付けるジュネの文は以下の通り。「演劇というものも、映画とテレビの後では、こうしたもの以前にそれがそうであったところのものであり続けはしないように思われる。」「おそらく、テレビと映画は、より巧みに教育的機能を果たすだろう。その時演技は、それを一杯に満たしていたものが空っぽになり」「現代の都市で劇場が建設されうる唯一の場所―残念ながらやはり周辺方面なのだが―、それは墓地である(29)。」

田中はさらに踏み込んでこう述べる。

「ジュネが演劇と呼ぶものの起源は死者の生の模倣《ミメーシス》にある。この模倣《ミメーシス》によって、死者を埋葬する前にもう一度生き返らせる営みが演劇なのだ。そこでは屍体もまた観客の一人である。『リトレ辞典』によれば、表象、上演、代理を指す représentation には「喪の黒布で覆われた空の棺」の意味がある。演劇とは屍体を欠いた棺としての舞台上で上演される、埋葬儀礼そのものの「ものまね」、すなわち代理に他なるまい(30)。」

この記述はロザリンド・クラウスの以下の議論を受けている。

「『リトレ辞典』は、空の棺を覆うシーツを、〈表象〉の原義の一つに載せている。表象、死者の代役は、それゆえ、概念的に、物質の象徴的腐敗と現実的腐敗の間で宙吊りにされているのだ―それこそまさに変質の条件である。バタイユの「低俗唯物主義」という概念はまさに、即物的なものと象徴的なものとのこの中間の場所で機能する。というのもそれは、社会的諸関係の全領域が、表象の条件、すなわち言語体系によって全面的に構造化されていると考えるからである。言語体系はしかし、方角なき迷路と見做されているのであり、そこでは、例えば、聖なるものは、〈sacer〉という言葉それ自体の函数であり、それは〈altus〉のように、神聖なものと忌まわしいものへの二つの方向を指し示すのである(31)。」

演劇はメディアによってその祭儀的教育的機能を失って空白な場所となり、埋葬儀礼の代理と化し、小説は成長する一人の人間の物語を完結させる基盤を失ってしまう。もはやそこでは世界を統一的に統御する視座（＝巨人的な精神）がなく、またそれは死者を弔う倫理的視座が喪失したということでもある。そこでの人間存在は分裂し、いわば無根化の状態となる。そうした状況下の芸術は変質を繰り返す「方角なき迷路」となり、田中の言い方に従えば、「個人の生と死は、「占有されえない場所」として言語の中に確保されるどころか、言葉に食らい尽くされてしまう(32)。」

「言語の内部における不死なる場所の確保を不可能に

する単語たちの戦争、その代表としてバタイユ＝クラウスが引いているsacerという語が持つ「聖なる／呪われた」という両義性は、アガンベンによれば、もともとホモ・サケルの法的政治的性格に由来する。すなわち、この単語においてつがい合う二つの意味は、剝き出しの生を対象とする主権政治の生政治から生み出されている。[33]」

つまり、アガンベンが述べる剝き出しの生を管理する生政治[34]とその時代の「言語の内部における不死なる場所の確保を不可能にする」言語芸術とは密接につながっている。それは田中が周到にもこう述べるものである。「「私」という個体、そのむき出しの生とは別に「占有されえない場所」があるのではなく、断片化された肉体と人工臓器との複合体として、あるいは遺伝子情報というデータとして、剝き出しの生そのものが不死ないし再生可能となるのだから。」「われわれが迷い込むのは、誰もが生きながら死んでいるがゆえにすでに不死であるような、迷宮めいたネクロポリスの空間である。[35]」

こうした状況認識を、三島もまた共有しているのであり、[36]それは『鍵のかかる部屋』『小説家の休暇』に書かれているとおりである。では三島は「誰もが生きながら死んでいるがゆえにすでに不死であるような」「知的概観的な時代」においてどのようにしてゾーエの政治学に対抗する「修繕工としての芸術」を構築していったのだろうか。

『鍵のかかる部屋』（１９５４・７）を執筆したのと同じ時期に、三島が『ラディゲの死』（１９５３・10『中央公論増刊号』）『詩を書く少年』（１９５４・８『文学界』）『海と夕焼』（１９５５・１『群像』）など、少年期の価値観を清算する作品を書いていることは、この当時の三島が過去の自らの作品を総括し、別のナラティヴを模索し始めていることを物語る。[37]

そして『鍵のかかる部屋』は、ほぼ同時期に書かれた『潮騒』（１９５４・６）と対応関係にある。すでにこの点については、日野啓三と奥野健男による指摘があるが、[38]日野の指摘にあるように、行為は主に現在形で記され、事象と行為の関係は齟齬をきたさず、短文を積み重ねた文体はその因果関係を接続詞という形で補われない。[39]短文で自然現象と行為の描写を淡々と積み重ね、さらに事象の因果関係を接続詞により説明することをせず、つまりはラディゲ風の叙法による『盗賊』のように鳥瞰的な語りの視座から心理や行動を語りきることなく、かつ通常の近代小説と違い人物の心理が有機的に絡み合わないという点において『潮騒』と『鍵のかかる部屋』は共通している。

「若者は厨口に立つてもぢもぢしてゐる。平目はすでに、白い琺瑯の大皿に載せられてゐる。かすかに喘いでゐるその鰓からは、血が流れ出て、白い滑らかな肌に滲んでゐる。」（4、p.231）

この何気ない場面でも焦点化される対象は①厨口の若者か

ら、②大皿に載せられた平目に、そして③その鰓から流れた血へと、まるでかつての新感覚派の文体のように次々に切り替わり、接続詞によって時間の経過や因果関係が補われない。もしこの描写対象が「確乎たる共同体意識に裏付けられた唯心論的自然」に(28、p.641)育まれた離島での人々の生活でなければ、これは冷徹なカメラアイで切り取られた「世界が寸断され」「意味は四散して」いる現代生活の断片の一だと言われても不思議ではない。

「さらに隣室には見知らぬ他人がをり、ここには次郎がゐる。そして次郎の外部には皮膚や髪の毛があり、内部には血みどろの内臓がある。彼の働いてゐる心臓と新潟の雪とは同時に在る。」「一雄の世界は瓦解し、意味は四散してゐた。肉だけが残つた。この意味のない分泌物を含んだ肉だけが。」

この『旅の墓碑銘』『鍵のかかる部屋』での寸断された世界像と『潮騒』で描写された世界像には実はそれほど大きな差異はない。『潮騒』の語り手がこの事態に疑問を呈せず、さらに登場人物が「現代に生きながら政治的関心も社会意識も持た」ないように造形されているため、そうした類似が覆い隠されているだけなのである。[40] 日野は「それは我々のこの世界が、もはや調和と連関を失い果てているにも拘らず、しかもなおこのような形で存在しているという、背理的な状態」[41]を描いていると的確に評している。それが、先に見た「人間概念の分裂状態」を「縫合」する修繕工としての文学にほかならない。

さらに、『潮騒』については、服部達の重要な指摘がある。服部達は、William Mills Ivins の遠近法の区分を援用しながら、「自然の景観にせよ人物にせよ、つねに、眼前からのぞきこまれることによって描かれる」「触覚的遠近法」と「或る固定した点から発する視野の内でそれらが示す面によってのみ、表現される」「視覚的遠近法」があるとし、『潮騒』における、触覚的遠近法にもとづく自然描写と、「一寸の虫に五分の魂」しか与えられていない人物描写との間には、おそらくある種の必然的な関連がある」とする。「これらの未知、これらの神秘の何ほどかが想像されるとき、十九世紀のヨーロッパの小説によって主として感受性を養われたわれわれは、人間が人間らしく書かれている、と考える。ところが、触覚的遠近法によれば、自然の景観にせよ人物にせよ、つねに、眼前からのぞきこまれることによって描かれる。その場合、それらにとっては、のぞきこまれた面と、その面の裏側、つまり表面と裏面しか存在しなくなる。いかなる時にも、いかなる場合にも、表面と裏面の、たった二つの面しか存在しないのである。表面をひき剥がせば、つねに同じ裏面が現れる。未知の、神秘の、入り込む余地がどこにあろうか。[42]」

この発言は、１９５３~54年の三島の想像力の一端を物語っていると同時に、またその〈先駆性〉をも浮き彫りにしている。この、心理の不可侵性が存在せず「表面をひきはがせば、つねに同じ裏面が現れる」造形、これはまさに「人物の記号化」「人間のキャラ化」そのものである。『旅の墓碑銘』の菊田次郎の「「表面」乃至「外面」」という思考もまた、こうしたキャラ的な造形を三島が自覚的に作っていたことを物語る。そして『鏡子の家』の杉本清一郎の「他人の属性をわがものにしたと信じ込む」(7、p.342)欲望、『鍵のかかる部屋』の「彼は自分を限りなく無力なかわいい玩具と考へることに熱中した。目をつぶって自分を一生懸命シガレット・ケースだと思はうとすれば、人間は実際或る瞬間には、シガレット・ケースになることだつてできる。」(19、p.223)という主人公一雄の欲望もまた、現在のコスプレ化した欲望、データベース化されたキャラ消費の在り方を先取りするものである。つまり(ハイデガー的世界診断とも共鳴する)三島の造形は現在の「キャラ化」する人物造形とフラットな小説の世界観を予告している。

佐藤秀明は『橋づくし』(1956・12『文芸春秋』)のみなの身体性について「三島の「外面」の思考の表象」(43)であると述べているが、『橋づくし』がやはり三島が少年期の価値観を清算する作品を積み重ねていた時期に書かれていること、さらにこの「外面の思考の表象」である「この顔から何らかの感情を掘り当てることはむつかしい」(19、p.544)「弾力のある重い肉」(19、p.559)が、三島の言う「七つの橋を渡るあひだ、一切会話が禁じられてゐるので、セリフを使用することができない」ため、「戯曲化は不可能である」(31、p.213)と考えている作品(44)において使用されていることは重要である。つまり三島は「心理描写といふ武器を駆使して、縦横に各人物の内面を探ることができる」「小説のためだけに残された人間の領域」(31、p.608)を表象する満佐子やかな子と、みなの体現するキャラ的な「「表面」乃至「外面」」という思考を対比させ、相互が批評されるように仕組んでいるからである。ここでは小説が描き出す「人間の領域」とそれでは追尾し表象することができない「表面をひき剥がせば、つねに同じ裏面が現れる」キャラ的な造形との抗争が描かれることとなる。また、「かな子や小弓の中に見透かされたあの透明な欲望とは違つてゐる」「黒い塊り」「他人の願望といふものが、これほど気持ちの悪いものだとは知らなかつた」(19、p.556)と思わせるみなの表象は、『鏡子の家』の「他人の属性をわが物にしたと信じ込む」いわば「模造人間」(島田雅彦)的な欲望への批評ともなっている。これは三島の批評性が常に二重に折りたたまれており、絶えず自作とジャンルそれ自体を批評しながら、それによって逆説的にもさらなる問いへと開かれることを物語る。

さらに『鍵のかかる部屋』での、「少女の体から絞って精製した上等の酒」を飲む「サディーストの会合」は、近年の

「少女愛もの」へもつながる感性（また三島は自注で「大江氏のエロティシズム観の小さな一つの予兆」と述べている）であり、三島が『女神』（『婦人朝日』1954・8～1955・3『鍵のかかる部屋』『潮騒』の直後に執筆されている）という「美少女育成」の物語を描いており、[45]さらにセカイ系の定型である「戦闘美少女と行動しない青年」のネガともいえる「戦闘しているという妄想に生きる30歳の青年と彼が信じている物語の作者である女性の童話作家」の劇である『薔薇と海賊』（『群像』1958・5、この時期は『鏡子の家』執筆時と並行している）の著者でもあることは、こうした議論に複雑な陰影を与える。

『薔薇と海賊』については、「童話」という比喩に「三島の創作者としての根源的なあり方」の「告白」を見、マフマフやニッケル姫に「「カワイイ！」に対応する生き物《キャラクター》」を見る佐藤秀明論、[46]バレエ「眠れる森の美女」との関連を丹念に掘り起こしながら「覚醒して童話世界を創作する女の物語」を読み、『豊饒の海』との関係を指摘する有元伸子「三島由紀夫論[47]があるが、佐藤の言う「深みや奥行きを欠いた、人工的な張りぼての甘ったるく安っぽい空想」として意図的に「作られている」[48]というのはまさに東浩紀の言うフラット性であり、マフマフやニッケル姫はまさに現在のキャラクターである。

楓阿里子は「ギザギザがなく、円いツルツルした玉」（23、p.97）のような「欲望の仮装行列にすぎない」感情のない女として造形されている。これは『橋づくし』のみなのこの顔から何らかの感情を掘り当てることはむつかしい」「弾力のある重い肉」と対応した、「外面の思想」のあらわれであると同時に、フラットなキャラクター性のネガでもある。重政によって強姦されたという〈トラウマ的な過去〉（しかもそこからはじまった「聖らかな顔」の女との「大々的恋愛」が皮肉にも重政の弟重巳によって「二十年間の喜劇」（p.93～94）と呼ばれている）を持つ、阿里子の「想像力」は「情慾」を「蔓草にからまれた夕顔の花」や「屋根の上できらきら廻つてゐる金いろの風見の雞」に変えてしまうものとして（23、p.107）描かれている。これは、まさに社会性を意図的に捨象し宇宙と個人の身体周辺のみを描こうとする「セカイ系文学」の、「例外なく精神的外傷に苦しんでいる」[49]戦闘美少女を造形し「母子一体の幼児的ナルシシズムと多形倒錯的なエロスが濃密に漂っている」[50]セカイ系表象を産出するその思考のプロセスの倒錯を、女性作者の側から暴きだしたものにほかならない。笠井潔は「セカイは、現実的な日常空間でも妄想的な戦闘空間でもない。前者に属する無力な少年と、後者に属する陰惨化した戦闘美少女が接触し、君と僕の純愛関係が生じる第三の領域がセカイなのだ。」[51]と述べているが、「この君と僕の純愛関係が生じる第三の領域」をそのプロセスの倒錯をも含めて反転させた形で表象したのが『薔薇と海賊』なのである。

これは『女神』の場合でも同様であり、セカイ系文学の物語構造や人物配置と一致したかのように描かれた[52]『女神』では、最後に美の化身となった娘とすべてを打ち砕かれた父とが「二人つきりになれた」(5、p.134)とつぶやくのであり、しかも母―子が父―娘に反転するというおまけまでついている。さらにこのような「人物造形」は、「外面乃至表面だけになりたい」という欲望をもった『旅の墓碑銘』『鏡子の家』の〈自意識を持たされたキャラ〉ともつながっている(『女神』が『鍵のかかる部屋』『潮騒』の直後に執筆されたことの意味がここにある)。つまり、これらの作品は、フランス心理小説と古典劇へのパロディであると同時にセカイ系文学と少女漫画的世界観への批評としても読めるのである。はじめに触れた三島の二重の批評性は、このように過去と現在を貫く様々なジャンルをまるで〈あらかじめ予期したかように〉展開されているのであり、三島の作品に対し、単なる「失敗作」「通俗性」のレッテルをはりつけて事足れりとする評価は慎まなければならない。

さらに、三島の二重の批評性は、こうしたフラットな表象の裏側、いわば「鏡の裏箔」(ロドルフ・ガシェ)として貼りついてくるむき出しの肉(ゾーエ)―管理される欲動と腐敗の領域をも、そしてその領域が現在いかに倫理的方向を失った宙づりの表象としてしかあり得ないのかをも余すところなく照らし出す。

先に見た、環境管理型権力による人間のゾーエ化が進行する現代での芸術の条件、ギリシャ悲劇にも通じる死者の記憶の埋葬を主題化しながらもその場所が空白=不在であり、さらにそれを代役として表象する言語もまた大文字の他者の審級(=世界を統一した視座から見る「巨人的な精神」)が失調した状況で絶えざる腐敗と変容を強いられる、いわば「物質の象徴的腐敗と現実的腐敗の間で宙吊りにされている、死者の代役として上演される」表象は、三島の他の作品の中にも見いだせる特徴である。

最後の短編である『蘭陵王』はあらゆる変容の可能性を残しながら、どこにも差し向けられない宙づりの上演=表象であり、遺作『豊饒の海』は、その冒頭に日露戦争の墓碑銘の写真を描き、寺の「記憶も何もない」庭の場面で終わるという意味で、死者の記憶の「埋葬」の場所の不在という問題を全体として提起しつづけている[53]。そして、フラットな表象にも宙づりの表象にも(そして政治の文脈にも芸術の文脈にも)還元されない「醜聞」(四方田犬彦[54])―むき出しの肉―こそがすなわち三島の割腹に他ならない。

笠井潔は『探偵小説と記号的人物』のあとがきで、東浩紀や伊藤剛のキャラ論を踏まえながら、彼らの論が「現前性」(伊藤)「図像性の記憶」(東)を前提としており、快楽や苦痛の問題設定が不足していることを指摘し、独自のフッサール理解をもとに「苦痛=快楽の知覚と「萌え」の経験は、おそらく密接に関係している。とすれば「視覚的経験—図像—キャラ」にたいし、「触覚的経験（苦痛＝快楽）—萌え—キャラ」という関連が想定できるかもしれない[55]。」という興味深い仮説を提出しているが、三島が苦痛＝快楽と身体性・集合性との関連を、それがいかに言語による再現を裏切るかも含めて、一種現象学的に考察した『太陽と鉄』の著者でもあることはこの笠井の仮説を裏付けよう。

「集団こそは、言葉といふ媒体を終局的に拒否するところの、いふにいはれぬ「同苦」の概念にちがひなかつた。なぜなら「同苦」こそ、言語表現の最後の敵であるはずだからである」「肉体は集団により、その同苦によつて、はじめて個人によつては達しえない或る肉の高い水位に達する筈であつた。」（『太陽と鉄』33、p.568）

現在のメディア環境が、「数値的身体は実身体の上にある個人の形象からのずれや乖離を確保することによって、さまざまに操作可能な空間になる」、あるいは、「断片化された肉体と人工臓器との複合体として、あるいは遺伝子情報というデータとして、剥き出しの生そのものが不死ないし再生可能となると」すれものだとすれば、そこで管理されている「意味のない肉」と情動は「知的概観的」領域から取り残され、さらにデータベース化され集合化したキャラの集積は、その裏面としての「快楽＝苦痛」を象徴化できぬまま、蓄積していく。そうした情動の地層がいつの日か「同苦」として表象され「言葉といふ媒体を終局的に拒否する」「群れとしての動物」（鵜飼哲[56]）と化して暴走しないという保証はどこにもない。フラット性、セカイ性にばかり目を向けるサブカルチャー論はそうしたリスクを計算に入れているだろうか。三島の作品は、現在のサブカル論の隠ぺいされた裏面にも射程をとどかせているのであり、それは、三島が体現する１９４５・８・15の記憶と重ね合わされた１９７０・11・25の割腹の記憶をどのように処理するかという問いともつながっている。[57]このように考えたとき、三島は何度でも「生きがよくなるゾンビ」（浅田彰[58]）でありつづけるのであり、それに単にサブカルチャー論やメディア論を対置しただけでは相対化どころか三島を理解することすらできないだろう。

『鏡子の家』『美しい星』『豊饒の海』など三島の失敗作と呼ばれてきた作品や、『鍵のかかる部屋』『旅の墓碑銘』のような短編、『太陽の鉄』のような言語と肉体と苦痛を橋渡しする批評作品、さらには『薔薇と海賊』や『橋づくし』のような意図的にフラットに作られ、小説や戯曲というジャンルを越境し批評する作品の数々は、実は現代の映像やアニメーションのコンテクストに置きなおしたとき、また別の輝きを増すのではないだろうか。「深みや奥行きを欠いた、人工的な張りぼての甘ったるく安っぽい空想」「いかなる時にも、いかなる場合にも、表面と裏面の、たった二つの面しか存在しない」とこれまで評されてきた「表面乃至外面」だけでできた三島の作品群が、フラットなアニメの表象に置き換えられ、さらに動画投稿サイトのMADなどのかたちで無数に増殖し、さまざまなコメントを身にまといながら書きかえられたとき、三島の「安っぽい空想」と「少女趣味」（宮台真司）は、それで消費されるどころか、その時になお、その不気味な贋物の輝きを増し続け、1945・8・15と1970・11・25の記憶を、剝き出しの肉＝割腹の表象とともに召喚するゾンビとしての呪いをまき散らし続けるだろう。絶えず戦後のサブカルチャーの交錯点に身を置き続けた三島は、その存在によってサブカルチャーのジャンルを越境し、挑発する巨大な問いであり続けるのであり、今後のサブカルチャー論と近代表象史はこの三島の問いを引き受けたうえで構想されなければならない[59]。

（台湾　静宜大学外語学院日本語文学系助理教授）

注1　この語は三島の石原慎太郎への批評の中にある。「石原慎太郎氏の諸作品」決定版全集31。

2　中村光夫の評価などがその好例である。「ウソの極致であるがゆえに、氏の内面生活が、「ケタ外れの正直」さで現れている」（「文学的観劇記」中　薔薇と海賊の信条告白「東京新聞」1958・8・10）。この文は佐藤秀明「虚構少年の進化」（『三島由紀夫の文学』試論社、2009・5、p.228）で引用されている。また、中村は『人間と文学』の中でも同様の発言をしている（40、p.88）。

3　『天使が通る』「ミシマ　模造を模造する」（新潮社、1988）での浅田彰の発言（p.188）。これはまたベタとボケの差異が極限で喪失するという現在のネット環境下で行われている現象ともつながっている。北田暁大「嗤う日本のナショナリズム」（NHKブックス、2005）。

4　拙著『三島由紀夫研究「知的概観的な時代」のザインとゾルレン』（創言社、近刊）。

5　『鏡子の家』にハイデガーの影響を読み取った論として、佐藤秀明「『鏡子の家』私註」㈠㈡『椙山女学園大学研究論集』1990・2、『椙山国文学』1990・3、井上隆史「『鏡子の家』―ニヒリズム・神秘主義・文学―」『三島由紀夫　虚無の光と闇』（試論社、2006）。ヴィリリオとハイデガーの関係について和田伸一郎『存在論的メディア論』（新曜社、2004、p.36）。

6　西谷修『不死のワンダーランド』（講談社学術文庫、1996、p.188）。

7　ハイデガー『放下』（『ハイデガー選集15』辻村公一訳、1963、p.22〜23）。

8　「シュピーゲル対談（ハイデガー『形而上学入門』平凡社ライブラリー、1994、p.386）。

9　和田伸一郎『存在論的メディア論』（新曜社、2004、p.36）。

10　ポール・ヴィリリオ『電脳世界』（産業図書、1998、p.65）。

11　クラウカー『歴史　永遠のユダヤ人の鏡像』（せりか書房、１９７７、p.81）。
12　和田前掲書、p.48。
13　山崎義光「純文学論争・ＳＦ映画・小説と三島由紀夫『美しい星』」『原爆文学研究』８、２００８・12、p.64）。
14　ここから考えた時、『豊饒の海』の冒頭が死者の写真に触発された追憶であり、結末がその記憶自体の消失で終わるというのは、小説と写真に代表される19世紀的生活世界の記録装置の死を暗示しているようでもある。また、マイケル・フリードは近著の写真論の中で、写真家Jeff Wallの作品After Spring Snowに触れながら三島の『豊饒の海』の冒頭の写真の描写に言及している。Michael Fried Why photography matters as art as never before Yale, UP p. 397 Note 32.
15　ヴィリリオ前掲書、p.66。
16　西谷修『不死のワンダーランド』（講談社学術文庫、１９９６、p.199、単行本は青土社、１９９０）。
17　田中純もサーバースペースの墓地について次のように述べている。「そして、クローン技術と人工臓器によってひとつの生命の「自然な」始まりと終わりがいよいよ決定しがたいものとなるとき、われわれはその墓碑になんと―電子的に―刻めばよいのだろうか」（「都市表象分析　都市計画と演劇」『死者たちの都市へ』青土社、２００４、p.202）。
18　『決定版三島由紀夫全集』14巻所収「『暁の寺』創作ノート」（整理　佐藤秀明）。
19　野坂昭雄「一九六〇年代の三島由紀夫『美しい星』から『豊饒の海』へ」（『原爆文学研究』８、２００８・12）。
20　東浩紀・大澤真幸『自由を考える』（ＮＨＫブックス、２００３）。
21　ジョルジュ・アガンベン『ホモ・サケル』（以文社、２００３）。
22　マーク・ポスター「フーコーとデーターベース」（『情報様式論』岩波書店、１９９１）。
23　内田隆三「資本主義と権力のエピステーメー」（『思想』１９９４。12、p.28）。
24　和田前掲書、p.297。
25　ハイデガー『根拠律』（創文社、１９６２、p.203）。引用は和田前掲書、p.297より。
26　『技術への問い』の論文化は１９５４年（もとになったブレーメン講演は１９４９年）、邦訳は１９６５年である。
27　田中純「都市表象分析　都市計画と演劇」（『死者たちの都市へ』青土社、２００４、p.187）。
28　田中純「都市表象分析　都市計画と演劇」（『死者たちの都市へ』青土社、２００４、p.187）。
29　ジャン・ジュネ『アルベルトジャコメッテイのアトリエ』（現代企画室、１９９９、p.129、130、133）。
30　田中純　前掲書、p.197~198。
31　ロザリンド・クラウス「NO MORE PLAY」（『オリジナリティと反復』リブロポート、１９９４、p.70）。
32　田中純　前掲書、p.201。
33　田中純　前掲書、p.201。

34　ジョルジュ・アガンベン『ホモ・サケル』（以文社、２００３、p.108〜124）。もちろん、アガンベンが考察しているのはアウシュビッツであり、東の言うような環境管理型権力まで念頭に置いているわけではない。東浩紀・大澤真幸『自由を考える』（ＮＨＫブックス、２００３、p.38〜39）。
35　田中純　前掲書、p.202。
36　19世紀の文学と20世紀の文学の断層についての三島の見解は、安部公房との対談「二十世紀の文学」（「文芸」１９６６・２、39、p.508〜543）、中村光夫との対談「人間と文学」（１９６７・７、40、p.56〜63）。
37　こうした別のナラティヴ、山崎義光が「二重化のナラティヴ」と名づけたものの模索については、山崎義光「二重化のナラティヴ―三島由紀夫『美しい星』と一九六〇年代の状況論―」（『昭和文学研究』43、２００１・９）、前掲拙著を参照。
38　日野啓三『幻視の文学』（三一書房、１９６８）、奥野健男『三島由紀夫伝説』（新潮社、１９９３、p.314〜320）。
39　「動作と動作、事物と事物、動作と事物の因果的連関は最小限に節約される。「故に」とか「従って」とか「にも拘らず」といった接続詞はほとんど使われぬ。」（日野啓三前掲書、p.78）。
40　この部分の記述は、前掲拙著の第３部第４章と重複している。
41　日野前掲書、p.83。
42　服部達前掲論文、p.21〜22。
43　佐藤秀明「外面の思想『橋づくし』論」（『三島由紀夫の文学』試論社、２００９・５、p.216）。
44　しかし三島はその後で、「榎本滋民氏がみごとに芝居してみせてくれたのに私は啞然とした」（31、p.608）と書いている。
45　この点について前掲拙著の第３部第４章参照。
46　佐藤秀明「虚構少年の進化」（『三島由紀夫の文学』試論社、２００９・５）。
47　有元伸子「三島由紀夫「薔薇と海賊」論―〈眠れる森の眠らない童話作家〉―」（『国文学攷』197、２００８・３）。
48　佐藤前掲書、p.231。
49　笠井潔『探偵小説は「セカイ」と遭遇した』（南雲堂、２００８・12、p.49）。
50　笠井潔「セカイ系と例外状態」（『社会は存在しない、セカイ系文化論』南雲堂、２００９・７、p.24）。
51　笠井潔『探偵小説は「セカイ」と遭遇した』（南雲堂、２００８・12、p.51）。
52　前掲拙著の第３部第４章参照。
53　この点について前掲拙著の第２部第３章参照。
54　四方田犬彦「三島由紀夫あるいは善用のための祈り」（『最新流行』青土社、１９８７、p.315）。
55　笠井潔『探偵小説と記号的人物』（東京創元社、２００６、p.320）。
56　鵜飼哲「方法としてのノスタルジア」（『建築文化』２００４・10）。
57　坪井秀人は「誰がための涙―〈一億の号泣〉の一日―」

（『感覚の近代』名古屋大学出版会、２００６）のなかで三島の市ヶ谷の演説を玉音放送の反復と見なす非常に興味深い見解を提出している（坪井は私との私的な対話でも同様の意味のことを述べたことがある）。三島の記憶の編成の戦略については、前掲拙著の第1部第4章参照。

58 『天使が通る』「ミシマ　模造を模造する」（新潮社、１９８８、p.194）。

59 これについての簡単な見取り図は前掲拙著の第3部第4章に記した。

ミシマ万華鏡

山中剛史

「卒塔婆小町」上演をきっかけに次々と事件が……という篠田真由美の〈建築探偵桜井京介の事件簿〉シリーズの一冊『美貌の帳』（講談社文庫）などは比較的に知られている作品と思われるが、作品の中で三島作品が引用されたり舞台上演されたりといったシーンがあるという小説や映画、コミックなど、気がついたらチェックするようにしている。最近読んだものでは、志村貴子のコミック『青い花』（太田出版）に「鹿鳴館」が出てきた（4〜5巻）。別々のお嬢様学校に通う女子高生の幼なじみ二人がメインの登場人物で、片方が演劇部に所属していて、校内演劇祭で「鹿鳴館」を上演、顕子役を演じる……というものだ。現実的にはいくら何でも高校生に「鹿鳴館」は技術的にも難しいのではと思うも、所々抜き出される朝子の台詞が、そのままメインのストーリーの複雑な人間関係やら立場といったものとダブらせるようにして進行していく形をとっており、これははじめに「鹿鳴館」ありきで、作者は元々取り上げたかったのかなどと思ったことであった。

設定上、当然清原も女子が演じているのだが、先日の蜷川幸雄演出「サド侯爵夫人」等々、女性役を男性キャストで演じる舞台が増えてきているのなら、歌舞伎と共に宝塚という舞台伝統もあるのだから、このコミックでの「鹿鳴館」のように男性役を女性で演じる作品、例えば宝塚版「わが友ヒットラー」などもいつか観てみたいものである。

三島由紀夫と橋家
――もう一つのルーツ――

岡山典弘

一、祖父・橋健三

誰もが平岡家を語るが、橋家に言及する者はほとんどいない。平岡定太郎と夏子《なつ》ばかりが論じられて、橋健三とトミは等閑視されてきた。あたかも三島由紀夫には、定太郎・夏子という父方の祖父母しか存在しなかったかのようであり、「一世紀ぐらい時代ずれのした男」と「或る狂ほしい詩的な魂」の女だけが三島文学の形成に影響を与えたかのような印象を受ける。しかし、それは事実だろうか。三島は、母方の

橋　健三
（『開成学園九十年史』）

橋家からは大して影響を受けなかったのだろうか。

健三は、万延二年（一八六一年）一月二日に金沢で生を享けた。加賀藩士の瀬川朝治とソトの間に次男として生まれ、武士の血をひく。健三は幼少より漢学者・橋健堂に学んだ。明治六年（十二歳）、学才を見込まれて健堂の三女・こうの婿養子となり、橋健三と名乗る。健三は十四・五歳にして、養父の健堂に代わり講義を行うほどの俊才だったという。やがて健三は妻子を連れて上京し、小石川に学塾を開く。「鹿鳴館の時代」であり、文学の革新の時代でもあった。明治二十一年（二十七歳）、共立学校に招かれて漢文と倫理を教え、幹事に就任する。妻・こうの死去により、健堂の五女・トミを後妻とした。明治二十七年（三十三歳）、学校の共同設立者に加わる。明治四十三年（四十九歳）、第二開成中学校（神奈川県逗子町）の分離独立に際して、健三は開成中学校の第五代校長に就任した。

開成中学校校長としての健三の事績は『開成学園九十年史』[1]に詳らかで、主に同書に拠り、他の学園史も参考にしながらその足跡を辿ることにしよう[2・3]。顔写真を見ると、健三は

白い長髯を蓄えて、眼光炯々とした異相である。生徒は、「青幹《あおかん》」「漸々《じえんじえん》」「岩石《がんじえき》」と渾名をつけたという。

橋校長は漢文も教えられたが、式の時など、あご鬚をかきなでられたあと、謹厳重厚な態度で教育勅語を奉読され、また漢文の奉祝文「維時大正何年何月何日何々佳辰云々」といったようなのを読まれ、ご自身の名「健三」を「ケンソウ」と濁音なしで称えられるのを常とした。（『開成学園九十年史』）

漢文の授業では、教科書として四書五経ではなく、『蒙求』を使用した。唐の李瀚が編纂した『蒙求』は、清少納言から漱石に至るわが国の文学者に影響を与えた故事集である。テキストの選択から健三の教育観の一端を窺うことができる。

開成の誇るべきは教授陣であった。大屋敦は「第一、先生がよかった。（略）職業教師などには見られぬ品格があった」[4]、伊部恭之助は「後年、東大や京大の教授や碩学に名を連ねた若き先生方がそろっていた」と回想している[5]。

確かに歴代校長には、錚々たる顔触れが揃っている。初代校長は、高橋是清。第二十代内閣総理大臣を務め、六度目の蔵相在任中の昭和十一年二月二十六日、折からの雪をついて決起した青年将校の銃弾に倒れた。是清は、健三の後ろ楯でもあった。第四代校長の田辺新之助は、『万国地理新書』や『明十家詩選』などを上梓し、英学者にして漢詩人として令名を馳せた。長男が哲学者の田辺元で、三島は学習院時代から『歴史的現実』など元の著書に親しんでいる。第九代校長の東季彦は、商法の権威で、後に日大学長に就任する。季彦の一人息子が、夭折した東文彦である。三島と文彦との親交は『三島由紀夫十代書簡集』に詳しく、晩年の三島は『東文彦作品集』の刊行に尽力した。二・二六事件、田辺元、東文彦……、健三をめぐる歴代校長の人脈と三島との関わりは以外に深い。

開成学園の歴史は、明治四年に佐野鼎が共立学校を開設したことに始まる。校舎は、神田淡路町（現在の神田駿河台）のニコライ堂近くに位置していた。日露戦争の勝利の余波で進学熱が高まり、入学志願者の増加に対応して、校舎を増築する。しかし建築費が予算を大幅に上回り、大正元年に出資者の三人が辞して、健三と石田羊一郎、太田澄三郎の三人が校主となる。健三は雇われ校長ではなく、学校経営者であった。学校の移転拡張を図るため、大正四年に組織を財団法人とし、校主は理事となる。当時の寄付行為第五条には、三校主が学校の動産及び不動産の全部を寄付し之を財団法人の財産とすることが謳われており、「この三校主の勇気決断は、この学校の出身者の特に肝に銘記しなければならないことである」と学園史に記されている。

建物は老朽化・狭隘化が著しく、教室の床や廊下は波打ち、机は穴だらけで、生徒は「豚小屋」と呼んだという。校舎の移転整備が課題であるが、学校側には土地も資金の当てもなかった。そこで健三たちは、窮状を詩文に託して早大教授の桂湖邨に訴えた。桂はこの話を前田利為侯爵に伝え、大正十年に前田家の所有地を格安で払い下げて貰うことになった。場所は、現在の新宿文化センター一帯である。詩文で土地を手に入れるとは、三島の祖父に相応しいエピソードである。漢学者の桂は『王詩臆見』など王陽明に関する論文を著し、『奔馬』の藍本の一つ『清教徒神風連』の著者・福本日南とも親交があった。前田家の当主・利為は、陸大二十三期恩賜の有能な軍人で、二・二六事件時には参謀本部第四部長の職にあり、後に東条英機と対立する。

ところが、この土地に目をつけた東京市長・後藤新平が、電車車庫の整備を計画して、学校側に譲渡を申し入れてきた。健三は直ちに突っぱねた。是清からも譲渡を勧められるが、硬骨漢の健三は拒絶する。やがて関係者と相談した結果、市民のために東大久保の土地を譲る。紆余曲折の後、学校は新たに日暮里の現在の高校敷地を入手した。土地は確保したものの建設資金が不足していることから、広く寄付金を募るとともに、淡路町の校舎敷地を売却する。このため大正十二年、古校舎を運動場に移築することにした。工期は七月末から八月末までの一ヵ月であった。九月一日、健三たちの完成検査で不具合が見つかり、引渡しを延期する。その日の正午二分前、関東大震災が襲う。移築したばかりの古校舎の屋根瓦は瀧のように雪崩れ落ち、備品もろとも全焼した。さらに生徒二名が死亡し、罹災者は二五〇名を数えた。これに怯まず健三は、牛込区（現在の新宿区）原町の成城中学校の校舎を借りて、九月二十五日から授業を再開する。十一月、焼け跡にバラック校舎が完成すると、淡路町に帰って二部授業を行う。屋根はトタン葺きで、雨の日は喧しくて講義が聞きとれず、焼野原を運動場に代用したという。

大正十三年、文部省から震災応急施設費貸付金の交付を受けて、日暮里の新校舎建設に着手する。建設費を節約するため、床と柱は鉄筋コンクリート、間仕切りの壁などは木造モルタル仕上げに簡素化した校舎が、十月に竣工する。鉄筋コンクリート式と「式」の字をつけて建設登記をした。天長節の朝、全生徒を淡路町の仮校舎に集合させ、堂々の隊伍を組んで日暮里の新校舎に徒歩で向かった。十二月、創立五十周年記念式並びに新校舎落成祝賀会を開催する。

伊部は、「橋校長は教育者として当時、非常に有名な人だった」と証言している。健三は英語教育に力を入れ、生徒の個性を尊重した自由な校風を築き上げた。しかし改元とともに、醇朴で自由主義的な開成にも軍靴の響きが聞こえてくる。昭和二年より、四年生は千葉県下志津、五年生は静岡県滝ヶ原において野営演習を行うようになる。五日間の厳しい訓練を終えて、四年生が全員無事に帰ってきた。学校の玄関で彼らを迎えたのは、健三の白髯であった。「感極まって出る涙が、いつしか校長先生の瞳に輝いてゐたやうで、自分等も全くおぼろに見えた。神聖なる労苦を、無事終へた涙であった」と、その時の情景を一人の生徒が著している。

　昭和三年、健三たち三人の理事は勇退する。明治四十三年の就任以来、校長在任期間は明治・大正・昭和の三代にわたり十八年に及ぶ。学校に招かれてから通算して三十九年。その間、広く官界、法曹界、学界、経済界などに人材を輩出した。明治三十四年卒の独文学者・吹田順助。『三島由紀夫十代書簡集』には、「ヘルデルリーンの『ヒューペリオン』（吹田氏訳）などを買って」とあり、後に同書は『ダフニスとクロエー』とともに『潮騒』の藍本となる。明治三十六年卒の仏文学者・内藤濯。三島はラシーヌの『ブリタニキュス』の修辞を行うが、アンチョコとして机辺に「内藤濯先生の正確無比、かつ高雅艶麗な名訳」を置いておき、苦しんだ時には、「無断で先生の訳を盗用した」。大正九年卒の哲学者・田中美知太郎。三島は田中を畏敬し、会う際には必ずネクタイを着用したという。三島は、田中が主宰した日本文化会議に参画して、シンポジウム記録『日本は国家か』が残されている。大正十三年卒の仏文学者・佐藤朔。三島は佐藤が翻訳したコクトーやジイドなどを読み、『小説家の休暇』には一夕、酒を酌んだことが記されている。昭和二年卒の俳優・中村伸郎。中村は、文学座で三島戯曲の『鹿鳴館』『薔薇と海賊』『十日の菊』などに出演する。昭和三十八年、『喜びの琴』を巡る騒動で文学座を退団し、劇団NLT、浪曼劇場と三島と行動をともにした。中村は、存在感のある知性派の役者であったが、とりわけ『朱雀家の滅亡』と『わが友ヒットラー』の好演で名高い。このように健三の教え子たちと孫の三島は、数十歳の年齢差を超えて深い繋がりを持っていた。

　前掲の三島の縁戚になる大屋敦（元住友化学社長）や伊部恭之助（元住友銀行頭取）ばかりか、三島の父・平岡梓も健三の教え子なのである。そして、三島本人は「祖父（母方）が漢学者で、漢学や国学に惹かされた」と記している。[6]

　永年にわたり健三は、赤字と襤褸校舎を抱えた開成中学の校長・理事として奮闘した。校舎の移転用地を確保し、建設資金を集め、震災を乗り越えて新校舎を竣工させた。また、校長就任時に六百名であった生徒定員を文部省との粘り強い交渉の結果、千人に拡充している。開成学園の今日の隆盛の礎は、健三が築いたといっても過言ではない。こうした多年の功績により、大正十二年二月、健三は勲六等に叙せられ、瑞宝章を授与された。

　開成が、明治、大正のわが国家の発展時代に於て、社会のあらゆる層に、指導的人材を多数送り得たのも、また現在わが国の中、高等学校中、最優秀の名門としてその実績をあげているのも、三先生（橋、石田、太田）の永年にわたる献身的な御努力に帰すべきものが最も多いのである。（『開成学園九十年史』）

「古い家柄の出」で、出自の低い定太郎を「憎み蔑んでいた」夏子が一人息子・梓の嫁に迎えたのが、健三の次女・倭文重であった。健三は、開成中学校校長を辞職後、昌平中学（夜間）の校長として、勤労青少年の教育に尽瘁した。昭和十九年、四男の行蔵にその職を譲り、故郷の金沢に帰った。同年十二月五日、健三は永眠する。享年八十四歳であった。

二、西大久保の橋家（トミ・健行・行蔵）

倭文重の実家である橋家の写真が残されている。松本徹編著の『年表作家読本　三島由紀夫』に掲載された一葉には、庭に立つ倭文重と公威、美津子、千之の親子四人の背後に建物の一部が写っている。[7]木造ながら瀟洒な洋館である。大正五年、健三は小石川から下豊多摩郡西大久保（現在の新宿区）に転居しており、写真は西大久保の家であろう。この洋館の佇まいからも、橋家の家風が頑迷固陋な漢学者とは一線を画して、開明的であったことが窺える。

トミは、明治七年に金沢で生を享けた。父は橋健堂、祖父は橋一巴で、いずれも加賀藩の漢学者である。トミは、六人姉妹の五番目で、姉につね、ふさ、こう、より、妹にひながいた。母の実家・大村不美の養女となる。大村家は金沢きっての素封家であったという。姉・こうの死去により大村家を離れて、明治二十三年に健三の後妻となる。健三は二十九歳、トミは十六歳であった。二人の間には、雪子、正男、健雄、行蔵、倭文重、重子の三男三女が生まれた。トミは、生家で漢学や国学の手解きを受け、養家が金沢の素封家であったことから加賀宝生に親しんだものと思われる。東京では、観世流の謡を稽古した。

昭和十三年、中等科二年の公威はトミに連れられて能を観る。初めて目にした能が『三輪』であったことは、三島の生涯を思うと極めて暗示的である。『三輪』は、世阿弥の作と伝えられる四番目物であり、三輪明神が顕現する。『奔馬』で本多繁邦と飯沼勲が邂逅する場所は、わが国最古の神社で、謡曲『三輪』の舞台となった大神神社である。

昭和二十年二月、三島は兵庫県で入隊検査を受け、即日帰郷となる。金沢のトミから三島に宛てた二月十七日付けの書簡には、「心の亂れといふものが千々の思ひに幾日かを過ごす」とあって、孫の身を気遣うトミの温かい人柄が偲ばれる。[8]書簡の末尾には、「トミ」ではなく「富子」と署名している。[8]これは戸籍名「なつ」でありながら、日常は「夏子」と称したもう一人の祖母と似た事情であろうか。

兄弟について、倭文重は「私なんか娘のころ、男はやさしいものと思い込んでいました。実家の兄たちを見なれてましたからね」と証言している。[9]

昭和五年一月、公威は自家中毒に罹り、死の直前までゆく。

経帷子や遺愛の玩具がそろへられ一族が集まつた。それから一時間ほどして小水が出た。母の兄の博士が、「助かるぞ」と言つた。心臓の働らきかけた証拠だとい

ふのである。ややあつて又小水が出た。徐々に、おぼろげな生命の明るみが私の頬によみがへつた。（『仮面の告白』三島由紀夫）

『仮面の告白』に登場する「母の兄の博士」が、健行である。橋健行は、明治十七年二月六日に健三・こうの間に生まれた。生母・こうの死去により、明治二十三年からトミに育てられる。

健行は、ブリリアントな秀才であった。明治三十四年に開成中学を卒業し、一高、東大医科に進んで精神病学を専攻するが、常に首席であったという(10)。斎藤茂吉は、『回顧』に「橋君は、中学でも秀才であつたが、第一高等学校でもやはり秀才であつた。大学に入つてからは、解剖学の西成甫君、生理学の橋田邦彦君、精神学の橋健行君といふ按配に、人も許し、本人諸氏も大望をいだいて進まれた」と記している(11)。茂吉は、開成中学の同級生・健行に二年遅れて医師となった。一高入試に失敗し、東大在学中にチフスで卒業延期となったためである。

健行は、早熟な文学少年であった。開成中学三年（十四歳）頃から文学グループを結成した(12)。村岡典嗣（日本思想史）をリーダー格として、吹田順助（独文学）、健行、菅原教造（心理学）、菊池健次郎（医師）、江南武雄（画家）、今津栄治、樋口長衛、新井昌平の九名で、「桂蔭会」と称して廻覧雑誌を作った。弁舌爽やかな少年たちで、住居が本郷を中心としていたことから「山手グループ」と呼ばれた。また「桂蔭会」は、「竹林の七賢」とも称されて、周囲に大きな刺激と影響を与えた。触発された生徒のなかに茂吉や辻潤がいた。当時の「桂蔭会」メンバーの写真を見ると、健行は帽子をあみだに被り、自負心の強そうな面構えをしている。

吹田の自伝に「桂蔭会」の思い出が綴られている(13)。彼らは、校庭の一隅にあった桂の木蔭で哲学を論じ文学を語った。紅葉、露伴、鷗外、一葉、樗牛、上田敏、キーツ、バイロン、ゲーテなどを読んだという。村岡は、親戚の佐佐木信綱家で仕入れた文学知識が豊富であった。正月には、村岡が選んだ「万葉百人一首」で歌留多を作り、今津の所で遊んだ。浅草の智光院における講演会や合評会、房州めぐりの旅行作文会などを試みる。国文の教科書の一つが『土佐日記』であったことから、古典にも興味を持つ。村岡は、しきりに「『八犬伝』が面白い」と仲間に薦めた。

開成中学の『校友会雑誌』は投稿を建前としていたが、実態は課題作文の優秀作を掲載することが多かった。この度、開成高等学校の松本英治教諭（校史編纂委員会委員長）の御協力を得て、『校友会雑誌』に掲載された健行の文章が明らかになった。『立志』『銚子紀行』『転校したる友人に与ふる文』『少年は再来せず』『筆』の五つである(14~18)。

一たび走れば、数千万言、奔馬の狂ふがごとく流水の暢々たるが如く、珠玉の転々たるがごとく、高尚なる思、

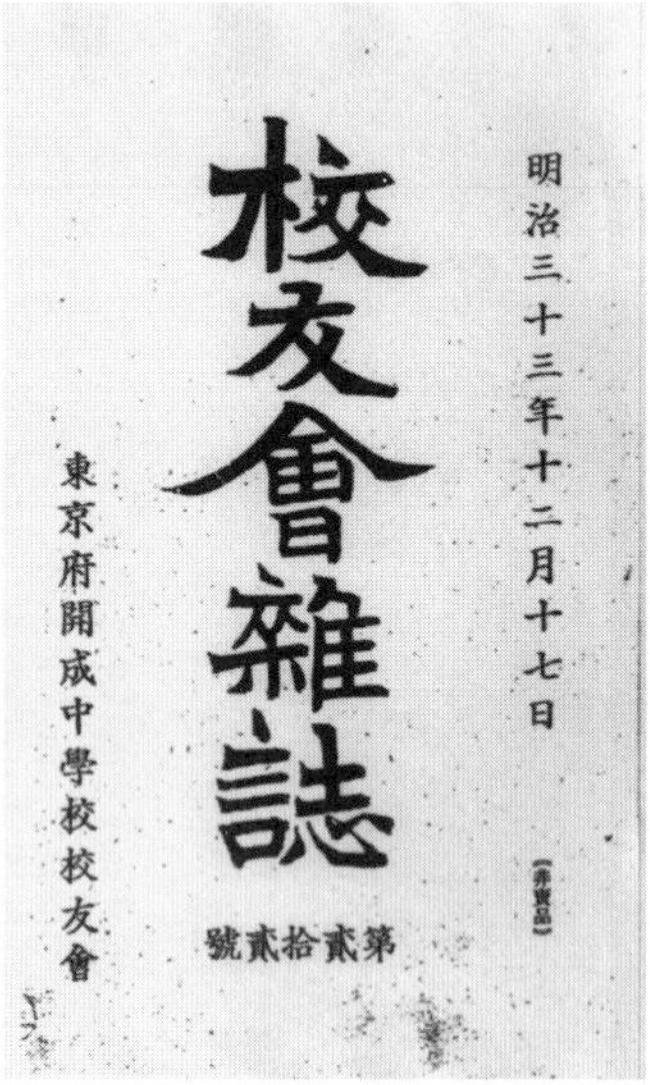

校友会雑誌
（開成学園所蔵・松本英治氏提供）

優美なる想を、後に残して止まらざるもの、これを文士の筆となす。（『筆』五年生　橋健行）

蒼古たる文章である。無理もない。明治三十三年は、泉鏡花の『高野聖』や徳冨蘆花の『思出の記』が発表された年である。しかし「一たび走れば、数千万言、奔馬の狂ふがごとく……」という一文は、三島由紀夫という作家を予見したような感がある。そして『校友会雑誌』の常連であった開成中学の文学少年・健行は、四十年後に『輔仁会雑誌』のスタアとなる学習院中等科の文学少年・公威を髣髴とさせる。「桂蔭会」で村岡や吹田に伍した健行の文才は、なまなかなものではなかった。

東大精神科の付属病院は、東京府巣鴨病院（後の松沢病院）であった。大正期、院長は呉秀三教授、副院長は三宅鉱一助教授、医長は黒沢良臣講師と橋健行講師の体制をとっていた。内村鑑三の長男・祐之は、健行や茂吉の後輩医師で、東大教授、プロ野球コミッショナーなどを歴任した人物である。祐之の自伝には、黒沢が「細心、緻密」、健行が「豪放、磊落」で、「好個のコンビをなし、このすぐれた両医長のもとで、医局は、好学と調和と勤勉さとに満ちた好もしい空気をかもし出していた」と記されている。(19)

当時、巣鴨病院の入院患者のなかには、有名な「蘆原将軍」こと蘆原金次郎がいた。将軍は、長い廊下の突当りに月琴などを携えて回診を待っていた。医師が来れば、赤酒の処方を強要した。

明治四十三年十二月のすゑに卒業試問が済むと、直ぐ小石川駕籠町の東京府巣鴨病院に行き、橋健行君に導かれて先生に御目にかかつた。その時三宅先生やその他の先輩にも紹介してもらつた。（『呉秀三先生』斎藤茂吉）

健行と茂吉の「先生」とは、呉秀三である。箕作阮甫の流れを汲む秀三は、日本の精神医学の先駆者で、鷗外に親炙し『シーボルト先生』や『華岡青洲先生及其外科』を上梓するなど名文家としても知られた。そして秀三の長男が、ギリシア・ラテン文学の権威・呉茂一である。三島は、昭和三十年頃に「呉（茂一）先生」からギリシア語を学ぶ。秀三――健行、茂一――三島の二組の師弟関係は、奇しき因縁である。

大正十四年六月、秀三が松沢病院を退任し、院長に三宅、副院長に健行が就任する。(20) 昭和二年八月、健行は松沢病院副院長から千葉医科大学（現在の千葉大医学部）助教授に転出する。六年七月から八年九月まで二年余り欧米に留学。帰国した年の十一月に教授となり、十年三月から付属医院長を兼ねた。[21] しかし翌十一年四月十七日、健行は危篤に陥る。川釣りで風邪をひきながら、医院長として無理をした結果、肺炎をこじらせたのである。報せを受けて、茂吉は急遽千葉に向かう。

　四月十七日　金曜　晴
夕方ニナルト千葉ノ精神科カラノ電報デ橋健行君ノ危篤報知ガアツタノデ自動車デ出掛ケタ（略）利根川ニ釣リニ行ツテ風ヲ引イテヰタノヲ病院長デアツタタメニ無理ヲシテ肺炎カラ肋膜、（ピオトラックス）ルンゲンガングレン。ガスフレグモーネ。弟達ノ愉血ヲシテヰタ。十時ニ東京著、（略）イロイロ悲歎シテナカナカ眠レナカツタ。
　四月十八日　土曜　曇細雨　夜、風強シ蒸暑シ。
午前十時四十一分ノ御茶ノ水発ノ省線電車ニテ千葉ノ橋健行君ノ見舞ニ行ツタガ（略）病院ニツクト、丁度二十分程前ニ死亡シテヰタ。（略）橋ハ中学ノ同窓デ専門モ同ジニナツタガ、コノゴロハ僕ハ会ウコトハナカツタ。
（『日記』斎藤茂吉）

昭和十一年四月一八日、健行は五十二歳の男盛りで急逝する。「ルンゲンガングレン」とは、肺化膿症のことであろうか。[22] 健行の葬儀は、四月二十二日であった。友の葬儀に参列するため、茂吉はみたび千葉に赴く。

　四月二十二日　水曜
朝早ク御茶ノ水駅カラ乗ツテ千葉ニ行キ（略）橋家ニ行ツテオクヤミヲ云ヒ、香典十円ト今日ノ葬式ヘノ花輪ノ同窓人名ヲ報ジ、大イソギニテ焼香シテ、ソレカラ東京ニ帰リ、（略）森しげ子夫人ノ葬式ニ行ツテ焼香シ、葬儀ノ手伝ヲナス。夕方ニナツテ帰宅シタガ体ガ非常ニ疲レタ。コレハ連日ノ精神的打撃ノタメデアツテ、必ズシモ体ノミノ疲労デハナイ。（『日記』斎藤茂吉）

文中「森しげ子夫人」とあるのは、森鷗外の未亡人で『スバル』に小説を発表した女流作家でもあった。葬儀の掛け持ちで、肉体的にも精神的にも疲労困憊した茂吉の様子が窺える。後に茂吉は健行の挽歌を詠み、これを歌集『暁紅』に収めた。

　弔橋健行君
うつせみのわが身も老いてまぼろしに立ちくる君と手携はらむ

昭和十六年五月、健行の死から五年ほど後、一人の客が茂吉の家を訪れる。客は、八十歳を越えた健三であった。

　五月十一日　日曜　クモリ
午後橋健三先生御来訪故健行君ノ墓碑銘撰ト書トヲ依頼シテ帰ラル。（『日記』斎藤茂吉）

健三は、亡き息子の墓碑銘の撰文と揮毫を茂吉に依頼した。

律儀な茂吉は、恩師・健三の頼みを引き受ける。五月二十三日から三十日にかけての日記には、友の生涯を文に編むために呻吟する茂吉の姿が記録されている。

七月一日　火曜　クモリ　蒸暑
客、橋健三先生、墓碑銘改ム、（略）墓碑銘改作、汗流ル。（『日記』斎藤茂吉）

最も期待した長子に先立たれて、老いた健三の悲しみは深かった。茂吉が撰した墓碑銘によって、健三の心は幾分か慰められたように思われる。三島が北杜夫に好意を寄せて『楡家の人びと』を高く評価したのは、トーマス・マンを範とする文学観の共通性の故ばかりでなく、健行と茂吉との深い絆を知っていたからではあるまいか。

健行は、『校友会雑誌』のほかにも文章を残している。秘録『卯の花そうし』。これは、巣鴨病院の医局員が書き綴った数十冊にも及ぶ記録で、白山花街での遊蕩や医局の光景が生々しく描かれている。藤岡武雄の研究によると、「橋が《ヤトナを当直部屋に置かう》と提案」したという一文も見られるという。(23) さらに健行には、『黴毒性神經症に就て』『精神療法ノ醫學的根據ニ就テ』などの学術論文がある。

昭和十九年、昌平中学の校長を行蔵に譲って、健三は金沢に帰ってゆく。健三は、苦学生教育をライフワークと考えていた。明治三十六年、健三たちの尽力によって、開成中学にわが国初の夜間中学・開成予備学校が併設される。第一期入学生は僅か二十二人でしかなかったが、唯一の夜間中学であったことから、生徒数は年々増加し、大正十年には一、三三五人という大所帯となった。生徒の職業は、銀行や会社の給仕から商店の小僧、印刷屋の職工、玄関番など千差万別で、年齢は十五・六から三十位まであったという。震災で校舎が焼失したため、大正十五年、神田駿河台に新校舎を建設する。昭和十一年に校名を昌平中学と改称した。

昌平中学の経営は常に赤字であった。健三は、勤労学生から高い月謝をとろうとせず、赤字が累積し、遂には身売り話まで出るようになった。昭和十六年、四男の行蔵がマニラから帰国する。行蔵の実像は、昌平高校の米山安一教諭の手記『夜学こそ我等が誇り』に描かれている。同手記に拠って、行蔵という人物を見てみよう。(24)

橋行蔵は、明治三十四年に東京で生まれた。慶応大学を卒業後、横浜正金銀行（現在の三菱東京ＵＦＪ銀行）に入行し、上海やマニラで海外駐在員として活躍する。帰国した行蔵が目にしたのは、八十歳の健三が杖をつき、電車の人混みに揉まれながら赤字の昌平中学に通う姿であった。これを見かねて、行蔵は父の仕事を手伝う決意をする。銀行業務を終えると、急いで立ち食いの鮨で夕食をすませ、昌平中学に駆けつける毎日が始まった。やがて学校の理事たちは、「本気で父君の跡を継いでやる気があるのかどうか」と行蔵に詰め寄る。行蔵は、横浜正金銀行の会計課長として月給二五〇円であった。

昌平中学に転職すれば、これが一気に七〇円に下がる。話を聞いた銀行の幹部は猛反対する。重役の椅子が待っている有能な行員を、万年赤字学校に行かせる訳にはいかない。しかし行蔵にとって、大切なのはキミ夫人の意見だけだった。キミは、静かにこう言った。「貴方さえよろしかったら」

横浜正金銀行の退職金は五万円であった。五万円あれば、当時十年は楽に暮らせた。行蔵は、退職金を学校の赤字の穴埋めにつぎ込む。こうした努力にも関わらず、終戦の混乱期には生徒数が二、三十人にまで減少した。この危機を乗り越えるため、行蔵は奇抜なアイデアを捻り出す。一つは、英文タイプである。行蔵は、共同通信の記者・中屋健一を説き伏せて、会社の地下室で埃を被っていた英文タイプを借り出した。学校に英文タイプ部や英会話部を結成して、タイプ仕事を請け負ったのである。折からの英語ブームに乗って、これが大いに繁盛した。後に中屋は、東大教授に就任して米国史研究の第一人者となる。

もう一つのアイデアは、予備校である。戦後の学制改革によって、昌平中学は昌平高校となった。行蔵は、学制改革で大学の受験競争が激化すると予測し、理事たちの反対を押し切って予備校「正修英語学校」を設立する。建物は、昼間の空き教室を利用した。吉村昭の文学的自伝には「御茶ノ水駅近くにあった正修英語学校という予備校に通った」とある。(25)結果的に行蔵の予測が見事に的中し、予備校収入のお陰で夜間学校は存続することができた。

校長としての行蔵の初仕事は、職員便所の撤廃であった。「先生がションベンしているところを、生徒に見られたって、別に恥ずかしいこたあ、ねえだろう」行蔵は、生徒たちの悩みや相談ごとにも気軽に応じた。夜間の授業が終わり、残っている生徒の面倒をみると、行蔵は一人で校舎のなかを見廻った。戸締りを確認し、火の用心をしてから世田谷の自宅に帰り着くと、午後十一時であった。

行蔵は、一度烈火のごとく怒ったことがある。昭和三十六年十月一日、昌平高校は秋の遠足を予定していた。前日の天気予報が台風の接近を告げたため、教務担当は遠足の延期を発表した。折悪しく行蔵は不在だった。後で報告を受けた行蔵は激怒する。

「お前は、だいたい何年定時制の学校にいるんだ。馬鹿。生徒はな、おい、十月一日に勤め先を休むためには、どのくらい前から工作しているか、分からないのか。前々から他人の仕事までしてやったり、朝早く出勤して自分のノルマを片付けておいたり、年齢なりに頭を働かせて休みをとってあるんだ。いつでもお前は授業のことしか考えていない。けしからん。昔は、ドシャ降りのなかで、爽快なる大運動会をやったもんだ。台風ぐらいで遠足を中止する、何ということだ」

顔写真を見ると、行蔵はげじげじ眉毛が印象的な面長で、笑顔が三島と似ている。ただし、六尺豊かな偉丈夫であったという。健三の衣鉢を継いで夜学に後半生を捧げた行蔵は、昭和三十七年に逝去する。享年六十二歳であった。

平岡家は官僚・法律家の家系であり、永井家は経済人の家系であって、橋家は学者・教育者の家系である。この三家の人々のうち、学生時代の印象が三島と似ているのは健行である。理系と文系と進む道は違ったが、二人とも秀才で早熟な文学少年として認められていた。健行本人はもとより、健行近くの秀三、茂吉、祐之らは、いずれも文人肌の優秀な精神科医で、背後には鷗外の影があった。

三、三島由紀夫と金沢

三島の曽祖父は、橋健堂である。諱は鵠、字は反求、蘭亭と号した[26]。父は一巴（幸右衛門）、母は石川家の出で、金沢に生を享けた。健堂は書を善くした。長町四番丁（城下西部）に「弘義塾」を開くとともに、石浦町（城下中央部）に「正善閣」を開いて習字を教えるが、後者の対象は女子である。健堂は、多数の子弟を教育し、「生徒常に門に満つ」と称された。安政元年（一八五四）、加賀藩による「壮猶館」の開設に伴い、漢学教授となる。

卯辰山（向山・標高一四一m）は城東二kmの地で、泉鏡花の生家（下新町）に近い。辺りには、『義血侠血』の天神橋、『縷紅新草』の仙晶寺（蓮晶寺）、『照葉狂言』の乙剣宮などが散在し、山上には鏡花の句碑「はゝこひし　夕山桜　峰の松」が立つ。卯辰山は、金沢城を一望する要衝の地であることから、久しく開発が禁じられていた。慶応三年（一八六七）、藩主・前田慶寧の英断によって、卯辰山開拓の大工事が行われた[27]。慶寧は、福沢諭吉の『西洋事情』に感化されて、「養生所」「撫育所」「集学所」などの医療・福祉・教育施設や、芝居小屋、料亭、茶屋など娯楽施設の整備を図る。「集学所」の建設に尽力したのは、成瀬長太郎、米沢喜六、春日篤次など金沢の町年寄たちで、加賀藩の民間活力導入プロジェクトといえよう[28]。「集学所」は、庶民の子弟を対象とする「郷校」で、正しくは「町方会社集学所」といった。教科は素読・会読・講書からなる漢学、習字、算術で、無料だった。「集学所」の学童は、一五〇名程度であったという。当時の子供たちが行き来した坂道は、今も「子来坂《こらいざか》」という名を留めている。健堂は「集学所」で教鞭をとる。時間割を自由にして、夜学の部を設けた。また『四書五経』中心の講義を改めて、『蒙求』を講じた。

明治三年、藩の文学訓導、筆翰教師となる。廃藩置県後の明治六年、小学校三等出仕に補され、八年、二等出仕に進み、十二年、木盃をもって顕彰された。健堂は、夜学や女子教育の充実など、教育者として先駆的であった。そして「壮猶館」「集学所」など、その出処進退は藩の重要プロジェクトと連動していた。

健堂の人となりは、「金沢は大藩なるを以て貴介の子弟来りて贄を執るもの少なからず、蘭亭之を視ること他生と異ならず、厳正自らを持し、教ふるに必ず方あり、名士多く其門に出づ」と『金沢市教育史稿』にある。金沢の素封家・大村家から妻を迎え、つね、ふさ、こう、より、トミ、ひなと六人の子をなすが、いずれも娘であったため、瀬川健三を三女・こうの婿養子とした。健堂の『蒙求』中心の漢学や庶民教育にかける熱意は、養子の健三に継承される。明治十四年十二月二日、健堂は五十九歳で没し、野田山に葬られた(29)。野田山（標高一八〇m）は、城南四kmに位置し、前田家墓所をはじめ、戦没者墓苑、市民墓地が北側の斜面に広がっている。

橋往来は、一巴の長男で、健堂の兄とされている。越次倶子の『三島由紀夫　文学の軌跡』には、往来が「一巴の長男」、健堂が「一巴の次男」と明記され、それを裏付ける「橋家系図」が掲載されている(30)。

しかし『金沢市教育史稿』には、往来の「父は幸左衛門、母は石川氏なり、往来幼にして兄一巴と」と書かれている。これが正しければ、一巴と往来の関係は親子ではなく、兄弟となる。また『金沢墓誌』の健堂の項に「兄健堂の後を承け、筆翰句読を徒に授く亦健堂と称す」と記され、『石川県史』には、健堂について「初め兄健堂、筆翰句読を以て徒に授け、蘭亭も亦少くして書を善くし、倶に時人に称せられる。既にして兄没し、蘭亭その後を承く。因りて又健堂と称し」とある(31)。これに誤りがなければ、健堂（蘭亭）の兄は往来ではなく、早世した先代の健堂ということになる。往来は健堂の兄ではなく、叔父なのであろうか。今後の研究課題である。

橋往来。諱は敬、字は子義、石圃と号した。通称を安左衛門、後に往来と改める。書を橘観斎に学び、後晋唐宋明諸名家の法帖を臨んで一家の機軸を出す。嘉永四年（一八五一）、家塾を開くと「学ぶ者常に数百人、聲名嘖々として遠近に聞え」、翌年に町儒者の免許を得る。慶応三年（一八六七）、加賀藩の書写役雇となり、明治三年、藩の文学訓蒙となる。明治五年、小学校三等出仕に補され、八年、二等出仕に進む。

往来は、端正質素で篆刻を好んだ。『金沢市教育史稿』には、「喫飯中と雖も座に筆硯を離さず、常に子弟を戒めて曰く学問は多年の熟練に在り（略）、往来操行極めて固く、家貧なりと雖も膝を権門富家に屈せず、藩老某嘗て聘を厚くして之を招きしも、意に適せざることあるを以て辞せり、此時往来晩粲を買ふの資だになかりき」とある。往来は、吉岡氏から娶った妻が早世し、井口氏から後妻を迎えた。二男一女をなし、長子の船次郎が家を継ぐ。明治十二年七月三十日、往来は六十二歳で没して、野田山に葬られた。

三島の高祖父は、橋一巴である。一巴は、鵠山と号した。通称は幸右衛門。漢学者で書家。石川家から妻を迎えた。加賀藩に召抱えられ、名字帯刀を許された。前田家の人々に講義を行ったという。

健堂、往来、一巴のなかで特に注目すべき人物は、健堂である。健堂が出仕した「壮猶館」は、儒学を修める藩校ではない。「壮猶館」[32]とは、加賀藩が命運を賭して創設した軍事機関なのである。嘉永六年（一八五三）、ペリー率いる黒船の来航は、人々に大きな衝撃を与えた。二百余年に及ぶ幕府の鎖国体制を崩壊させる外圧の始まりである。以後、幕府はもとより、各藩において海防政策が最重要課題となった。「日本全体が主戦状態にある」という現状認識からである。加賀藩も財政難に苦しみながら、海防強化に乗り出してゆく。安政元年（一八五四）、上柿木畠の火術方役所所管地（現在の知事公舎横）に「壮猶館」が整備される。[33]施設は、加賀藩の軍制改革の中核的な存在として明治初年まで存続した。

「壮猶館」では、砲術、馬術、洋学、医学、洋算、航海、測量学などが研究され、訓練や武器の製造を行った。さらに加賀藩では、西洋流砲術の本格的な導入と軍制改革を図るため、洋式兵学者の招聘を検討する。村田蔵六、佐野鼎、斎藤弥九郎の三人が候補に上がり、安政四年（一八五七）、西洋流砲術家として名高い佐野鼎が出仕する。佐野は、西洋砲術師範棟取役に就任した。この経緯は、前掲の松本英治教諭の『加賀藩における洋式兵学者の招聘と佐野鼎の出仕』に詳しい。[34]「壮猶館」では、佐野を中心に海防が議論され、軍事研究の深化が図られた。健堂と佐野は、親しかったという。佐野は、万延元年（一八六〇）の遣米使節、文久元年（一八六二）の遣欧使節に随行し、海外知識を生かして加賀藩の軍事科学の近代化に貢献する。七尾に黒船が来航した際には、アーネスト・サトウと会見した。[35]佐野は、明治新政府の兵部省造兵正に任官する。明治二十一年に健三が、佐野の創設した共立学校に招かれるのは、「壮猶館」における健堂と佐野の親交の遺産ともいえよう。

三島の軍事への傾斜については、永井玄蕃頭尚志に淵源を求める声が多い。しかしルーツは、尚志よりむしろ健堂であろう。健堂は市井の漢学者ではなかった。何より平時の人ではなかった。幕末の動乱の時代、「壮猶館」関係者の危機意識は強かった。さらに「壮猶館」は単なる研究機関ではなかった。敷地内には、砲術のための棚場や調練場が設けられるとともに、弾薬所や焔硝製造所、軍艦所が付設されるなど、一大軍事拠点を形成していた。こうした軍事拠点の中枢にあって、健堂は海防論を戦わせ、佐野から洋式兵学を吸収する立場にあった人である。「壮猶館」の資料として『歩兵稽古法』『稽古方留』『砲術稽古書』が残されている。これらは、三島が陸上自衛隊富士学校で学んだテキストの先駆をなすものといえよう。健堂の血は、トミ、倭文重を通じて三島の体内に色濃く流れていた。晩年の三島が、西郷隆盛を語り、吉田松陰を語り、久坂玄瑞を語ったのは、健堂の血ではなかったか。

『春の雪』には、「終南別業」が登場する。王摩詰の詩の題をとって号した「終南別業」は、鎌倉の一万坪にある一つの谷をそっくり占める松枝侯爵家の別邸である。モデルは、前田侯爵家の広壮な別邸だという。「終南別業」を描きながら、徳川末期に橋家三代が仕えて、大正期に祖父の願いを容れて土地を提供した前田家のことを、果たして三島は意識していたのであろうか。

金沢が舞台となった小説は、『美しい星』である。「金星人」の美少女・暁子は、「金星人」の美青年・竹宮に会うため金沢を訪れる。金沢駅、香林坊、犀川、武家屋敷、尾山神社、兼六公園、浅野川、卯辰山、隣接する内灘などが描かれている。卯辰山には、かつて健堂が教鞭をとった「集学所」が設けられていたが、『美しい星』では遠景として登場する。昭和三十六年十二月一日と二日、三島は取材のため金沢の街を歩いている。二日間という限られた時間のなかで、果たして三島は橋家由縁の場所を訪れたのであろうか。

集学所（『卯辰山開拓録』（1869年））

金沢では、人々の生活に謡曲が深く浸透している。小説では、金沢のこの風習が巧みに生かされている。竹宮は、暁子に奇怪な話を語る。自分が「金星人」であることの端緒をつかんだのは、この春の『道成寺』の披キでからである、と。

> どこで竹宮が星を予感してゐたかといふと、この笛の音をきいた時からだつたと思はれる。細い笛の音は、宇宙の闇を伝はつてくる一條の星の光りのやうで、しかも竹宮には、その音がときどきかすれるさまが、星のあきらかな光りが曙の光りに薄れるやうに聴きなされた。それならその笛の音は、暁の明星の光りにちがひない。
>
> 彼は少しづつ、彼の紛ふ方ない故郷の眺めに近づいてゐた。つひにそこに到達した。能面の目からのぞかれた世界は、燦然としてゐた。そこは金星の世界だつたのである。（『美しい星』三島由紀夫）

三島は、能舞台が金星の世界に変貌する様を鮮やかに描いている。初めて能にふれた日から、この時までにほぼ四半世紀の歳月が流れていた。十三歳の公威が、祖母のトミと観たのは『三輪』であった。杉の木陰から声がして、玄賓僧都の前に女人の姿の三輪明神が現れる。三輪明神は、神も衆生を救う方便としてしばらく迷いの深い人の心を持つことがあるので、罪業を助けて欲しいと訴える。三輪の妻問いの神話を語り、天照大神の天の岩戸隠れを物語って、夜明けとともに消えてゆく。謡曲『三輪』は、「夢の告、覚むるや名残なるらん、覚むるや名残なるらん」という美しい詞章で終わる[36]。

この詞章は、三島の遺作『豊饒の海』の大団円に通じる。現代語訳をすれば、次のようになろうか。「夢のお告げが、覚めてしまうのは、実に名残惜しい、まことに名残惜しいことだ」

【参考文献】

（1）『開成学園九十年史』開成学園九十年史編纂委員会　昭和三十六年　開成学園
（2）『開成の百年』一九七一年　開成学園
（3）『佐野鼎と共立学校』松本英治　平成十三年　開成学園
（4）「大屋敦」（『私の履歴書　経済人七』昭和五十五年　日本経済新聞社）
（5）「伊部恭之助」（『私の履歴書　経済人三十四』平成十六年　日本経済新聞社）
（6）『三島由紀夫十代書簡集』三島由紀夫　平成十四年　新潮社
（7）『年表作家読本　三島由紀夫』松本徹編著　一九九〇年　河出書房新社
（8）『倅・三島由紀夫』平岡梓　昭和四十七年　文藝春秋
（9）『倅・三島由紀夫（没後）』平岡梓　昭和四十九年　文藝春秋
（10）「二人の友　橋健行と菅原教造」本林勝夫（『短歌研究』一九七一年七〜八月）
（11）『斎藤茂吉全集』第一〜三十八巻　岩波書店
（12）「開成中学時代の斎藤茂吉」藤岡武雄（昭和三十七年度『研究年報』十一　日本大学文理学部三島）
（13）『旅人の夜の歌　自伝』吹田順助　昭和三十四年　講談社
（14）「立志」橋健行（『校友会雑誌』十号　明治三十年七月）
（15）「銚子紀行」橋健行（『校友会雑誌』十二号　明治三十年十二月）
（16）「転校したる友人に与ふる文」橋健行（『校友会雑誌』十七号　明治三十二年七月）
（17）「少年は再来せず」橋健行（『校友会雑誌』二十号　明治三十三年三月）
（18）「筆」橋健行（『校友会雑誌』二十二号　明治三十三年十二月）
（19）『わが歩みし精神医学の道』内村祐之　昭和四十三年　みすず書房
（20）『松沢病院を支えた人たち』宮内充　昭和六十年　私家版
（21）『千葉大学医学部八十五年史』昭和三十九年　千葉大学医学部創立八十五周年記念会
（22）「橋健行の墓」小池光（『図書』二〇〇四年五月）
（23）『新訂版・年譜　斎藤茂吉伝』藤岡武雄　平成三年　沖積舎
（24）「夜学こそ我等が誇り」米山安一（『文藝春秋』昭和三十七

年一月）
（25）『私の文学漂流』吉村昭　二〇〇九年　筑摩書房
（26）『金沢市教育史稿』日置謙　大正八年　石川県教育会
（27）『人づくり風土記　石川』　一九九一年　農山漁村文化協会
（28）『石川県大百科事典』　平成五年　北國新聞社
（29）『金沢墓誌』和田文次郎編　一九一九年　加越能史談会
（30）『三島由紀夫　文学の軌跡』越次倶子　昭和五十八年　広論社
（31）『石川県史』第三編　一九七四年　石川県図書館協会
（32）「加賀藩の軍制改革と壮猶館」倉田守（『北陸史学』二〇〇三年十二月）
（33）『稿本金沢市史』学事篇二　金沢市編　一九七三年　名著出版
（34）「加賀藩における洋式兵学者の招聘と佐野鼎の出仕」松本英治（『洋学史研究』二〇〇五年四月）
（35）「万延訪米の加賀藩士佐野鼎について」水上一久（『北陸史学』一九五三年四月）
（36）『謡曲集（一）』（日本古典文学全集三十三）　一九七三年　小学館

（三島由紀夫研究家）

ミシマ万華鏡

池野美穂

平成二十三年五月十四日から六月三日まで、角川シネマ有楽町にて「三島由紀夫を【観る】」と題した映画祭が開かれた。三島由紀夫原作の映画と、出演している映画二十三本を、映画会社の枠を超えて一挙に放映するという試みであった。この映画祭では、決定版全集の刊行まで久しく観ることの出来なかった「憂国」は勿論、「にっぽん製」や「複雑な彼」はデジタルで初上映され、「お嬢さん」や「獣の戯れ」など、なかなか目にすることのない作品も多く上映された。「午後の曳航」がリストになかったのは、やはりアメリカとの合作であったためだろうが、残念であった。

＊

十号のこの欄で、マイケル・ジャクソンと三島由紀夫について触れた際、〈屋根裏の子供部屋〉と表記してしまったが、早々に誤りであるとのご指摘を受けた。これは「子供部屋の天井」と記すべきだったところであり、この場を借りてお詫びし、訂正したい。

＊

私事だが、五月八日に父が永眠した。父は死の前日まで、新しい薬を飲み、治療を続ける決意を文字にしていた。葬儀を終え、遺影を前にふと、小島千加子氏の講演の言葉を思い出した。「老人は醜い」「年老いて死ぬのは嫌だ」と言ったという三島のことを思った。三・一一に失われた、多くの命を思った。生きることとは何なのだろうと、私はこれからも自分に問い続けるだろう。

未発表

「豊饒の海」創作ノート⑧

翻刻・井上隆史（本号代表責任）
工藤正義
佐藤秀明

バンコック取材《バンパイン離宮》

〔三島由紀夫文学館所蔵ノート「バンコック取材《バンパイン離宮》」の翻刻である。このノートは、

・表紙と最初のページが『決定版三島由紀夫全集』第十四巻（新潮社、二〇〇二年一月）七八一ページの「黒は、椰子の木をところ〴〵に点綴する緑に充ちた低い町並を覆うた。」までに、
・飛んで途中のページが七八六ページの「White lies」までに、
・また飛んで途中のページが七八八ページの最終行までに、
・また飛んで途中のページが『決定版三島由紀夫全集』第二十五巻（新潮社、二〇〇二年十二月）七九一～七九三までに（「癩王のテラス」創作ノートとして）、

それぞれ翻刻整理されている。

ここでの翻刻は右の各翻刻箇所のそれぞれに続く未翻刻部分を**【翻刻A】【翻刻B】【翻刻C】【翻刻D】**とした。

これにより、ノート「バンコック取材《バンパイン離宮》」はすべて翻刻されたことになる。

なお筆記の色は特に注記のない限りブルーブラックである。〕

【翻刻A】

○鉦、笛、太鼓で声援しつゝ、伴奏、
赤い鉢巻（宗教的）を頭に巻き
ガウンのまゝ、まづ階にひざまづき、
頭をすりつけて拝む。一方は緑*の鉢巻。
左腕に幸運の腕輪をはめる。
アームバンドの中に小仏像入れたるもあり。
リング上でまづ平伏して拝む。
「こゝで死んでも本望です」と拝む。
両手をひろげ合掌して拝み、
自分の型をみせる。〔この一行抹消〕
一方の冠落つ。
踊りの如き型見せ**お辞儀。
しがみつき、膝で蹴り、
ロープでからみ合ひ、
足でアゴのへん蹴る。
近寄り顔打ち。
△顔面のパンチ少なし。腹を膝で蹴上げること多し。
扇風器空しく廻る。ひどく暑い。
○最終ラウンドになると囃子早間になる。
〔この部分に鉢巻（あるいは腕輪）の図〕

＊そのうしろに、黄の房、
＊＊水鳥の如き　優雅

△囃子起り演舞、祈り。
△試合はじまる時セカンドがマウスピースを口へ入れてやり、一寸合掌して鉢巻をとる。
◎顔打つたまま倒れると音楽ハタとやむ。
◎Main Event Denn がブルー。
花環を首にかけ紅と紺のリボンの先に
〔この部分に花環の図〕
はじまる直前首にかけ、すぐコーナーで外す。
徐々に近づき、蹴上げ、一方尻餅つく。
足の爪先がアゴにあたりガクリと音す。
豹のやうに両手をあげて飛びかゝる瞬間。
◬タイ人は蚊を叩かず、腕の蚊を吹き飛ばす。蛇も殺さぬ。蛾も殺さぬ。
◬毒蛇にかまれて死ぬ人多し。オランダ、ドイツ、日本、アメリカ毒蛇交換。ひまさへあれバ蛇狩り　アメリカの猛獣映画に貸す。個人で飼つてゐる。（ワニ革商）
◬罪障感ある時、放鳥で（放生）心を癒やす。
◬支那人町、――何十万羽の燕集まる。中国本土から来る電線いつぱい。＊
◬メンスの時、なまぬる湯で洗ふ。メンスの時氷水のまぬ。冷える、といふので。
◬川の水で洗ふ皿は拭はないで干す。日光消毒できれいだといふ。
◬飛行機が自分の家まで迎へに来ると思つてゐる女。
◬太陽が二つあると思つてゐる女。（日本にハ太陽二つあり）

＊〔囲み罫朱書き〕

◬十月十六日（土）
Marble Temple〔この一文鉛筆書き〕
午後四時
柳の並〔「柳の並」抹消〕ねむの並木の並ぶ川岸にマーブル・アーチの白い門と金の本堂の前面、と焔形の金の入口
〔この部分にMarble Templeの本堂前面の図と入口の図に「宝珠形」と注記〕
金の房が両側から雪崩れる如し。＊
赤い服の兵隊、
兵着剣、
喇叭鳴
黄いろい傘をさしかけ、粛々と進む
奏楽起る。
白い獅子一双守る玄関より王入る。
右側に、白い制服、紺の半ズボン。
黒靴下、白革長靴、紺帽の少年軍楽隊並ぶ。
門は白い結界のやうな〔この部分に門の図〕形に、赤さびた門扉。
（寺院の内、昼の闇にて燭見ゆ）＊＊

＊〔傍線は鉛筆書き〕
＊＊〔傍線は鉛筆書き〕

入口にははんさなる彫刻に、龍うねる紋様。
龍はことごとく天に吼えたり
その龍もタイ人の如く痩せてゐる。*
その下の華文は華麗で、大理石の白に窓はことごとく、内側を
ベンガラ色
金を以て焔形に囲みたり。
通路の左右。
〔この部分に本堂までの通路の図。「本堂　石畳の道　向ひ合ひ
の石造の馬。少年軍楽隊　少年 (白) 軍楽隊 (赤) [小閣] 芝
花さける、小灌木、[小閣] この小閣の軒飾にも、焔を踏ま
へたる白き獅子あり　赤き制服に、白き帽、黒き房、黒きズボ
ンの軍楽隊並びたり。」と注記。「本堂」から「(赤)」まで鉛筆書き〕
*〔傍線は鉛筆書き〕
熱帯の日は強く、屋根の金はむしろ暗く輝き、鳩、棟に遊べり。
高き瓦の〔この部分に瓦の図〕は高く天へ蹴上げたる細きカ
カト*の如し
*ヒール〔上記鉛筆書き〕
傘持ちの仕*丁は白き上着に赤き帯を〆めたり。
まはりの庭には、椰子、丸く刈りたる灌木。
緑濃く珠の如く繁り　その緑の輪郭日に光りて芝も又エメラル
ドの如し。その淡緑の光彩は、萌黄也。**
隣の寺閣の屋根、この間よりのぞく。
（寺院の屋根飾りの金のオーナメントの下の白銀地が美しい。）
王の奉献の間、人々はじつと待***つてゐる。

（門は、白地にやや黒みたるが、サビの如く、
いと細かき彫りを、浮立たしむ。
庶民は、芝の上に並びて、裸にボロシャツの****子供も、芝に坐り
たり。
左右の小閣は、屋根のみ黄土色にて瓦も黄土いろ也。（棟庇に
機織りの女の彩色浮彫あり）*****
――四時十五分〔「十五分」抹消〕三分ごろ王、奏楽に迎へら
れて到着せしが、二十分後、キュー〳〵と支那式奏楽起り、黄
なる傘の持ち人、白服に赤い帯したるが近づき、入口に侍立。
中でいと早き囃子起り、儀式の終りを告げ顔也。
早き拍子のボロン〳〵といふ早間の音。
チンと鉦******鳴り、楽止む。
赤服の軍卒長集まる。
（黄なる傘は、金の尖りたる〔この部分に傘の図。「金のふち、芝
に近き淡き黄緑色也。」と注記〕
*〔「傘持ちの仕」は鉛筆書き〕
**〔この一文鉛筆書き〕
***〔「待」は鉛筆書き〕
****〔「裸にボロシャツの」は鉛筆書き〕
*****〔「(棟庇に機織りの女の彩色浮彫あり)」は
鉛筆書き〕
******〔「鉦」は鉛筆書き〕
△中より暗く澱みたる読経の声しきりなり。昼の闇より。外側*の
白、
金色に守られ、苛烈な日光に守られ中の熱き黒き神聖なる昼の

闇〔四字不明〕。
○裸の少年も、ボロ〳〵のシャツの跣足の少年も近くに来りたり。
○僧帽に似たるうしろより見たる帽子の形の近衛兵、〔この部分に帽子を被った近衛兵の図〕四人、玄関の石段に並ぶ。
△傘持ち傘をさゝげて近づき衛兵刀をさゝげ、礼をなして、振向き、段を下りる。
王は、黒メガネに、くんしようを下げ〔白き軍服上着〕衛兵を従へて、二十人の兵を従へて去る。うしろより白服に青い帯の高官従ふ。黄いろいロールスロイスに乗りて去る。

*〔「。外」は鉛筆にて重ね書き〕
**〔傍線は鉛筆書き〕
***〔「礼をなして、振向き、段を下りる。」は鉛筆書き〕
****〔「〔白き軍服上着〕衛」は鉛筆書き〕
*****20人〔上記鉛筆書き〕
******〔「青」は鉛筆にて重ね書き〕

芝生のエメラルド・グリーンは立てる少年群の群に暗みたるが、ななめの光りかゞやく縞のスヂを延ばしたり。

大フォーンの真鍮、赤い制服を小さく映して、大いに輝く。この夏の空にこれほど似合ふ楽器なし。
△うこん色の半肩のみ裸の僧ら。べに〔「に」鉛筆にて抹消〕がら色の丸木橋を渡りて去る。〔イタリヤ製〕
その黒き肩日にかゞやく。

その黒き肩とうこんの法衣は、日の光りに鬱然たる丸き木立の下に遠ざかる。僧らも遠ざかる。仕丁ら、金に朱塗りの机を片づけ、る。

*〔傍線は鉛筆書き〕
**〔オレンヂ〕
***〔「のみ」は鉛筆書き〕
****ニガラ〔上記鉛筆書き〕
*****〔傍線は鉛筆書き〕
******〔「る」は鉛筆にて重ね書き〕
*******〔「。〔イタリヤ製〕」は鉛筆書き〕
********〔「ゞ」「。」は鉛筆にて重ね書き〕
*********オレンヂ〔上記鉛筆書き〕
**********〔「、」は鉛筆書き〕
***********〔「る。」は鉛筆書き〕

内院は色さま〴〵なる大理石に床を飾り、仏前に赤き緋毛せんを敷き、祭壇は、青紺地の背景に、金の巨像を置き、赤き燭を立て、祭壇、こまかき彫刻あり。

仏の左右に、金色の花飾を立て、二対〔「二対」鉛筆にて抹消〕双の西洋式枝附の燭台を置きたり。黄なる、花を飾り、〔「り、」鉛筆にて抹消〕る。

先端は〔この部分に仏像の図。「六面の馬の如し。」と鉛筆で注記の後、この注記抹消〕双頭の蛇らしい、仏陀自身の小さき金像かゞやき、中央に立つ。

CHINRAJ　チンラー

天井は朱に、金飾りの、〔「、」抹消〕花紋。花もやう。

梁は幾重にも金の〔この一行抹消〕
梁は幾重にも重なり、金に荘厳され、紺地に紋様、あるひは赤地に、金の花紋を精《くは》しくつけたり。

*〔「仏」は鉛筆書き〕
**〔「双の西洋式枝附」は鉛筆書き〕
***〔「る。」は鉛筆書き〕
****〔「蛇」は鉛筆書き〕
*****〔「小さき」は鉛筆書き〕
******〔「飾」は鉛筆書き〕
*******〔「花紋。」は鉛筆書き〕
********〔「幾重にも重なり、」は鉛筆にて重複書き〕
*********〔「に」は鉛筆書き〕
**********〔「あるひは」は鉛筆書き〕
***********〔「精」の旁は鉛筆にて重ね書き。ルビは鉛筆書き〕

窓には金いろの仏陀像のステンド・グラス。

左右三つづつあり。

壁は、仏陀紋様の絨氈の如き絵を描き窓の扉の外側は、牙生やしたる魔神が梁をかゝぐる*、力み足の、一双の浮彫を附け、牙を尖らし、猪鼻をつき出したり。

又左右には仏骨堂の絵らしき密画あり。

（中央大仏壇の**
左右には緑地に金の壇もあり。

大祭壇左右は、西洋式なり。

〔この部分に鉛筆にて大祭壇左右の図〕
大祭壇の下部は大理石なり。
〔この部分に供物の図。「赤　offerings」と注記〕

*掲〔上記鉛筆書き〕
**〔括弧の記号と「中央大仏壇の」は鉛筆書き〕

玄関の左右なるハ、白き大獅子。
白く〔「白く」抹消〕丸く張り出したる胸には、浮彫の胸飾りのこまかきをつけ、足にも波紋様に、爪を立て、たてがみハ、日まはりの如く、耳は、焔の如し。
口のまはりには、〔この一行抹消〕
大きくひらきし口には、日まはりの種子の如き歯並びたり。すべて白晰の日まはりの怒れる也*。

庭にはシャボテンあり。

又、小閣の一つの庇には、機織る少女の浮彫あり。小堂の前に、突兀と、おどろき立ちたるごとき立ちすくみたる如き椰子あり。

これは木の噴水也**。

〔この部分に椰子の図。「弓なりに天に緑のしぶきいくつもひらく。」と注記〕

◬先刻僧の去りし丸橋は、ベニガラ色にて、レエスバルコニーの如し。

Cr　LG.　LARINI NATHAN MILANO（ITALIA）1902と橋柱にあり。

*〔傍線は鉛筆書き〕
**〔傍線は鉛筆書き〕

川ぎはには、椰子*、〔この部分に椰子の図〕の如き椰〔「椰子」の誤記か〕か（?）

熱帯樹の林立ち並び、やがて僧房の一角に、楽殿あり**。

巨大なる、〔この部分に太鼓の図。「太鼓　太鼓」と注記。注記の一つは鉛筆書き〕を置く。

その棟庇には紫のモザイク地に、月兎とこれを囲む龍***を金色の浮彫であらはしたり。

*〔「椰」鉛筆にて抹消の後、「椰」と鉛筆書き〕
**五時すぎたりとて、僧ら三々五々川べりに憩ひ、本をひろげるあり　語るあり。一人石欄に凭りて川へうつむくあり。皆、肩、腕は逞しく、赤銅色の沈みたる褐色にて、腋汗ばむ。〔上記鉛筆書き〕
***〔「む」は鉛筆書き〕

○Song Panuat〔「Panuat」抹消〕Panuat Building
これはもと宮殿にありしが、チュラロンコン王が、かつて1873年に、ここにて、僧学を学びし堂宇《パビヨン》を模したり。
*別陣
王の命*により、堂宇は移され再建されたり。**

Wat Benchamabopitr*** Wat Benchamabopitr
——マーブル・アーチの正式名称、or Wat Benchama Borphit****
これは五部分より成り、四部分は僧房と、食堂《じきどう》*****に使用さる。

*〔「命」は鉛筆にて重複書き〕
**〔囲み罫の一部鉛筆書き〕
***〔「Wat Benchamabophit」の誤記〕（次注も同じ誤記）
****〔「——マーブル・アーチの正式名称、or Wat Benchama Borphit」は鉛筆書き。「マーブル・アーチ」は「マーブル・テンプル」の誤記〕
*****〔ルビは鉛筆書き〕

彼方のスペイン風なる二階建の下に水瓶、水洗場ありうこん〔「うこん」抹消〕みかん色、オレンヂ色のこしまきの僧水で体を洗ひをり。
△ナコン・パトム・ロード*　寺門前の川は灰褐色に汚れ、青竹、芥などゆるやかに流れゆき、むかう岸のねむの木並と美しき夕雲、夕空、電線を映したり。
対岸は競馬場にて、白き木の柵ゆがみてめぐる。

日は寺の彼方へ沈み、草の上は暮れゆく。草は柔らかく、黄ばみたるは光りのためか、草の色か判じがたし。

川には、朽ちたる赤き花、朽ちたる果物など流れ来れど、紙屑一つもなし。


*〔「ナコン・パトム・ロード」は鉛筆書き〕

【翻刻B】

◎十月十九日。
一時半より show はじまる由。一時、はしけがだん〴〵こちらへつく。
林の土色も燦爛とする時ハ、金いろになる。

すぐ向うに、寝釈迦の寺見ゆ。左方にエメラルド寺院。空に雲多く、人々祭の仕度に忙し。川のむかうには、熱帯の叢林見ゆ。何度もTOT Grandstandの艀がつく。

赤衣の青年、黄の細帯 顔に白線、紫紺のふちかざり。赤い木剣を二刀に持ちて戦ふ。棒術の如し。一方負けると黄帯奪はる。
△柿いろの僧衣。
○子供たちの虎狩の踊り。
日向をぬひぐるみの虎、虎の頭をつけとんぼがへりして槍を逃げる。
〔この部分に子供の図〕
ハーハと懸声をしながら太鼓と鉦を叩いて歩く。

雨季は皆はだし。日本の兵隊靴ぬがなければ庭歩けなかつた。

エメラルド寺院から五十年前の旧王宮の川へつゞく庭は〔この部分に木立の図〕型の緑の木立の間に旗立ち並び、王の乗船の時を待つ。

その緑の間に支那風の赤瓦の屋根。赤い花飾りを船着にかざる。


(所得税は八年前までなかつた。タイ全部が神奈川県的財政。六〇%が輸出入関税で賄はれる。一升百円の米の内原価50円。45円を業者にかける。)

(十二月には、菩提樹もねむも枯れる。葉も黄になり地に散り敷く)

(もつとも寒い時15度、バンコック)

(アユタヤ(メコンの上流150キロ)のあたりに雨夥しく降るとバンコックあたりの水田は一ト月の内に水びたしになる)。

(コプラ、ラオレン氏の庭にをり)


剣武ののち四時十分前、船はじまらんとす。

○水の上から太鼓近づいて来る。
明るき水面に太鼓の音。
太鼓の音ダブ〱と水音の如し。
だぶつてきこえる。
彼方王宮の庭の木立の下に赤き軍楽隊の行進見ゆ。
天幕の前に並びたり。
金いろの楽器のかゞやき、ごく小さく、
緑の間に赤い軍服と共に見ゆ。
水の上に、鳶二三羽遊弋せるが、茶の羽にて首白く日本の鳶と異なれり。
河上から赤いものチラ〱見え、ふえてくる。
四時半―船隊徐々に近づく。
まづ掃海ランチ、赤い灯を点滅させて徐行。
櫂の動きだん〱見え、その水の光りだん〱見ゆ。
ラッパの音、旗のひらめき。
最初の二隻の船は、赤衣の舟人。ゆるやかに漕ぐ。
緑衣の人、船首に立ち手旗をふる。舟は黄なり。
柿色の人、時々ラッパを吹く。
舟は虎の形也。舟首は怒れる虎の横顔。舟側は虎紋也。
船の中央の屋根の下には楽人あり。

船尾には、緑衣に〔白斑点〕
〔この部分に帽子の図〕形の黄帽の〔一字不明〕人二人。
次の六隻は、黒衣に赤線を入れ、赤帯、赤ズボンの漕人
29人の漕手、黒き船にて来る。
船首船尾に紅白の房を垂れたり。
赤に金のふちかざりの屋根の下には、水兵をり
中央の舟に青衣の貴人あり。
次の十隻も同じ
〔この部分に舟の配置図〕
黒き船首は波の光りたゞよへり。
漕手は、〔この部分に漕手の図。「白き角　赤線、黒、」と注記〕
屋根の前後に桃いろの衣の人立ちて、
白きつくしの如き高き棒を突くを合図に漕ぎはじめ、又やめる。
漕ぎ方皆、様式化せり。
喇叭で連絡して、ヘサキをそろへてゆく。
王の舟近づくにつれ、奏楽きわやか也。
金の船、一隻の黒い船を央にして、来り、再び赤衣也。
ついで、金のさらにこまかき紋様の金船。
船首に緑と金の神像｝の金の旗立てるを
赤と金の神像
来り、船人小豆色にして、合図のつくしも〔この部分に「つくし」の図。「緋也。」と注記〕
いよ〳〵王の〔「王の」抹消〕船来る。中央に、金の〔この部分に船尾の飾りの図〕手〔「手」抹消〕仏手柑の如き船尾、船側緑なるが、懸声、歌声と共にあり、船の櫂も金なり。〔中央に金のパゴダあり〕一漕ぎして赤衣の船人の上方の金の櫓の日に照りて美し。
前の二隻の船、鉦を早む。
金の王の船、〔この部分に王の船の図。「扇」「King」と注記〕
King. 金襴の帷の中に坐りをり、孔雀扇で煽がる。
次いで二隻の黒い小舟。王妃の船には王妃なし。

△僧黄衣に緑の頭陀袋〔由側賓〕
△成順利大金行
△成興利大金行　Goldsmith
△大《し》餉《ちゃ》当　小安大餉当、清貨大践売〔質流れを売る〕

◎1941　12月8日
（カンボジヤ*
（タイのシンゴラ〔マレー〕｝——→から日本軍主力入る。
開戦前夜十二月七日夜十時国境突破。
オセ氏像のにハ、〔この一行抹消〕
＊一ヶ師団〔戦車と野戦重砲、戦斗キ援護〕
タイ側は予知して、在留邦人を惨殺すると申出た。ピブンを捜したが行方不明。邦人は惨殺されてもいい、といふ気持。在郷軍人分会。トラック二十台を連ねて、南海岸地帯（150キロ南）へ逃げた。そこにハ潜水艦、陸上部隊待機。タイ側手が出ぬ。

カンボジヤは夕方四時まで戦斗。シンゴラ側は約三日間戦斗。

主力はマレーへ下る作戦なり、シンゴラ側上陸したら防御

に入りし処をタイ側攻撃。
日本側は、爆撃と戦斗機でドムワンに強行着陸。タイ空軍抵抗せず。友好的着陸。地上部隊は、途中は汽車でのんびりバンコックへ来れり。

戦争でありつつ進駐状況。タイ側、日本と条約　アンコールの近くまでタイ領土。日本に友好、しかし日本に対する認識皆無。タイ軍隊最強と信じ、独立国民としての矜りを失はぬ。入つて来た日本軍は、町の中では生活せぬ。主としてルンピニ公園に部隊集結。（当時ハ市外）

△スコールあると三日は車は通れぬ、大水
トカゲをり、蛇をり、密林のおかげでうす暗い。

鉄道
民法 } 日本人
刑法

◎副主人公の役割

才判官は日本の法律家を尊敬。
（軍の法務官、）
{マサヲ・トーキチ。政尾藤吉。*
タイ法律の補正の意味。
○法律顧問

＊四国の人　公使の名目でここで死す。ラマ六世が、
自ら火を入れてダビに附す。外国人でたゞ一人。

○————○

△当時の建物は木造二階建てのバンガロー建。二階まで浸水。
○ニューロードに古い家あり。
○舗装——簡易舗装はニューロードのみ。
雨季は軍隊も牛車で行動。自動車部隊動かぬ。牛車あるひハ、支那満州からもつてきたロバが、昼となく夜となくエン〳〵とつゞく。行軍は一列縦隊である。

軍とタイ一般市民は甚だ親しい。〔「甚だ親しい。」抹消〕
（商社は在郷軍人。——召集されず）

日本軍は規律正しく。中村中将、タイ側の信望厚し。戦犯にもならず。
終戦の時——六十何人〔「六十何人」抹消〕刑務所へ入れられてゐる日本人　林兼の商社の人の恋人あり。ローズマリーといふ名の女。が　（住宅周旋屋）刑務所へ毎日面会に来て差入れ。そのため二百人近くの日本人潤ふ。お土産つきで帰つた抑留邦人。

○中央郵便局は昭和十三年頃出来た。
国会議事堂　憲法発布記念通り、が十五年に出来つゝあつた。
ひろい道は砂利道。一人歩き、次の一人　誰も通らぬ。ピブンの新生活運動のための町だ。〔この部分に町を歩く人の図〕
両側の大きな建物ハ　タイ人住まず、商売もやらぬ、ガランとしてゐる。鉄道、通信司令部。ここにありき。軍は町の中におかぬ。（チュラロンコン大前の一部に司令部　トンブリ等に主

力駐屯〕
王室広場のタマサード大学
高等才判所もそのまま。〔この一行抹消〕
陸軍省
外務省}はそのまま。
議事堂附近は変らぬ。（簡易舗装、）人通り少ないところで変らぬ処　動物園と議事堂の裏手の近ヱ師団の兵隊屋敷の通りはウッソーとして川流れ、今も変らず。
スネーク・ファームの前にある木。（アカシヤ？）
独特の木〔この一行抹消〕

（火焔木の花季（七、八月）*
（ねむ**の花季（三、四、五月、）

*〔囲み罫、朱書き〕
**赤い花、

ブーゲンビル（さかりは十一月から）
大餉当《しちゃ》　汚ない町。
△支那人町の三四階の京都銀行（ビルと〔三字不明〕）
△自動車なし。サンパンのみ。水路。サンパン文化。運河には大ジャンクも入る。
道路のところに、
〔ザルをかつぎ、しやがんで川ばたの板に坐つてゐる。
タイ人店もたぬ}
支那人のみ店もつ。
ペチャ〳〵しやべり乍ら、たべる。椅子が置いてあつても坐る。

スプーンでたべる。〔この部分に水路の図〕
〔余白「空襲」〕
〔この部分に扇形の図とランプの図〕
〔この部分に運河と道路の鳥瞰図。「道」と三箇所に「橋」と注記。「道」には以下の注記〕
水牛で運ぶ。南京袋の米三俵。
雨期の洪水にはなくなる道、ところ〴〵道みえる。
〔この部分に縁台の図。斜め上からのものと真横からのもの。以下の注記〕
かつぎ屋が二つこの縁台にザルを置いて、喰べてゐる。
雨期は台。雨期以外はゴザ。畳半帖。軒並の店。
木札又ハ竹筒で、牛の首につけてをり　コロン〳〵と音立てる。（カンボジヤで買へる）山間を牛で行く時猛獣逃げる。夜は、コロ〳〵〳〵云ひ乍ら帰つてくる。牛は見えず、音のみきこゆ。
○寺院の鐘〔この一行抹消〕
○空襲
朝から晩迄。
フルーティングマーケットはなかつた。（新らしい）
果物、食物*、

＊バナナ、木の葉に包んだ焼餅、魚、緑の葉のタイの
お茶。

◎空襲

昭和十九年十月——二十年
灯火管制、防空壕。ドンマン飛行場もやられた。トタン屋根を作る工場。町は破壊されぬ。

○女の服装（モンペはなし）
ロンギ（腰巻）木綿又ハ絹でできた短袖上着。お腹のへんがチラと見える。これを隠すのが魅力。

○労働者は黒衣か白衣。

○上流は色彩花やかに一色。
〔この部分に衣服の図〕
男も真赤な寝巻。

△洋服二割ぐらゐ。役人大多数腰巻ハダシ。上は草履。

△乗用車は金持のみ。オンボロ。前をグル〳〵廻してエンジンかける。雨期は用なさぬ。

△娘の美しいのが漕げるハベンガラ色の漆塗りらしき舟。
〔この部分に櫂の図〕で櫂でこぐ。体いつぱいの幅。品物一杯のせる。

△ワンワイ・タイヤコン　社交好き　どこへでも出て来る。摂政。服装はタイの服装。髪は長く結ひ上げ、女の如し、髪結ふ。髷の如し。
上着はつめえり白の金ボタン。下は金らんの袴。

◎このへんは鴉一杯。（ラマ・ホテルのへん。鴉一杯）まつ黒な鴉。蛙や蛇を追ひかける。啼き方はちがふ。アーオ〳〵と啼く。

このへんの樹は栗鼠一杯上つたり下りたり。
カンチャナブリは
＊

孔雀、虎をり。
green snakeは頭もたげ、飛ぶ。（林で歩く
＊

＊〔二つの囲み罫、朱書き〕

（タブロンといふ僧院はgreen snake常にをり。
石の倒れてゐる間にゐる。
水牛——財産。
耕牛（瘤牛）

○ここの人は帽子かぶらぬ。布を雑に頭に巻く。上は髪見ゆ。

◎昔ハ、ジャングルの間にお寺が、いたるところから、暁の光り、夕日ハかゞやき　屋根の色の変るのが見られた。緑の上に金箔のパゴダが見られた。（檀家が、金箔をもつて来て張る。）
＊

信仰のために金箔を仏様に貼る。（金箔は日本で作り輸出

＊〔囲み罫、朱書き〕

◎今ハKingとQueenの写真あれど、当時はなし。
警察の署長来る床屋には署長の写真。来るそばやにはその写真。
KingはSwissへ行つてゐた。人気はない。摂政は人気なし。

○版籍奉還による土侯出のPrince多し。七十二県の土侯。

〔この部分にバンコックの市街図を貼り、次のように注記〕
ペチル・ロード（ねむ等　ハダシで歩く）大学（今の1/10）
水田　港地帯　荒地　Jangle　椰子・バナナ　パパイヤ　蛇
住宅地域――郊外　大使館　宿舎

△もと〳〵土地は王のもの。土地所有は保有権、利用権なりき。
買ひたい人は「地券」を政府に申請する。（保有五年でこの権利発生）

○〜〜〜〜〜〜〜〜〜〜〜〜〜〜〜〜〜〜〜〜○

◬ラチニ　女子学習院、＝――及びfine art school.
△個人教授＝クラシック・ダンス、
基礎的舞踊　10才か11才（ふつうは六才七才ではじめる、）
△学校となり故、歩いて行き、隣りの人と。
△｛朝起きると仏様に向ひ経文をよみ祈る。
　夜寝る前、に祈る。
△母の訓へ、すべて教へる　女権高し。日本よりも。
◎召使――十五人、二十人。
――側づかへ、園丁（North Eastより来る　ナコムパーム、）――→肩に抱いたり、あそんでやる。
△（バラ
ハイビスカス
ジャスミン
ガーベラ）
△〔一字不明〕の競作も学校でする、
〔余白に「放生」とあり、抹消〕
△玩具

（Thai Dog――プラスター製
フルーツ・バスケット、
玩具マーケット。）
○パーティー（いつも家で）
遊び――フィルムを借りて家で写す。（漫画や白雪姫）
アイスクリームや風船。
◎動物園へゆく。海へもゆく。（汽車でゆく　２００km）
○長袖、長スカート。
△凧あそび。Wind season〔「Wind season」抹消〕Feb or March.
△菓子作りも習ふ。
◬誕生日
親戚や友人を招き遊ぶ　菓子を出し、フィルムを写す。玩具をくれる。僧からもらふ長衣あり、誕生日のため。
（放生会、――鳥*、魚を放つ）

＊雀

（王の名（ラマ六世、）
バチラ・ヴッド　VAJIRAVUDH
王の名（ラマ五世）
ラチャ・ウィット　RAJAVIDH）――双方とも学習院にて
マーブル・テンプル
の学生はこれなる也。
△十時か十一時にceremonyを見にゆく。
◬四時―王宮　chlaroncon　statue
◬明十一時―車―離宮―Picnic lunch
十五―廿〔「廿」抹消〕〕（食事代）

【翻刻C】

◬十月廿四日（日）

◎大理石寺院

芝生の中央の大理石の鐘楼を四時か四時半に鳴らし
僧起き身を清め、読経ののち托鉢に出て、七時ごろ帰りて朝食。
十一時、太鼓で中食を知らす。
小院の壁画―南蛮屏風
ラマ三世の寝台もあり。
△ラン・トムの鉢植。（赤、黄、緑）

ラマ五世のこもりゐし小館は、南蛮屏風に似たる壁画をめぐらし、寝台と床几を置きたり。

◎Wat Phra Keo

翡翠寺、中央の屋根の上に、青いパゴダあり、紫と金と白とわ*づかの赤と支那瓦の赤と緑*のふちと燦然とひろがれり。大理石の階の上。左右に金のパゴダあり。
雨中に燦然たり。
金の人鳥《ギンダリ》**、合掌して侍立す。
◬***入口の左右〔「入口の左右」鉛筆にて抹消〕廻廊すべて****に、インドの壁画あり。（延々とつゞく巨大な連続、南画風な山々と暗いリアルな初期ヴェネチア派風の風景描写の前景に色彩花やかなる殿宇、猿神、怪物の戦ひあり。空を飛ぶ神のみ五彩の虹の色にて、暗き山水の上を鳳凰に乗りて飛ぶ。金衣の人、衣服を着て坐れる馬を鞭もて手なづける。*****

深山幽谷に、猪遊び、猪魔神に喰ひつき、あるひは幽谷の崖上に神殿あり　天神、鳳凰に乗りて天を飛び、あるひは金衣の人、鞭をもちて坐れる馬を手なづけたり。

ラマヤナ譚の壁画。水中で怪魚と斗ふあり。

猿ら、着衣して、ビ〔「ビ」鉛筆にて抹消〕ヴィ******シュヌを拝む。

白き金の白馬に牽かれし金車あり。

海神の巨大な像と斗ふ護神。

*〔「わ」「緑」は鉛筆にて重ね書き〕
**〔「ギンダリ」は鉛筆書き〕
***〔「◬」は鉛筆書き〕
****〔「廻廊すべて」は鉛筆書き〕
*****〔「。（延々とつゞく」から「手なづける。」まで鉛筆書き〕
******〔「ヴィ」は鉛筆書き〕

深山の山〔「山」抹消〕湖へ向つて、遠くに幽かなる青き湖あり。

暗き地上を*ひつそり歩む金鞍の**白馬のあとを、はるかあとの繁みのかげから、***剣を抜いてひそかに狙ふ猿****魔神。

*〔「、遠くに幽かなる」から「暗き地上を」まで鉛筆書き〕
**〔「金鞍の」は鉛筆書き〕
***〔「、はるかあとの繁みのかげから、」は鉛筆書き〕
****〔「猿」は鉛筆書き〕

△猿神

△ギンダリ
半女半鳥

△バンパイン（タイのブライトン）
〔支那宮の床は、花鳥、葡萄に白栗鼠、牡丹、宝石〔「宝石」抹消〕宝、等の陶器の床也。*〕

離宮は西洋風の小宮殿の中に、シャム風の金装飾の玉座を置きたるあり。左右にシャム風の白い傘の飾り物。**〔この部分に鉛筆書きにて白い傘の飾り物の図〕

支那宮の北京写しあり。フランス風の小亭あり。ルネサンス風の家あり。アラブ風の塔あり。水に臨みて階あり。

入口中央の池の央の小閣は特に美し。

ミューズの大理石像をおきたる橋の片ほとり、あたかも精巧なる工芸品を水上に置きたる如し。水より昇る石階の上に、一双の緑のヤシ***の鉢植をおき、やや褪せたる　紅樺色の帷を風に揺らしたり。風にふくらみたり。

屋根は金光燦爛として例の如き〔この部分に屋根の図。「レンガ色　黄　緑」と注記〕支那瓦をごく小さく　重複して四層に重ねたり、中央より金塔そそり立つ。

柱は高く、黒字〔「地」の誤記〕に金にて、幾本と知れず並び立ち　後景のあざやかなる緑****を透かしたり。屋根の尖端は例の如き、尖りの金光天を刺したり。その透かし見たる感じ、いかにも細工物にて、実用品に見えず。小閣は水上に*****、複雑な多面体か、細い幾多の柱もて爪先立ちたる踊り子の如し。

黒檀の肉体に、繁煩〔「煩瑣」の誤記〕なる金の細工物を一杯つけ、爪先立ちたる痩身の踊り子の如し******。

〔この部分に雲の図。「日にかゞやく、黒い　雲の穴、光り　雨低い森」と注記〕

*〔カッコのみ鉛筆書き〕
**〔この一文鉛筆書き〕
***?フェニックス。これの淡緑つややかに風にそよぐ。〔「これの淡緑つややかに風にそよぐ。」は鉛筆書き〕
****緑と渦巻ける雲の光りの鬱積せる空を〔上記鉛筆書き〕
*****〔傍線は鉛筆書き〕
******〔この一文鉛筆書き〕

〔この部分に雲の図。「光りかゞやく　墨色」と注記〕
〔この部分に亀と甲羅の図。「turtle wood」と注記〕
かへりアユタヤへゆき、白きパゴダ、廃址の草に埋もれたるを見る。*

*〔この一文鉛筆書き〕

【翻刻D】

△excile〔「exile」の誤記〕property ある人はexileすとたのまる。
大伯父と共に王宮にとどまりし姫。エグザイル、
60年前にQueen's College開始。
週一回古典舞踊（選択課目）

○ラマ五世の帰国を祝ふ演列にプリンス〔一字不明〕は猿神として演じたり。＊

○仏花の形式の花活ケ、

◎――――――◎

◬ パヌーン（袴）Panung インディアン・ドーティに似る。
↓青灰
夏シャツを着てゐる。

◬クーデター以前は、閣僚もこれを着てゐた。仕事の場で。

◬王や王子は進歩的を装ふ

◬長いシラブルの言葉は古風

◬祖父、祖母、先生、プリンス等、床にひざまづき合掌――
Thursday is Teacher's day
＊〔囲み罫、朱書き〕

◬王は先生　僧　母にのみ合掌　Wai　ワイ
Indian ナマスカ（合掌）
グラーバ　Krab（床にひざまづき頭を下げ合掌）

◬タイ人―hard and fast rule. を持たぬ。いつも例外があり、差異がある。個人差が甚しい。王族でもprogressiveな人は、十八世紀でも曝行を禁ず。

○好きなやうにすればそれがタイ式だ。といふ諺。

◎宮は、not so far from Grand Palace.　川に臨む。
Water Pavilion; Sala nam《サラナム》
dried coconut's bird nest.

saké-tree; bread fruit
〔この部分に葉の図。「大きい葉　黄いろの緑」と注記〕
庭のココナッツ
チークで釘を使はず、右の如くする
〔この部分に図〕

◬床の上のマットレスに寝る。
カポックのマットレス　カポックの枕。（スプリングなし）
〔この部分にテーブルの図。「円　金　鏡　香粉　獅子足　ナガ（大蛇）　獅子足」と注記〕
〔この部分に○印を三個描いた図。「額の三字は（Bressing announsment〔「Blessing announcement」の誤記〕）この粉をつける。」と注記〕

△盆栽
洪水からのがれるため、床高く立てたり。
Tamalind〔「Tamarind」の誤記〕treeの盆栽：ねむともちがふ　果物美味。
Ylang《イラン》-Ylang――Philippine name. の
〔この部分にイランイランの図。「黄」と注記〕

◬待合
二階より客を迎える小閣。
nok-kao《ノック＊カオ＊＊》 ―山鳩。
＊bird
＊＊mountain bird　doveの一種

◬rain-tree：夜は気根を垂らし、葉を垂らす
　蘭が幹に多く寄生し　気根を垂らす。
〔この部分にrain-treeの気根の図〕
◬祖父のvictorian的ヨーロッパの土産物にあふれてゐる。

◬小さい王女はジャスミン白い花で、花輪を作り、玩具にする。＊

　＊〔囲み罫、朱書き〕

◎3pm→6pm――明日。

△十月廿九日
大きい邸には池と大睡蓮。
バラ宮は、コムニスト潜入してゐて検挙、閉鎖。
芝生の庭の左に、小さい宮殿あり、二階建、黄いろい壁。
〔この部分に宮殿の百合の格子とバラ飾りの窓の図。「百合の格子の腰板に、バラ飾りの窓。」と注記〕
すべてフランス窓の一つ一つの扉は〔この部分に扉の図。「薄
青　紫　黄　紺」と注記〕

薔薇宮②＊
〔この部分に建物の図。「バラ、中二階の手すり等、すべて木彫のバラ。ガラスごしに見ると中は紫に見ゆ。」と注記〕
〔この部分に中二階の手すりの図。「キング」と注記〕
白壁の柱廊の上に、中二階あり。床もバラ、すべてバラ也。
柱は青。柱の上部が金のバラ。椅子は赤に朱の支那式。
ワシの顔〔「ワシの顔」抹消〕獅子の足。中二階の欄干は金と朱のバラの木彫つなぎ。
柱は青に金のコリントまがひ
柱頭飾は金のバラ。（近東風の四弁のバラ）
緋のじゆうたん。
〔この部分に柱の図。「バラ　青　金」と注記〕
裏庭は一面の芝。木。
〔この部分に塀の図。「二つの亀甲の塀　黄柱」と注記〕
庭に白い花の株　黄の花の株。

　＊〔この一行朱書き〕

〔この部分に象牙の図〕
象牙の装飾。白枠に金ぬりのバラ、（二階の欄干）シャンデリアも白塗りのバラ。＊

　＊大広間。

庭の一方にはラマ六世の文化館。ダンス交流その他。純様式のレジデンス。
○色硝子のフランス扉、Victorian。

○英国　Queen Messenger

○黄いろくなるねむ科の木、鳳凰木といひ、真赤な煙れる如き花咲く。

△サンサプ川
SANSAP　歌に唄はれし川。果物舟

〔裏表紙に計算を筆記〕

◇「豊饒の海」ノート翻刻に際しては、著作権継承者及び三島由紀夫文学館の協力を得た。記して謝意を表する。

◇今日の観点から見ると、差別的と受け取られかねない語句や表現があるが、著者の意図は差別を助長するものとは思えず、また著者が故人でもあることから、底本どおりとした。本誌掲載の創作ノートは、以後も同様の扱いとする。

同時代の証言・三島由紀夫

松本 徹・佐藤秀明・井上隆史・山中剛史 編

四六判上製・四四八頁・定価二、九四〇円

資料

「鯉になった和尚さん」の共同脚色について

犬塚 潔

「鯉になった和尚さん」は、和田義臣氏との共同脚色による三島由紀夫氏の童話劇である。三島由紀夫事典（2000年・勉誠出版）によると、「これまでのところ研究対象とはなっていない。（略）共同脚色ということで、厳密な意味での研究対象にはなりにくい点がある」と記されている。共同脚色とは、どのようなことであろうか。

三島由紀夫全集

「鯉になった和尚さん」は、決定版三島由紀夫全集・第25巻（2002年・新潮社）に、「参考作品」として掲載されている。解題には、「昭和二十六年十一月刊行の『日本童話劇　下巻』（誠文堂新光社）に初めて収録された。

昭和二十六年八月七日〜十九日、教育庁主催『夏のこども劇場』において劇団東童第七十八回公演として東京・上野松坂屋ホールで初演された。（演出／宮津博、他不明）

上田秋成の『夢応の鯉魚』を翻案、誠文堂新光社編集長・わだよしおみ（和田義臣）と共同脚色したもの」と説明されている。

また、三島由紀夫旧全集では、第35巻（1976年・新潮社）

写真1a　日本童話劇・上巻

写真1b　日本童話劇・下巻

の「参考資料　共同執筆」の項に収録されている。

日本童話劇（写真1a・b・c・d・e）

日本童話劇（写真1a・b）は、誠文堂新光社より刊行された。上巻（昭和26年10月10日発行）、下巻（昭和26年11月10日発行）がある。編集は内村直也、三島由紀夫、宮津博の各氏である。「鯉になった和尚さん」は下巻に収録されている。目次（写真1c）と本文（写真1d）に、「三島由紀夫」の名前がある。本文の末尾に「共同脚色・わだよしおみ」（写真1e）とある。下巻の口絵に、「鯉になった和尚さん」の第三場の写真が掲載されている。この写真の説明は、「三島由紀夫脚色・宮津博演出・劇団東童1951松坂屋ホールにて上演」となっている。

巻末に「執筆者紹介」がある。「生年、住所、閲歴、作品を簡

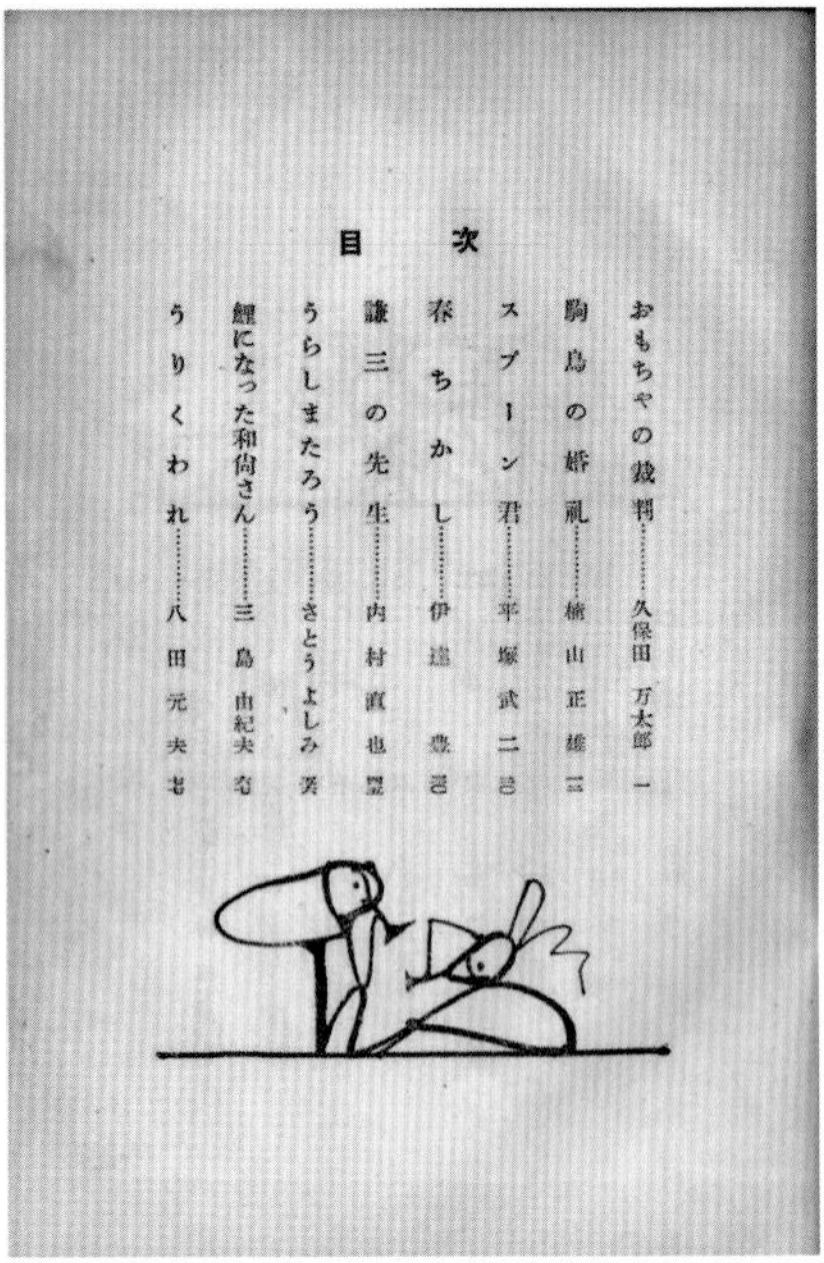
目次

写真1c　日本童話劇・下巻目次

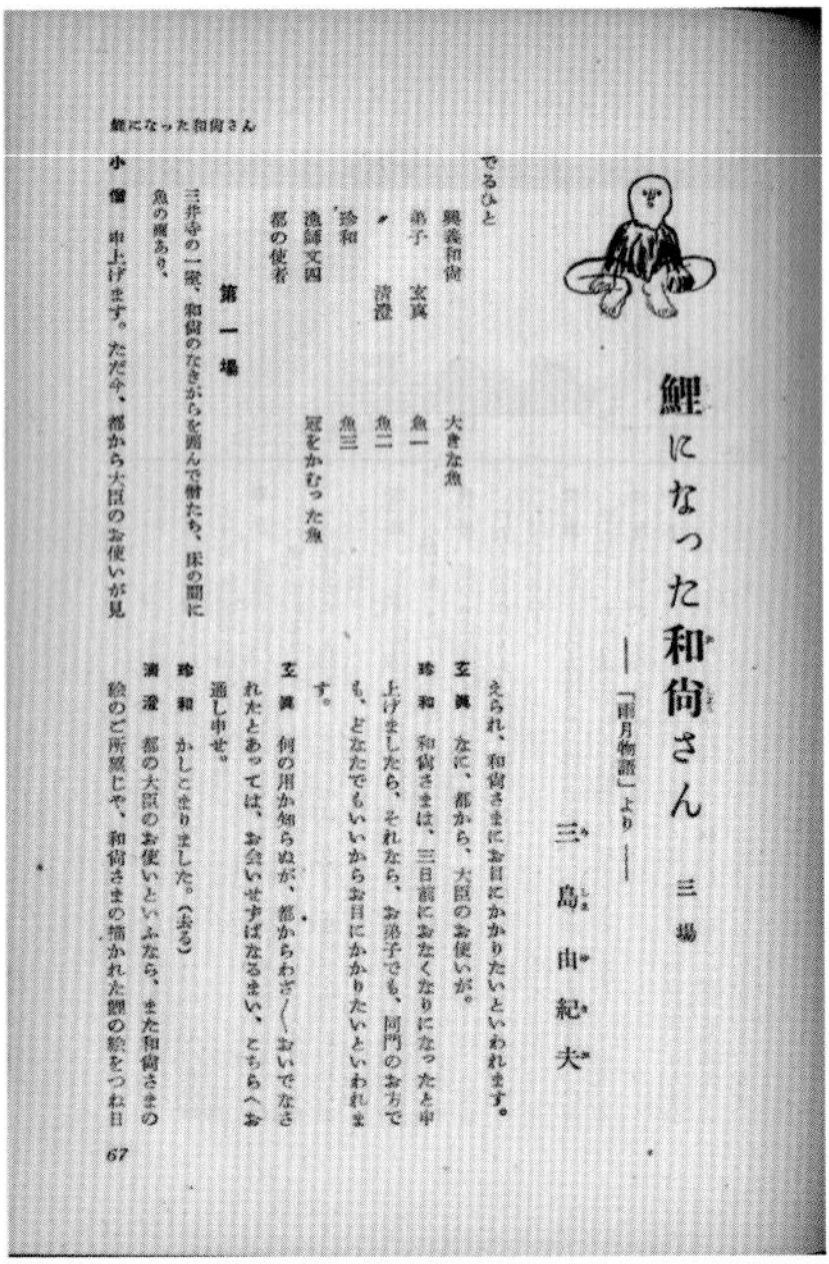
鯉になった和尚さん　三場
―「雨月物語」より―
三島由紀夫

でるひと
興義和尚　大きな魚
弟子　玄眞　魚一
〃　清澄　魚二
珍和　魚三
漁師文四　冠をかむった魚
都の使者

第一場

三井寺の一室、和尚のなきがらを囲んで弟子たち、床の間に魚の画あり。

小僧　申上げます。ただ今、都から大臣のお使いが見えられ、和尚さまにお目にかかりたいといわれます。
玄眞　なに、都から、大臣のお使いが。
珍和　和尚さまは、三日前におなくなりになったと申上げましたら、それなら、お弟子でも、同門のお方でも、どなたでもいいからお目にかかりたいといわれます。
玄眞　何の用か知らぬが、都からわざ〲おいでなされたとあっては、お会いせずばなるまい。こちらへお通し申せ。
珍和　かしこまりました。（去る）
清澄　都の大臣のお使いというなら、また和尚さまの絵のご所望じゃ、和尚さまの描かれた鯉の絵をつね日

67

写真1d　日本童話劇

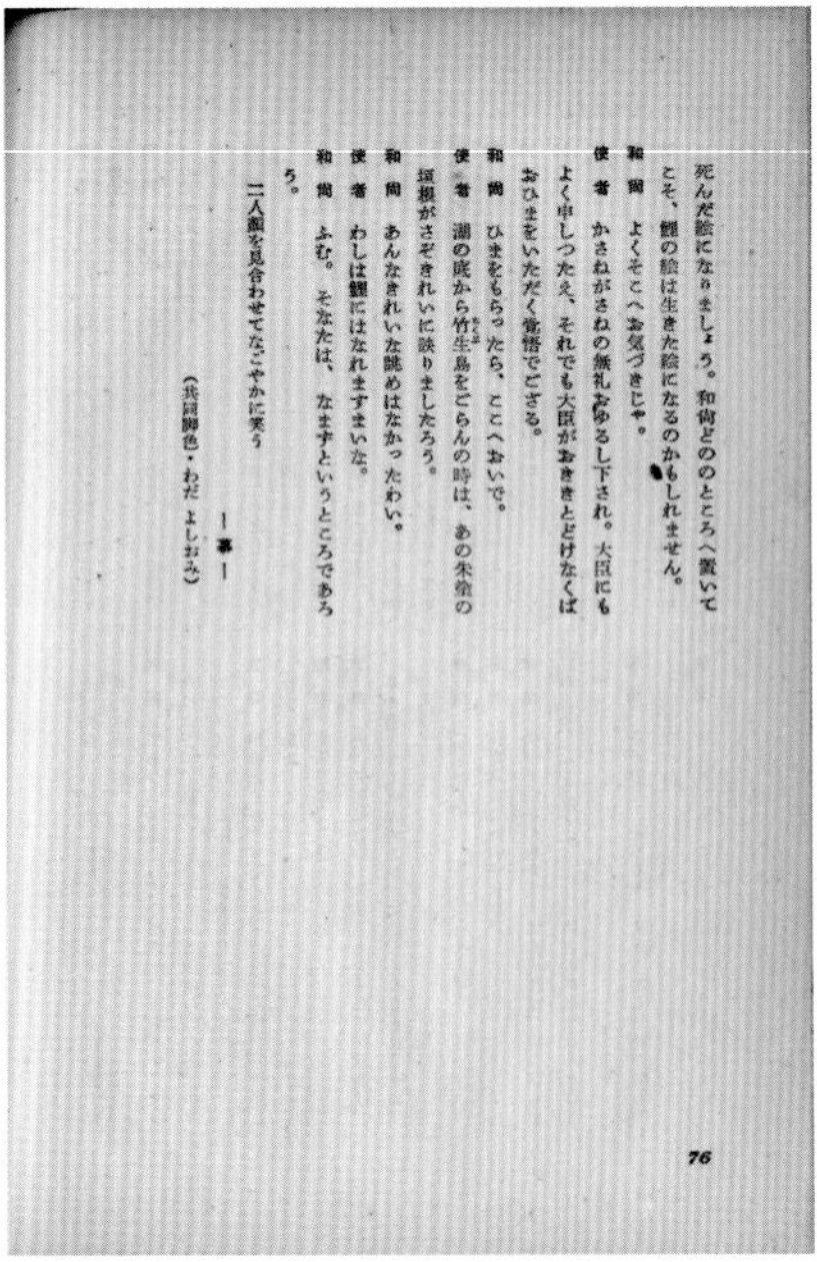
死んだ絵になりましょう。和尚どののところへ置いてこそ、鯉の絵は生きた絵になるのかもしれません。
和尚　よくそこへお気づきじゃ。
使者　かさねがさねの無礼おゆるし下され。大臣にもよく申しつたえ、それでも大臣がおききとどけなくばおひまをいただく覚悟でござる。
和尚　ひまをもらったら、ここへおいで。
使者　湖の底から竹生島をごらんの時は、あの朱塗の垣根がさぞきれいに映りましたろう。
和尚　あんなきれいな眺めはなかったわい。
使者　わしは鯉にはなれますまいな。
和尚　ふむ。そなたは、なまずというところであろう。

二人顔を見合わせてなごやかに笑う

―幕―

（共同脚色・わだよしおみ）

76

写真1e　日本童話劇

単に御紹介し、作品については、各学年向、上演時間、登場人数演出上の主点を書添えました。

上演の際、どんな場合にも作者に、あらかじめ御一報くださることが礼儀と思います。（宮津博）」

三島氏の紹介は、下巻にある。

「三島由紀夫（一九二五―）東京都目黒区緑ヶ丘二三二三
作家。小説「仮面の告白」等。ユニークな作風と堅実な筆致によって、文壇の鬼才と歌われている。

『鯉になった和尚さん』高学年向。四十分。十一人。雨月物語の『夢応の鯉魚』より取材したもの。場面の転換をスムースにして、現実と夢との混交に無理のないよう演出したい」

わだよしおみ氏の紹介は、上巻にある。

「わだ・よしおみ（一九一三―）練馬区東大泉七五八
劇作家。

『よだかの星』中学生向。三十五分。十人。第二場の幕切れのよだかの絶叫を生かすこと。第三場の羽を見つけるところ、窓に輝くふしぎな星を発見するところに主点を置いてほしい」

初版はカバー付であり、後版はカバーがなく、函に入っている。

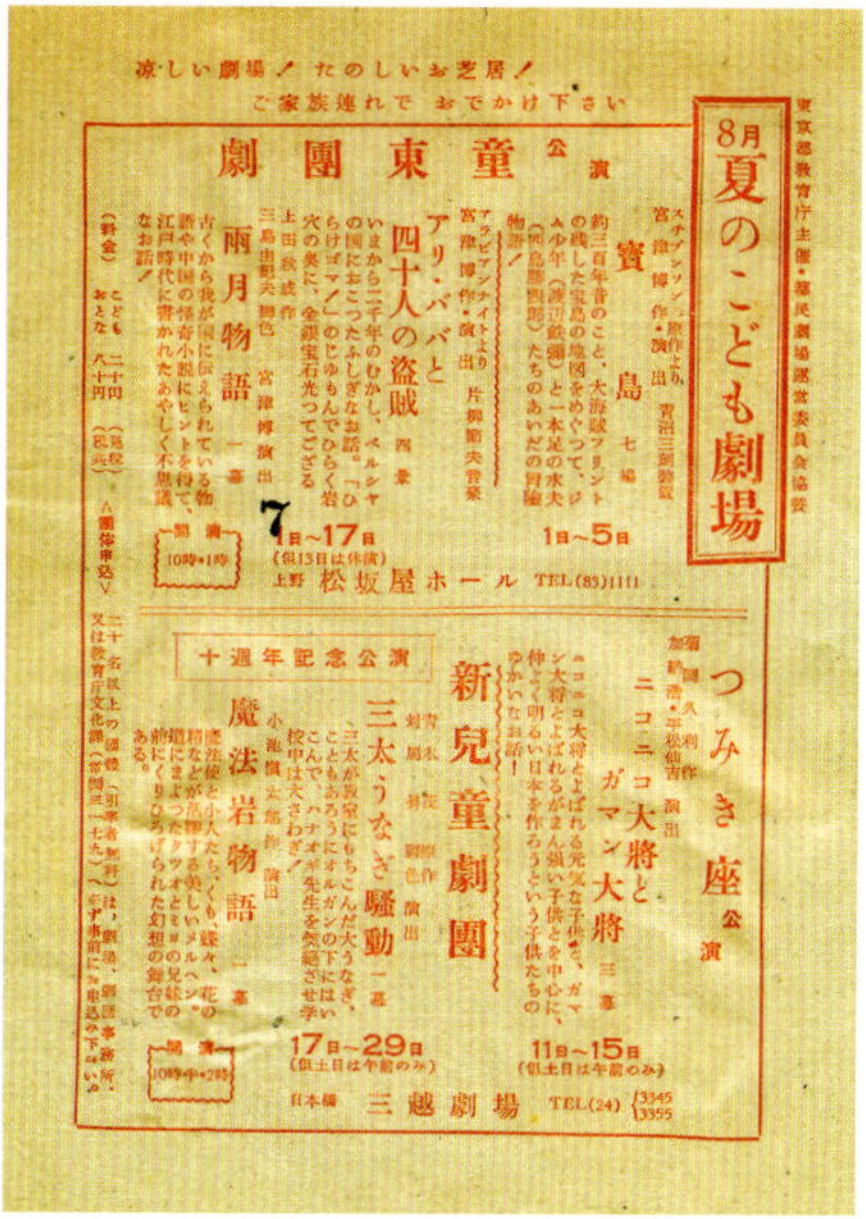

写真2　チラシ

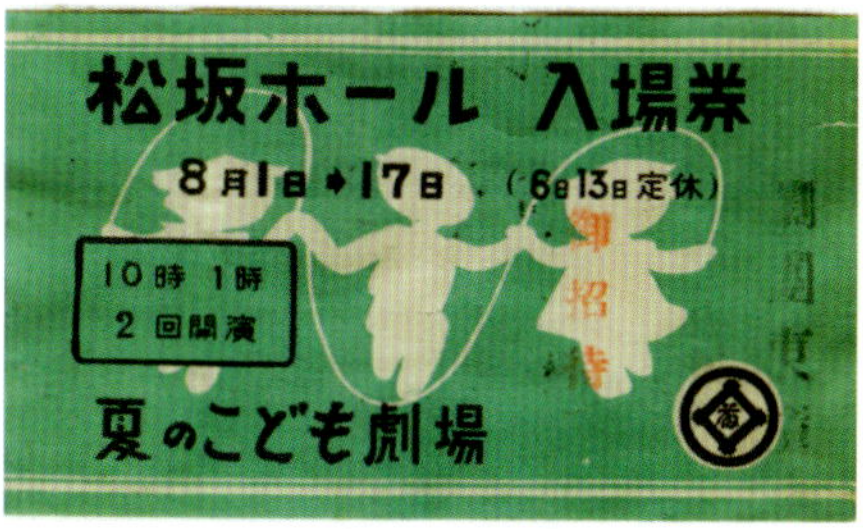

写真3　入場券

チラシ（写真2）

「8月夏のこども劇場」のチラシが残されている。劇団東童の公演は、「宝島」の公演期日が「1日～5日」、「アリ・ババと四十人の盗賊」と「雨月物語」の公演期日が「1日～17日」となっており、いずれかの時点で、「1」の数字の上に「7」の判子が押され、「7日～17日」に変更されている。このチラシでは、「上田秋成作　三島由紀夫脚色　宮津博演出　雨月物語　一幕」「古くから我が国に伝えられている物語や中国の怪奇小説にヒントを得て、江戸時代に書かれたあやしく不思議なお話！」と紹介されている。このチラシは、裏面に他の劇団の7月12日からの観覧希望についても記載されていることから、遅くとも7月12日より前に制作されている。「鯉になった和尚さん」のタイトルと和田義臣氏の名前は掲載されていない。

入場券（写真3）

「アリババと四十人の盗賊」と

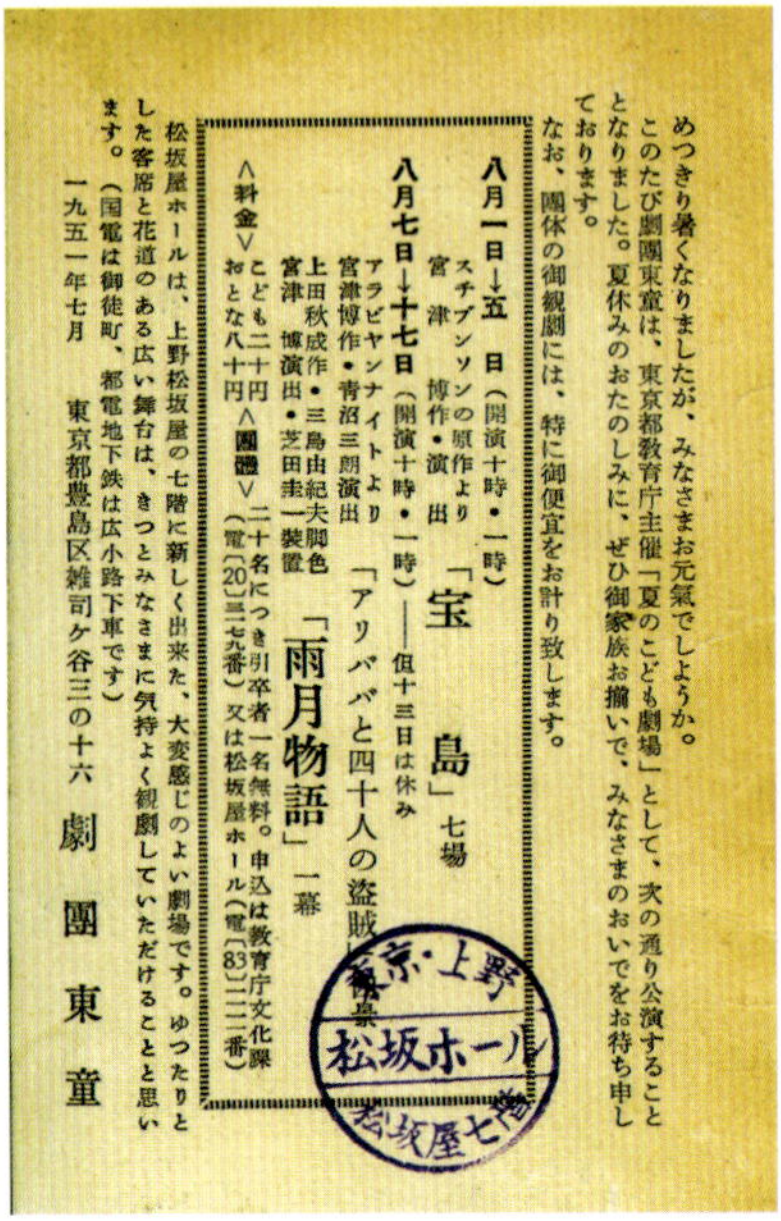
めつきり暑くなりましたが、みなさまお元氣でしようか。
このたび劇團東童は、東京都教育庁主催「夏のこども劇場」として、次の通り公演することとなりました。夏休みのおたのしみに、ぜひ御家族お揃いで、みなさまのおいでをお待ち申しております。
なお、團体の御観劇には、特に御便宜をお計り致します。

八月一日→五　日（開演十時・一時）
スチブンソンの原作より
宮　津　博作・演　出
「宝　島」七場

八月七日→十七日（開演十時・一時）――但十三日は休み
アラビヤンナイトより
宮津博作・青沼三朗演出
「アリババと四十人の盗賊」
上田秋成作・三島由紀夫脚色
宮津　博演出・芝田圭一装置
「雨月物語」一幕

＜料金＞こども二十円　おとな八十円＜團體＞二十名につき引卒者一名無料。申込は教育庁文化課（電〔20〕三一七九番）又は松坂屋ホール（電〔83〕二二二番）

東京・上野　松坂ホール　松坂屋七階

松坂屋ホールは、上野松坂屋の七階に新しく出来た、大変感じのよい劇場です。ゆつたりとした客席と花道のある広い舞台は、きつとみなさまに気持よく観劇していただけることと思います。（国電は御徒町、都電地下鉄は広小路下車です）
一九五一年七月
東京都豊島区雑司ケ谷三の十六　劇　團　東　童

写真4　案内はがき

「雨月物語」の入場券が残されている。「劇団東童」「御招待」の判子が押されている。これは、招待券である。このチケットが作成された時点での、公演期日は「8月1日〜17日」の予定であったことが確認される。

案内はがき（写真4）

「1951年7月」の公演案内はがきが残されている。「アリババと四十人の盗賊」と「雨月物語」の公演期日は、「8月7日〜17日」に訂正されている。このはがきでも、「上田秋成作・三島由紀夫脚色・宮津博演出・芝田圭一装置『雨月物語』一幕」と紹介されている。「鯉になった和尚さん」のタイトルと和田義臣氏の名前は掲載されていない。7月の時点で、初演の日時を6日間遅らせたことが確認された。

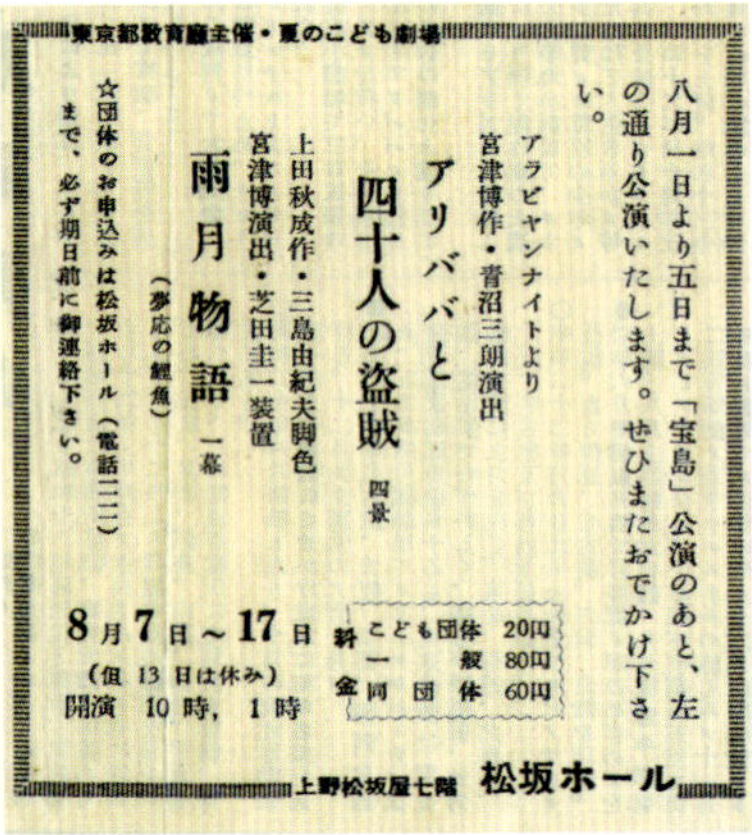
東京都教育廳主催・夏のこども劇場

八月一日より五日まで「宝島」公演のあと、左の通り公演いたします。ぜひまたおでかけ下さい。

アラビヤンナイトより
宮津博作・青沼三朗演出
アリババと四十人の盗賊　四景

上田秋成作・三島由紀夫脚色
宮津博演出・芝田圭一装置
雨月物語　一幕
（夢応の鯉魚）

☆団体のお申込みは松坂ホール（電話二二二）まで、必ず期日前に御連絡下さい。

8月7日〜17日
（但 13 日は休み）
開演　10 時，1 時

料金　こども団体	20円
一　般	80円
同　団　体	60円

上野松坂屋七階　松坂ホール

写真5　公演案内

劇団東童公演「宝島」パンフレット

このパンフレットには、「夏のこども劇場」の案内（写真5）が掲載されている。「八月一日より五日まで『宝島』公演のあと、左の通り公演いたします。ぜひまたおでかけ下さい」とある。「上田秋成作・三島由紀夫脚色・宮津博演出・芝田圭一装置『雨月物語』一幕（夢応の鯉魚）」とあり、「雨月物語」のなかから「夢応の鯉魚」が選ばれたことが明らかになった。公演期日は、「8月7日〜17日」となっている。「鯉になった和尚さん」のタイトルと共同脚色の和田義臣氏の名前は掲載されていない。

劇団東童公演「アリババと四十人の盗賊」「雨月物語」（鯉になった和尚さん）パンフレット（写真6a・b）

このパンフレットには、「上田秋成原作『夢応の鯉魚』より三

劇團東童公演

アリババと四十人の盗賊　四景

雨月物語（鯉になった和尚さん）　一幕

—— 寫眞　中央盗賊のかしら・その左アリババ ——

演技部
西島悌四郎　角田富江　立川恵三　重森孝司
名越宏彦　新井房江　堀口紀孝　納谷悟朗
増淵一夫　谷梨恵子　田村かとり　仲与志一　佐竹敏夫　椎木玲子　川又吉一　芳村華子
荘司美代子　市村稔　鈴木清子　渡辺鉄弥　原口俊治
小林町子　塚田一成　内藤政市　岡千恵　遠藤敏行　東海林厚子　西島誠之

文芸演出部
宮津博　芝田圭一　青沼三朗　大森茂　田島義雄　片柳節夫　和田順一　鈴木日出夫　貴司圭子　阿貴良一

写真6a　劇団東童　鯉になった和尚さん・パンフレット

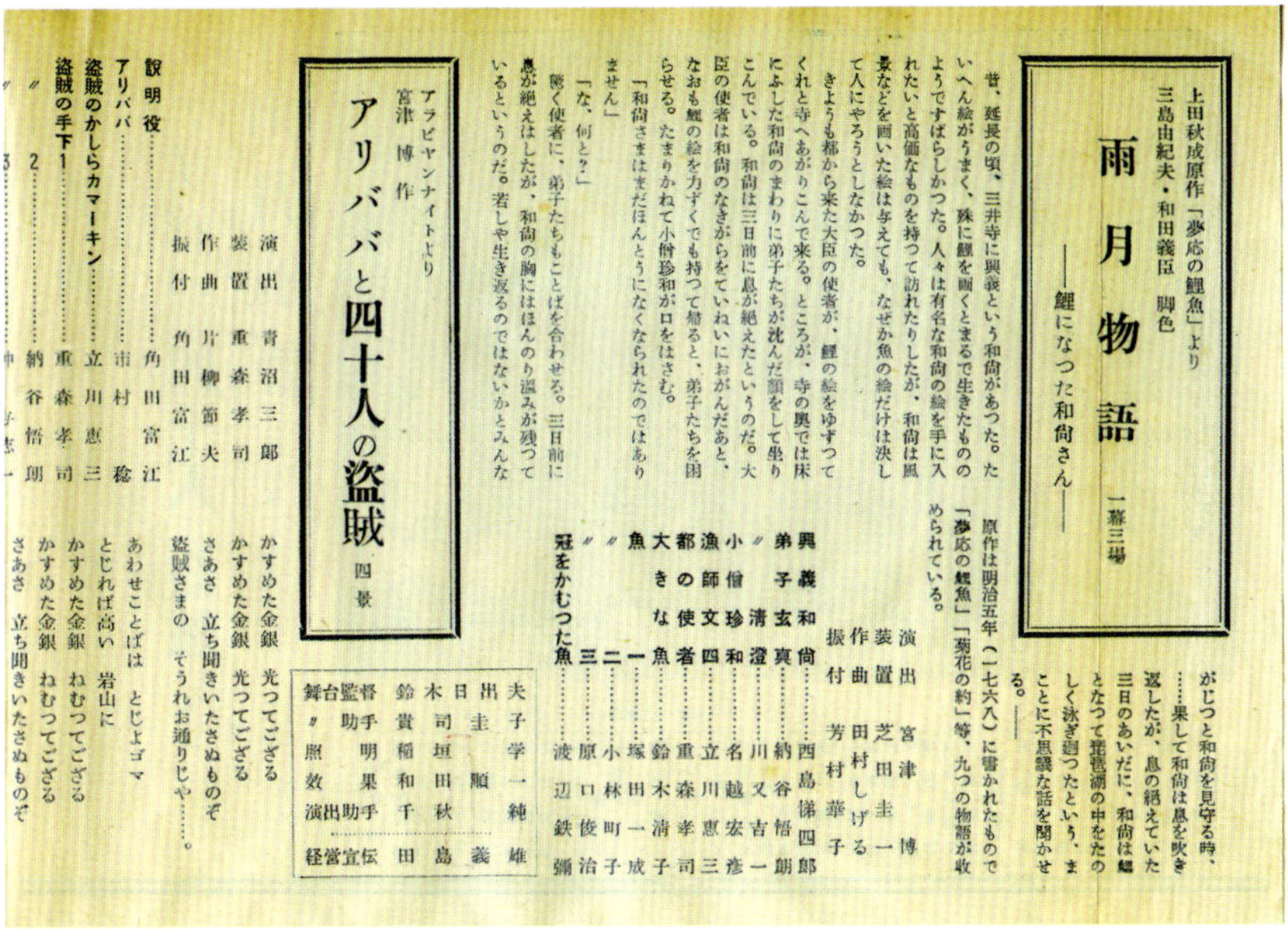

上田秋成原作「夢応の鯉魚」より
三島由紀夫・和田義臣　脚色

雨月物語　一幕三場

——鯉になつた和尚さん——

昔、延長の頃、三井寺に興義という和尚があつた。たいへん絵がうまく、殊に鯉を画くとまるで生きたもののようですばらしかつた。人々は有名な和尚の絵を手に入れたいと高価なものを持つて訪れたりしたが、和尚は風景などを画いた絵は与えても、なぜか魚の絵だけは決して人にやろうとしなかつた。

きようも都から来た大臣の使者が、鯉の絵をゆずつてくれと寺へあがりこんで来る。ところが、寺の奥では床にふした和尚のまわりに弟子たちが沈んだ顔をして坐りこんでいる。和尚は三日前に息が絶えたというのだ。大臣の使者は和尚のなきがらをていねいにおがんだあと、なおも鯉の絵を力ずくでも持つて帰ると、弟子たちを困らせる。たまりかねて小僧珍和が口をはさむ。

「和尚さまはまだほんとうになくなられたのではありません」

「な、何と？」

驚く使者に、弟子たちもことばを合わせる。三日前に息が絶えはしたが、和尚の胸にはほんのり温みが残つているというのだ。若しや生き返るのではないかとみんながじつと和尚を見守る時、……果して和尚は息を吹き返したが、息の絶えていた三日のあいだに、和尚は鯉となつて琵琶湖の中をたのしく泳ぎ廻つたという、まことに不思議な話を聞かせる。——

原作は明治五年（一七六八）に書かれたもので「夢応の鯉魚」「菊花の約」等、九つの物語が収められている。

演出　宮津博
装置　芝田圭一
作曲　田村しげる
振付　芳村華子

興義和尚……西島悌四郎
弟子玄真……納谷悟朗
〃　清澄……川又吉一
小僧珍和……名越宏彦
漁師文四……立川恵三
都の使者……重森孝司
大きな魚……鈴木清子
魚　一……塚田一成
〃　二……小林町子
〃　三……原口俊治
冠をかむつた魚……渡辺鉄彌

アラビヤンナイトより
宮津博作

アリババと四十人の盗賊　四景

演出　青沼三郎
装置　重森孝司
作曲　片柳節夫
振付　角田富江

説明役……角田富江
アリババ……市村稔
盗賊のかしらカマーキン……立川恵三
盗賊の手下1……重森孝司
〃　2……納谷悟朗
〃　3……仲与志一

かすめた金銀　光つてござる
かすめた金銀　光つてござる
さあさ　立ち聞きいたさぬものぞ
盗賊さまの　そうれお通りじや……。

あわせことばは　とじよゴマ
とじれば高い　岩山に
かすめた金銀　ねむつてござる
かすめた金銀　ねむつてござる
さあさ　立ち聞きいたさぬものぞ

舞台監督　鈴木日出夫
〃助手　貴司圭子
照明　稲垣学
効果　和田順一
演出助手　千秋純

経営宣伝　田島義雄

写真6b　劇団東童　鯉になった和尚さん・パンフレット

島由紀夫・和田義臣脚色　雨月物語　一幕三場―鯉になった和尚さん―」と記載されている。

「演出　宮津　博
装置　芝田圭一
作曲　田村しげる
振付　芳村華子」

配役は、

「興義和尚……西島悌四郎
弟子玄真……納谷悟朗
弟子清澄……川又吉一
小僧珍和……名越宏彦
漁師文四……立川恵三
都の使者……重森孝司
大きな魚……鈴木清子
魚　一……塚田一成
魚　二……小林町子
魚　三……原口俊治
冠をかむった魚……渡辺鉄彌」

であった。このパンフレットで初めて、「鯉になった和尚さん」のタイトルが確認され、また共同脚色の「和田義臣」の名前が明らかになった。

次回作「ドン・キホーテ」の公演案内（写真7）

次回作の公演案内が残されている。「劇団東童はただいま、東京都教育庁主催による『夏のこども劇場』として、上野松坂屋七階松坂ホールにて『アリババと四十人の盗賊』及び『雨月物語（鯉になった和尚さん）』の二本を上演中でございますが、好評のため十九日まで続演いたすことになりました」と記されている。この公演案内により、「鯉になった和尚さん」の公演期間が「8月7日～19日」であることが確認された。

また、昭和26年8月10日、朝日新聞夕刊に公演期間は「17日まで」となっているが、昭和26年8月12日、内外タイムスには、公演期間は「19日まで」となっており、この頃に続演が決められたことが示唆された。

写　真（写真8a・b・c・d・e）

昭和26年8月、上野松坂屋ホールの劇団東童公演「鯉になった和尚さん」の写真5葉が確認された。写真8aは、第2場の琵琶

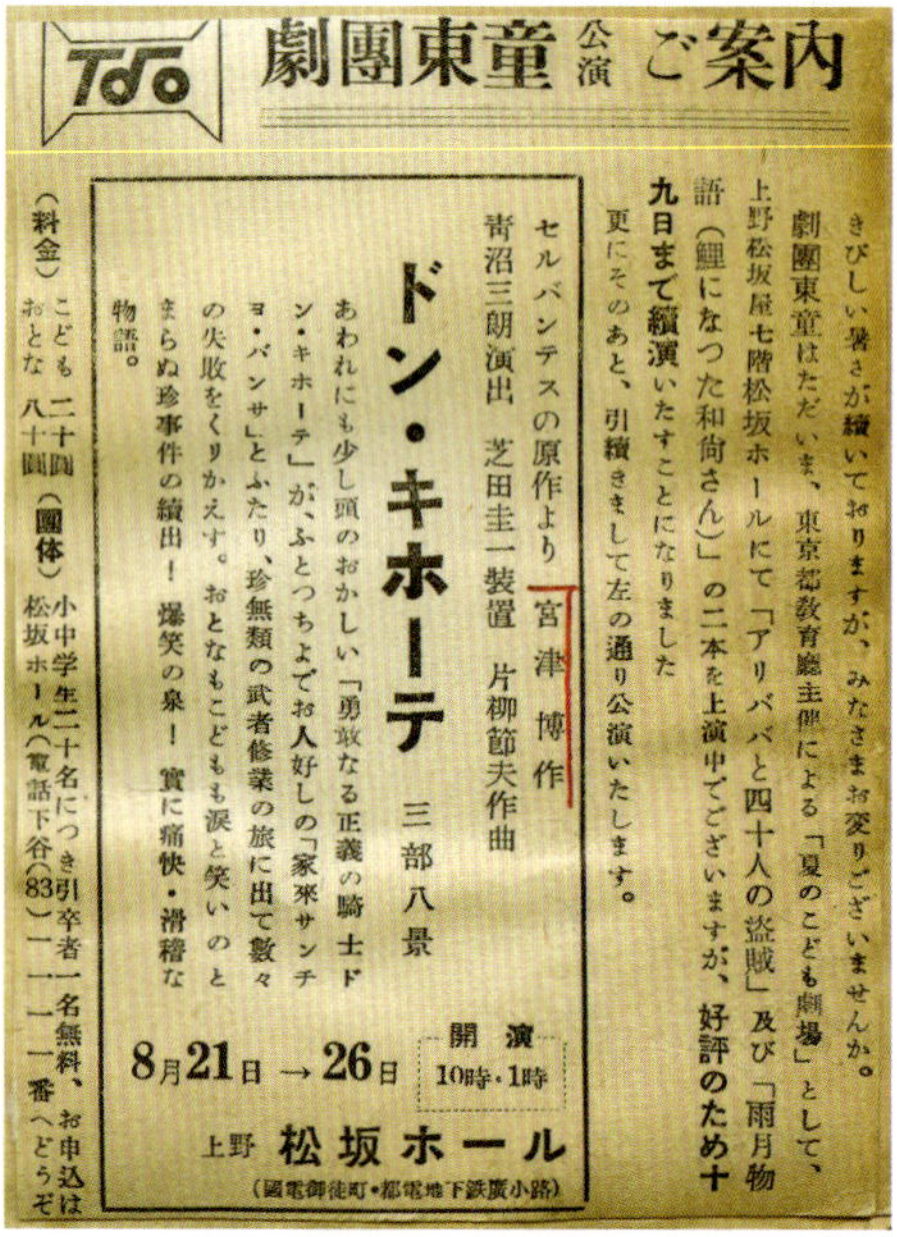
TDO
劇團東童　公演　ご案内

きびしい暑さが續いておりますが、みなさまお変りございませんか。
劇團東童はただいま、東京都教育廳主催による「夏のこども劇場」として、上野松坂屋七階松坂ホールにて「アリババと四十人の盜賊」及び「雨月物語（鯉になつた和尚さん）」の二本を上演中でございますが、好評のため十九日まで續演いたすことになりました
更にそのあと、引續きまして左の通り公演いたします。

セルバンテスの原作より　宮津博作
靑沼三朗演出　芝田圭一裝置　片柳節夫作曲

ドン・キホーテ　三部八景

あわれにも少し頭のおかしい「勇敢なる正義の騎士ドン・キホーテ」が、ふとつちよでお人好しの「家來サンチヨ・パンサ」とふたり、珍無類の武者修業の旅に出て數々の失敗をくりかえす。おとなもこどもも涙と笑いのとまらぬ珍事件の續出！　爆笑の泉！　實に痛快・滑稽な物語。

8月21日→26日　開演 10時・1時

上野　松坂ホール
（國電御徒町・都電地下鉄廣小路）

（料金）こども　二十圓　おとな　八十圓（團体）小中学生二十名につき引卒者一名無料、お申込は松坂ホール（電話下谷(83)一一一一番）へどうぞ

写真7　公演案内

写真8a　第2場・琵琶湖の底の場

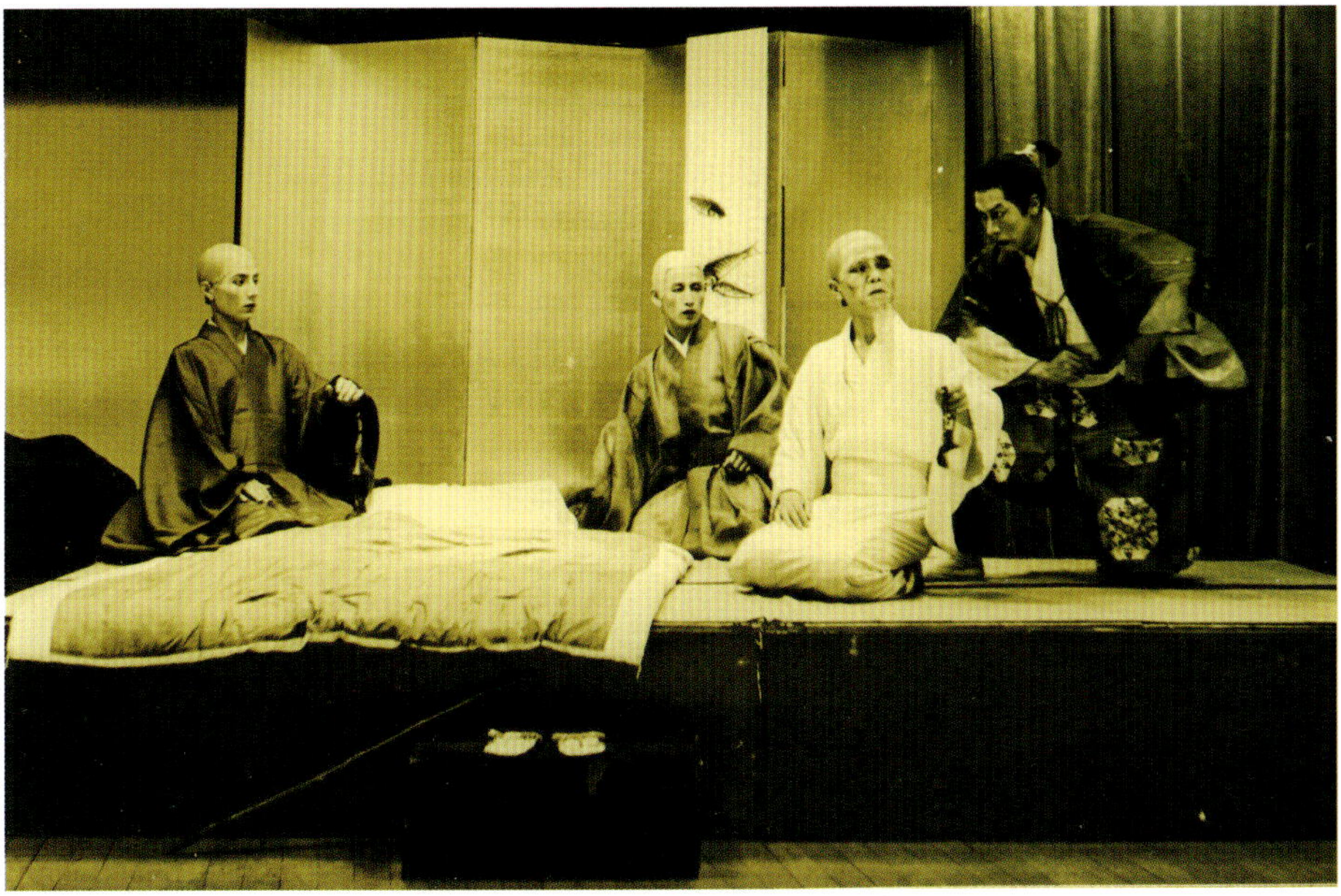

写真8b　第3場・和尚が生き返る場面

写真８c　第３場・興義和尚が漁師文四と話す場面

写真８e　都の使者

写真８d　興義和尚

湖の底の場で、興義和尚（西島悌四郎）、冠をかむった魚（渡辺鉄彌）、魚たち（小林町子、原口俊治、鈴木清子、塚田一成）が写っている。写真8bは、第3場の和尚が生き返える場面で、都の使者（重森孝司）、興義和尚（西島悌四郎）、弟子清澄（川又吉一）、弟子玄真（納谷悟朗）が写っている。写真8cは、興義和尚が漁師文四と話す場面で、興義和尚の他に、弟子清澄（川又吉一）、弟子玄真（納谷悟朗）、漁師文四（立川恵三）、小僧珍和（名越宏彦）が写っている。これは、「日本童話劇」にも掲載されたものである。写真8dは、興義和尚の西島悌四郎であり、写真8eは、都の使者の重森孝司である。

原稿（写真9a・b・c・d・e・f）

原稿は全21枚で、1枚目（写真9a）から14枚目（写真9b）までと19枚目（写真9d）は、200字詰原稿用紙が使われている。1枚目から14枚目まではペン書きであり、19枚目は鉛筆書きである。この原稿は和田氏の自筆である。15枚目（写真9c）から18枚目と20枚目（写真9e）、21枚目（写真9f）の6枚は、400字詰原稿用紙が使われている。この原稿は三島氏の自筆である。また、和田氏の原稿の各所に三島氏の筆跡による改訂が確認された。（写真9b）

原稿の1枚目（写真9a）右下に「案　三島由紀夫　脚色　和田義臣」と書いてあり、この内「案」「脚色　和田義臣」の部分が赤の棒線で消され、「三島由紀夫」だけが残っている。

原稿は200字詰と400字詰の2種類が使用されているが、これを200字詰に換算すると、和田氏が15枚、三島氏が11枚分であった。

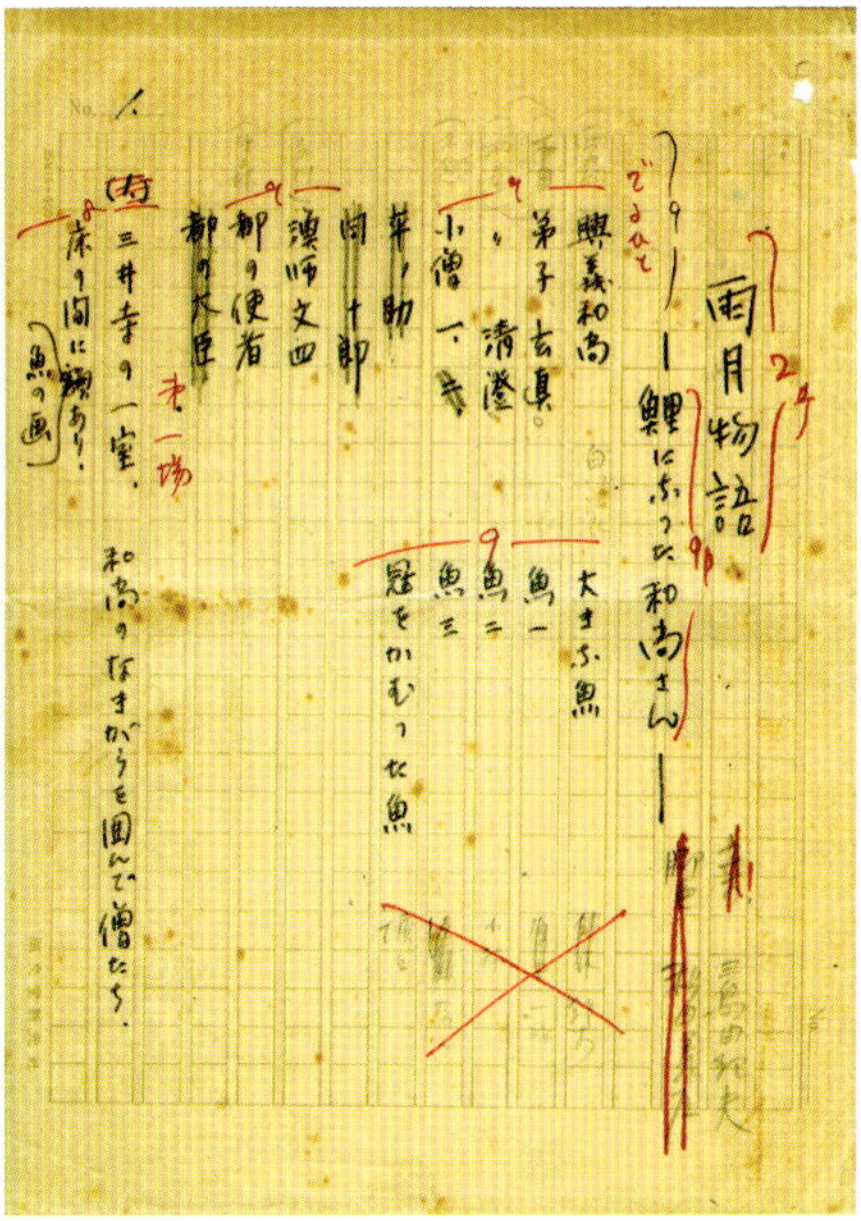

写真9a　原稿1枚目　和田義臣自筆原稿

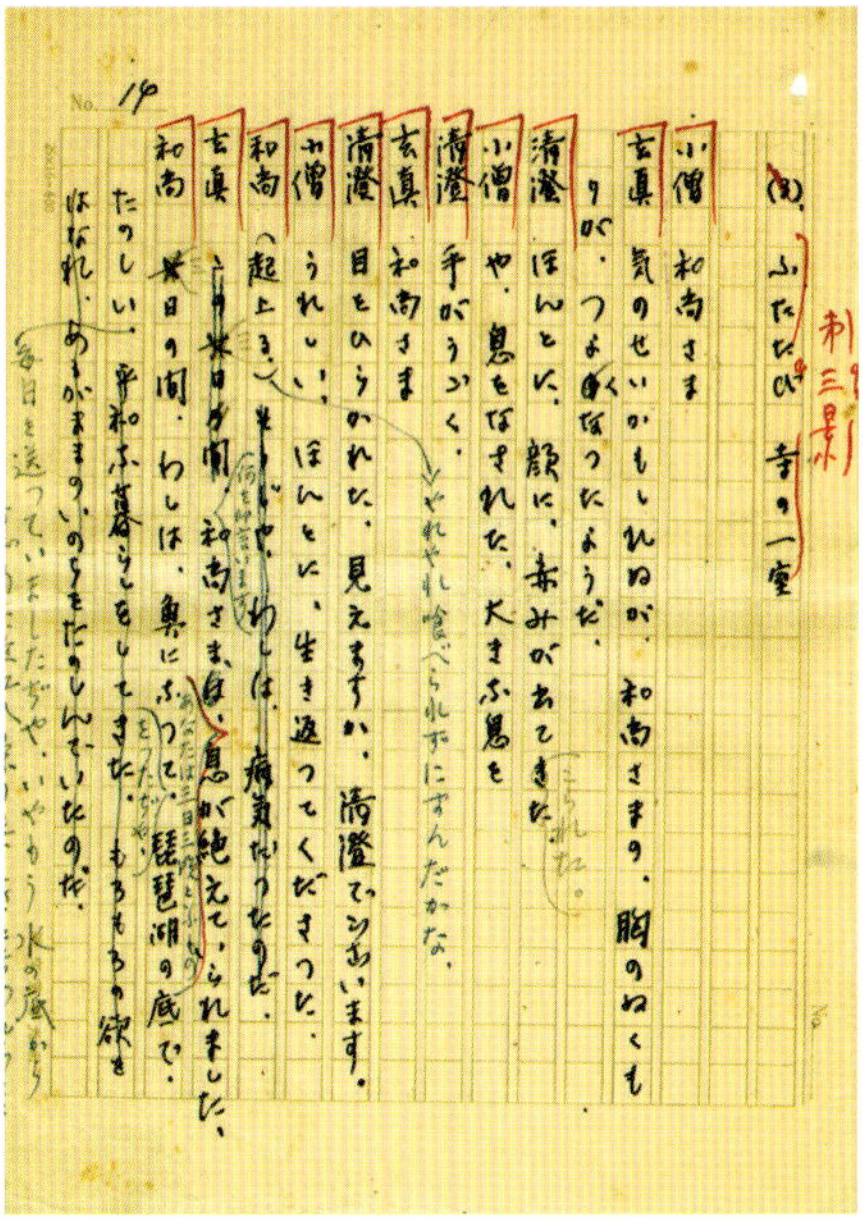

写真9b　原稿14枚目　和田義臣自筆原稿

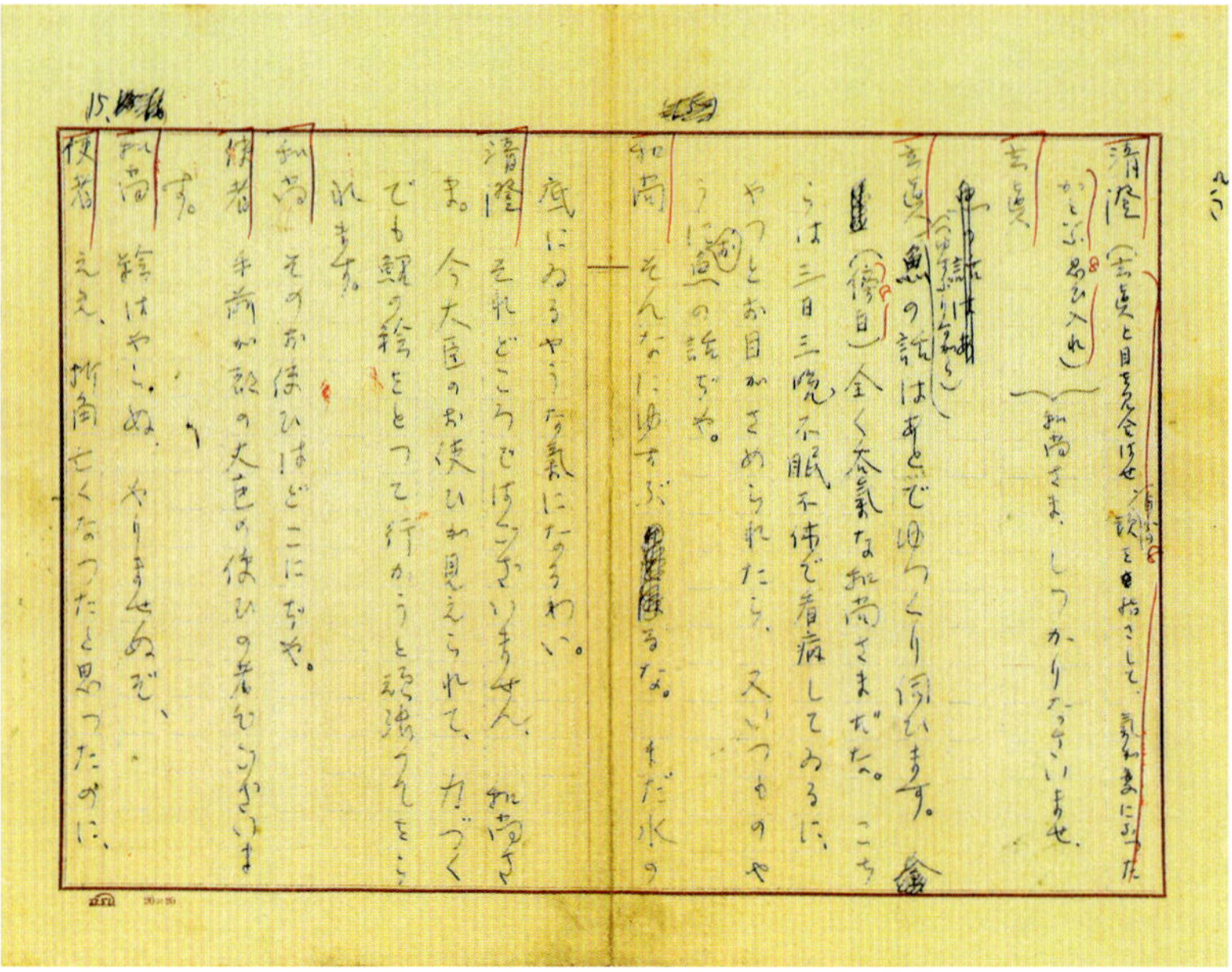

写真９c　原稿15枚目　三島由紀夫自筆原稿

単に、前半を和田氏が、後半を三島氏が担当したのでないことは、19枚目の原稿を和田氏が書いていることで確認できる。この原稿の左上には「生き」と書き込みがある。三島氏の改訂は2枚目から始まっている。特に14枚目は訂正箇所が多く、文章をすべて書き換えている箇所もある。三島氏が他人の原稿をどのように変えたかという事例は、稀な事例であり興味深い。和田氏の原稿を三島氏がどのように改訂したのかを明らかにするために、決定版三島由紀夫全集、日本童話劇、生原稿を校合した。現在入手できるテキストは、決定版三島由紀夫全集であるため、第25巻の頁数と行数を提示し校合した。決定版三島由紀夫全集を「A」、日本童話劇を「B」、三島由紀夫の原稿または改訂を「C」、和田義臣の原稿を「D」と表示した。

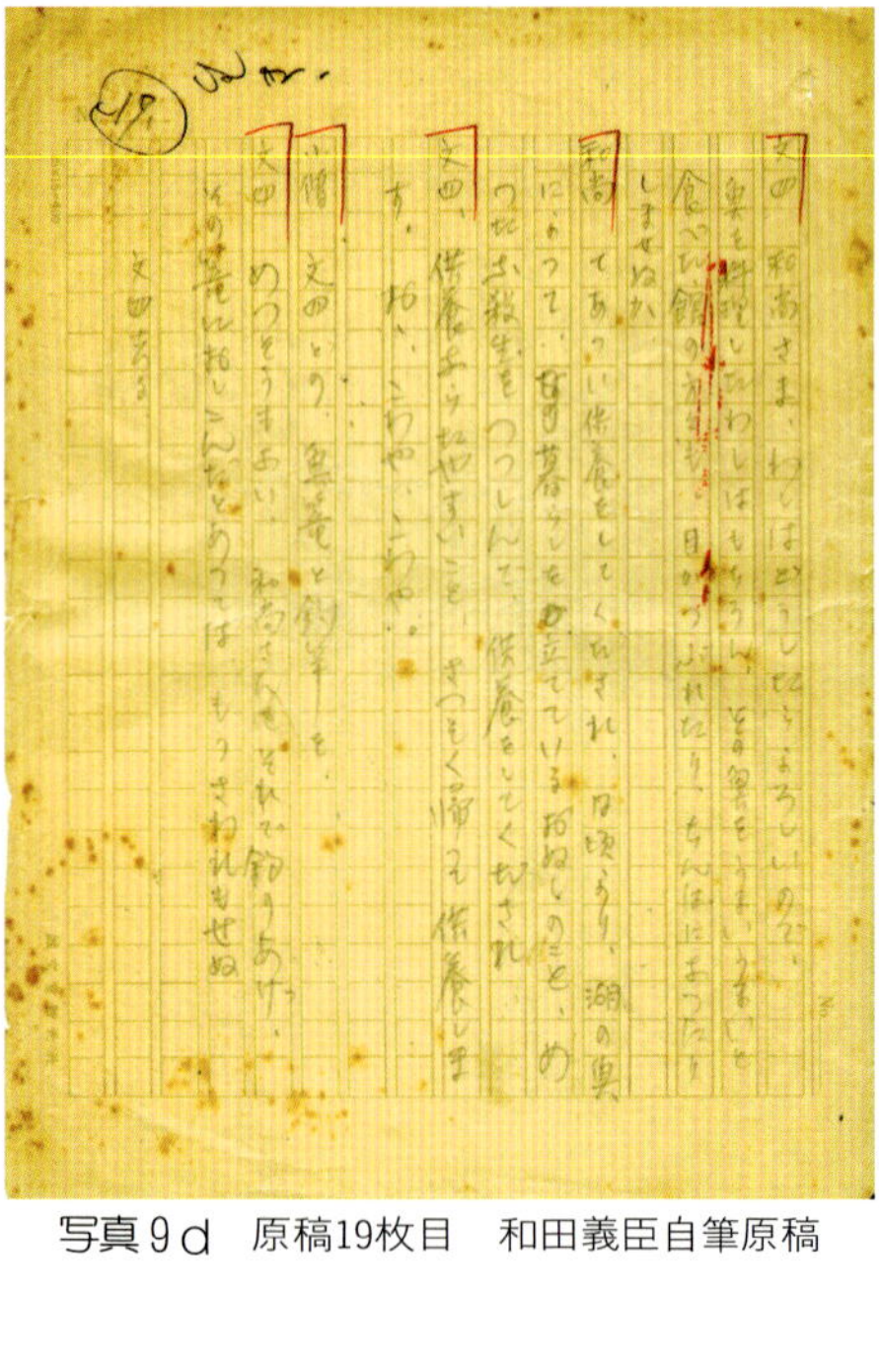

写真９d　原稿19枚目　和田義臣自筆原稿

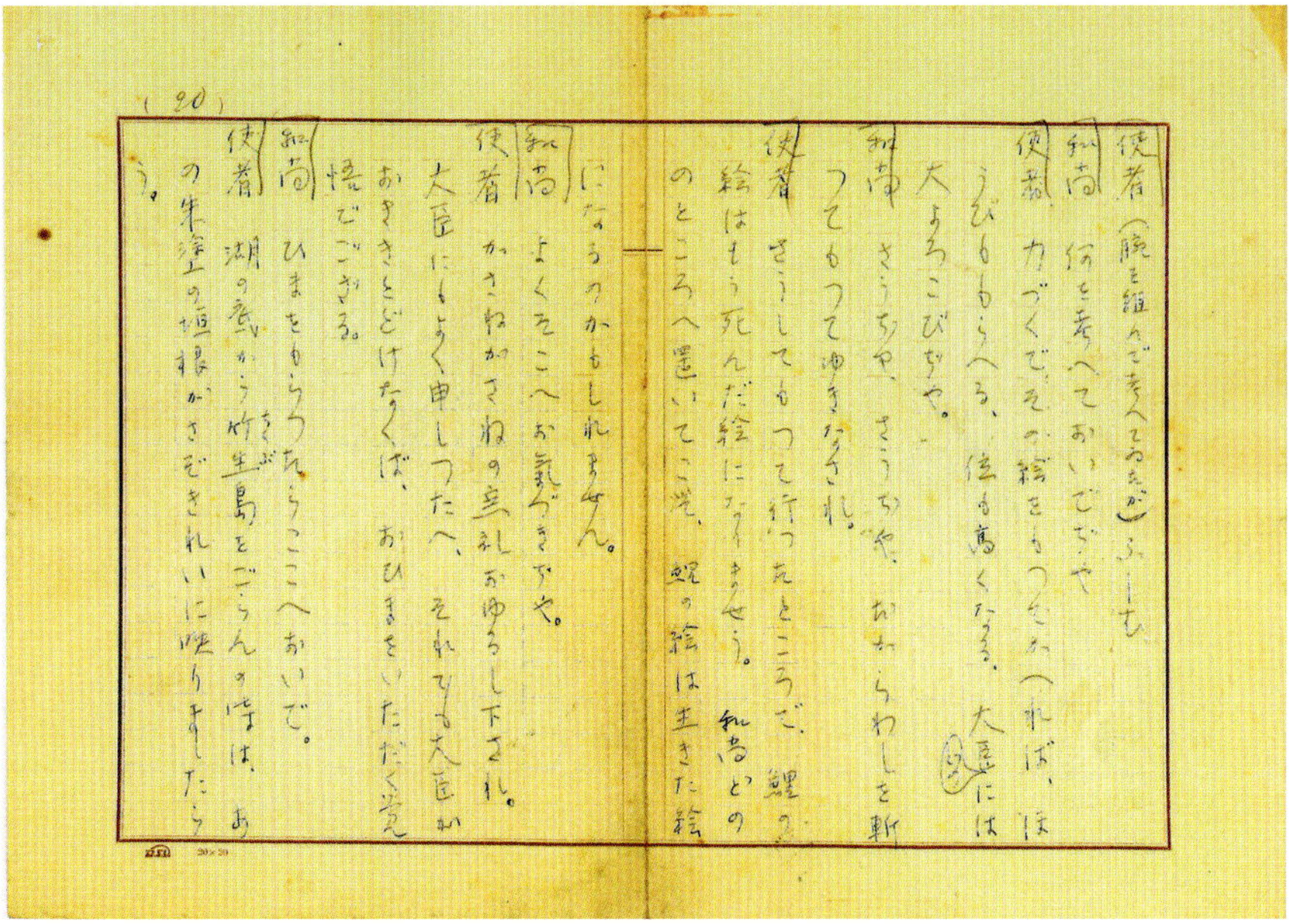

（20）

使者（腕を組んで考へてゐたが）ふーむ

和尚　何を考へておいでぢや

使者　力づくでその絵をもつてかへれば、ほうびももらへる、位も高くなる。大臣にはよろこびぢや。

和尚　さうぢや、さうぢや、おわらわしを斬つてもつてゆきなされ。

使者　さうしてもつて行つたところで、鯉の絵はもう死んだ絵になりませう。和尚どののところへ置いてこそ、鯉の絵は生きた絵になるのかもしれません。

和尚　よくそこへお気づきぢや。

使者　かさねがさねの無礼おゆるし下され。それでも大臣がおききとどけなくば、おひまをいただく覚悟でござる。

和尚　ひまをもらつたらここへおいで。

使者　湖の底から竹生島《ちくぶ》をごらんの時は、あの朱塗の垣根がさぞきれいに映りましたらう。

写真９ｅ　原稿20枚目　三島由紀夫自筆原稿

（21.）

和尚　あんなきれいな眺めはなかつたわい。

使者　わしは鯉にはなれますまいな。

和尚　ふむ。そなたは、なまずといふところであらう。

（二人顔を見合せてなごやかに笑ふ）

—幕—

写真９ｆ　原稿21枚目　三島由紀夫自筆原稿

校訂

頁 行

746 上4 清澄 A
弟子清澄 B=D
746 上5 小僧珍和 A
珍和 B
小僧一 D
746 下3 珍和 A=B
小僧 D
746 下4 それなら A=B=C
それでは D
746 下4 お弟子でも A=B=C
一のお弟子なりと D
746 下5 お方でも A=B=C
お方なりと D
746 下5 どなたでもいいから A=B=C
どなたでも D
746 下11 お使ひといふなら A
お使いといふなら B=C
お使いとなら D
746 下14 風景をゑがいた絵なら誰にでもおやりになったが、魚を描いた絵だけは、決して人にやろうとなさらない。その魚の絵がまた、和尚さまの名作なのぢや A=B
風景をゑがいた画なら誰にでもおやりになったが、魚を描いた画だけは、決して人にやろうとなさらない。その魚の絵がまた、和尚さまの名作なのぢや C
花鳥山水の画は、誰にでも賜ったが、魚を描かれた画だけは、何によらず、だれといわず、ひとにわかつことはなさらなかった D
747 上4 和尚さまはいつもいうてをられました。A
和尚さまはいつもいっておられました B
和尚さまはいつもいっておられました C
(和田原稿にはない)
747 上4 これは魚の絵ではない、わしの養うてゐる魚だから、生きものを殺めたり食うたりする人にはやるわけにはゆかぬ A
これは魚の絵ではない、わしの養うている魚だから、生きものを殺めたり食うたりする人にはやるわけにはゆかぬ B
これは魚の画ではない。わしの養うている魚だから、生きものを殺めたり食うたりする人にはやるわけにはゆかぬ C
(和田原稿にはない)
747 上7 ところが A=B=C
(和田原稿にはない)
747 上9 ござりました A=B=C
ござったわい D
747 上15 御病気 A=B=C
病気 D

747上19　大臣どのには　A＝B＝C
大臣どのは　D
747下20　絵がことのほかお気に召し　A＝B
画がことのほかお気に召し　C
画をことのほか愛し　D
747下4　うんとおっしゃらなかったのに　A＝B＝C
承諾されなかったのに　D
747下13　画面からとび出しさうだなあ　A＝C
画面からとび出しそうだなあ　B
生々として命あるようだ　D
747下13　こんなところへおいておくのは全く勿体ない。
A＝B＝C
その絵をわたしてくだされば、　D
747下15　宝とでも代へようといはれるのだ、大臣は。　A
宝とでも代えようといわれるのだ、大臣は。　B
宝とでも代えようといわれるのだ。大臣は。　C
宝とも代えようといわれるのだ。　D
747下20　といふ命令であったぞ　A＝C
という命令であったぞ　B
わしは命令されたのだ　D
748下4　興義和尚、水のなかをさまよひ出る。　A
興義和尚、水のなかをさまよい出る。　B
興義和尚　水のなかをさまよい出る。　C
（和田原稿にはない）
748下5　魚の歌がきこえる。　A＝B＝C
（和田原稿にはない）

748下6　泳いでくる　A＝B＝C
泳いでいる　D
748下6　和尚岩かげにうづくまる。　A
和尚岩かげにうずくまる。　B＝C
（和田原稿にはない）
748下15　わたしたち　A＝B＝C
わしたち　D
750上1　大歓迎でございます　A＝B＝C
やさしいことでございます　D
750上15　魚の長者、和尚を魚にする　A＝B＝C
（和田原稿にはない）
751上16　こられた　A＝B＝C
きた　D
751下4　やれやれ喰べられずにすんだかな　A＝B＝C
そうじゃ。わしは、病気だったのだ　D
751下5　何を仰言います、和尚さま。あなたは三日三晩
といふもの　A
何を仰言います和尚さま、あなたは三日三晩と
いうもの　B
何を仰言います和尚さま、あなたは三日三晩と
いふもの　C
この七日の間、和尚さまは、　D
751下7　三　A＝B＝C
七　D
751下7　魚になってをったのぢや。　A
魚になっておったのじゃ。　B

魚になってをったぢゃ。　C
魚になって、　D

751下8　毎日を送ってゐましたぢゃ。いやもう水の底からながめた近江八景の美しさといったら……A
毎日を送っていましたじゃ。いやもう水の底からながめた近江八景の美しさといったら……B
毎日を送っていましたぢゃ。いやもう水の底からながめた近江八景の美しさと云ったら……C
平和な暮らしをしてきた。もろもろの欲をはなれ、あるがままのいのちをたのしんでいたのだ。　D

751下14　玄真　和尚さま、しっかりなさいませ。　C
（日本童話劇、決定版三島由紀夫全集では、削除されている）

754上10　なまづ　A
なまず　B＝C

746上1から751下10は和田原稿で、三島氏の校正が入っている。
751下11から753上17は三島原稿、753上18から753下10は和田原稿、753下11から754上13は三島原稿である。

三島氏は何故、共同脚色したのか

公演案内はがき、プログラム等を参考にして、公演までの流れを検証してみる。三島由紀夫脚色の「雨月物語」の公演予定は、昭和26年8月1日から8月17日であった（写真2）。しかし、いずれかの時点で8月1日に初日を迎えることが不可能となり、初日を6日遅らせて8月7日とに変更した（写真4）。「宝島」のプログラムには、「夢応の鯉魚」のタイトルが掲載され、「雨月物語」の中から「夢応の鯉魚」が選ばれたことが確認された（写真5）。この頃までは、「三島由紀夫脚色　雨月物語」となっており、和田義臣氏の名前はどこにも出てこない。

しかし、最終的に「鯉になった和尚さん」のプログラムが作成される時になって、何らかの理由により和田義臣氏との共同脚色になった（写真6）。

この公演初日までに何があったのか、その経緯を以下の四つの資料を基に検証する。

①　東童会通信（1989年）
②　和田義臣氏談話（1998年）
③　和田義臣氏のインタビュー（1999年）
④　和田義臣氏のインタビュー（2000年）

東童会通信　No. 1（1989年）（写真10）

三島氏は何故、共同脚色したのか、その経緯について活字として公にされた資料に、「東童会通信　No.1」（1989年5月20日発行）がある。

「わだよしおみ」の項に、「昭和24年でしたか、宮津さんと知り合いまして、その宮津さんが困った顔で『公演が迫っているのに脚本ができない。三島由紀夫に頼んだんだが、伊豆へ行ってしまって音沙汰ないんだ』と言うんです。『それじゃピンチヒッターで書くか』と言って一晩で書いたのが上田秋成の『雨月物語』でした」とある。

1
1989年5月20日（土）発行
東童会通信
NO. 1
発行・
東童会事務局
連絡先・　（〒158）
世田谷区上用賀1－26－5
重森孝　方
（Tel.03-707-1977）

昭和最期の日、
第12回東童会開催！

1989年1月7日（土）午後4時から7時まで、2年ぶりの東童会を開くことが決まっていました。会場は初めての吉祥寺、ベル・エポック。前年末から年頭にかけて、会員、会友の方々から出欠の知らせが続々と事務局に届いていました。「2年ぶりに会える！」という喜びが、ハガキに書き添えられた文面にも溢れているようでした。
そして、1月7日――選りに選って当日の早朝、昭和天皇が亡くなったというニュースが伝えられました。東童会の開催を危ぶむ問い合わせの電話が二、三の会員からかかってきましたが、午後3時過ぎには参加者が次々に会場へ姿を現し始めました。「おい、歴史的な東童会になったじゃないか」と誰かが言い、「うん」と誰かが答えました。ともかく、そうして第12回東童会は、多少の感慨をこめて、しかし何事もなく始まりました。会場側の申し出で、唄を歌うのだけは「自粛」することになりましたが、参加予定者は殆ど全員が顔を揃え、会は賑やかに盛り上がったのでした。
＊　＊　＊　＊　＊
■当日の参加者は次の通りです。（署名順）
＜会員＞宮津　博、西島悌四郎、奥村一夫、重森　孝、鈴木英二、西島誠之、青沼三朗、渡辺　博、水谷達夫、納谷悟朗、川又吉一、下田史郎、小林敏子、立川恵三、堀田祐一、久野四郎、八田昌司、名越宏彦、岡本　丈、宮野愛子、渡部真吾樹、松本静子、渡辺妙子、横山昌良、柴英三郎、片桐昭彦、森田健一、石川杏子、相羽源次郎、塚田芳子、清水利章。
＜会友＞みよしじろう、照生　貴、孫福剛久、小林　秋、對馬　昇、松下　朗、寺町宏真、わだよしおみ、三戸森鳳治。
＜ご招待＞山岸敏子、友納暁美、勝見弘三、高尾明彦。
（以上　44名・敬称略）
■主な発言は、次の頁以降でご紹介します。

写真10　東童会通信No. 1

和田義臣氏談話（1998年）

1998年8月23日、恵比寿エコー劇場で行われた「宮津博さんを偲ぶ会」での、和田義臣氏85歳の談話の抜粋である。

「（略）戦争が終わって、私は（略）出版編集者になりました。そこへ、昭和二十五年でした。戦後、非常に子どもの劇が盛んになって（略）永井鱗太郎と宮津博と、この二人の監修で児童劇集を（略）出しまして、思いがけない売れ行きでした。

では、つづく第二集を出そうという話をしているときに、それは翌年の二十六年です。『困った、困った』と宮津さんが言うのです。『なんで困ったんだ』と言いますと『三島由紀夫に、今度松坂屋ホールで上演する予定の脚本を頼んでいたのに、まだ出来てこないんだ。初日は後七日か八日に迫っちゃってるんだ。どうしようもないんだ』と、そういう話なんです。それで突然私に『君、書いてくれないか』って言うんです。『何を書くんです？』『三島の代わりに書いてくれるんだから、三島風な題材を考えてくれないか』と。かねてから私、上田秋成の『雨月物語』が好きだったので『三島流に雨月物語をぶつけたらできそうだね』って言いましたら『あ、それそれ。それやってくれ』と。『いつまでに書くの？』『明日欲しいんだ』『明日？』（笑い）ちょっと呆れました。『でも、やれるかやれないか、やってみますか』と言って、近所にある宿屋の一室に、すぐそのまま飛び込んで『雨月物語』を……『雨月物語』は何度も読んでいたので大体わかったんですが、児童劇ということになりますと、あまり仰々しいお化けの話はできません。そこで選びましたのが『夢応の鯉魚』。夢に出てきた鯉になった和尚さんの話です。で、それを『それでは』と言ってひと晩で四十枚書きました。明くる日に『書けたよ』って言って出しました。『君、本当に書いたのかよ』って、読んで『よし。三島は片瀬にいる。熱川の下のほうの立派な宿屋に。そこへ持って行かして三島に見せてごらん』と。三島さんというのは私より十二才年下で、一度出版社へ遊びに来て、ちょうど『花ざかりのOO』という小説を書いた、その後のことですが、『僕は劇が好きでね』『劇の、じゃどこがいいんですか』『いや、劇というのはね、積み上げて積み上げて積み上げて、それを最後にバアーンと、みんな破壊してしまう。それが何とも言えない美しさなんだ』そういうことを言いました。これは私、いま、六十年たっても忘れられません。三島の演劇観の極致だと思います。そうして三島さんが持って行った原稿を見て『終わりのほうが少し殺伐になるから、これは穏やかに収めたい』と言って、三枚ほど三島流に書き直してくれたものが、そのまますぐに松坂屋のホールにかかりました。（略）」

和田義臣氏のインタビュー（1999年）

1999年11月25日、和田氏宅で行われた森重孝氏によるインタビューの抜粋である。

「（略）

重森　わださんと東童との関係はいつ頃から……やっぱり、三島由紀夫の例の脚本の話が始まりですか。

わだ　そうですね。

重森　その前から宮津さんとはお付き合いがあったんでしょう？

（略）

わだ　宮津君といろんな話をしてたのね。そのうちに、『三島由紀夫の脚本が来ねぇ、来ねぇ』って言いだしたんだよ（笑い）。『初日まであと一週間なのに、なぁんにも言って来ねぇ。西島君に片瀬までいかせるかな』ってね。

重森　あ、三島は伊豆にいたんですか？

わだ　そうそう。だから『どうしよう、どうしよう』って言って。で、急に『君、何か書けるかい』って言うから、書けるかいって言ったって、まだその頃東童の芝居あんまり見てないし……ところが『まあ、書いてくれよ』なんて言いだしてね。ま、僕も前から劇らしいものを書いたりなんかしてたから。ちょっと気が動いたんで、それじゃ、やってみるかって言ったんですよ。そしたら『三島に合うのは何だろうねぇ』って言うから、そうだなぁ、日本文学じゃ、やっぱり上田秋成あたりが向いてるのかなぁ。『あ、上田秋成いいね。雨月物語かなんか、やってよ』って。ただ、あれはみんな男と女の絡み合いだから（笑い）雨月物語はね。無邪気なのは一つもないんだよ。で、これじゃ『夢応の鯉魚』だけだねって言ったら『それでいいよ。明日までにやってくれねぇかな』って（笑い）。それで宿屋へ入っちゃってねぇ……二日かかったかな。一日で、夕方できたのかな……宮津君が来て、説明して、これで見てよって言ったら、見て『ああ、いいよいいよ』って（笑い）。だけど、三島の許しを得ないといけねぇからって、誰か、その日の午後行ったんですよ。

（略）

重森　三島由紀夫も少しは書いたんですか？

わだ　五枚くらい。

重森　つまりそれだけ手を入れたってことですね。

わだ　終わりにね。僕が最後に役人をやっつけちゃう話にしたらね、役人やっつけるのはあんまり面白くねぇって。それで彼が、幕切れ三、四枚書き足して、で、これでよろしいって言ったの……だから、僕の原稿と彼のとがいっしょになって……

重森　それにしても、わださんが上田秋成の『夢応の鯉魚』って提案なさる前に、三島と約束はなかったですかね、何を書いて貰うかっていう……

わだ　何を書いていいか、わかんないの。

重森　宮津さんからの注文とか、何かも……？

わだ　何もないんだね。

重森　あ、なかったんですか。

わだ　『何でもいいから、何か書いてくれ』って言ったんじゃないの。

重森　宮津さんらしいと言うか……でたらめな頼み方だなぁ。

わだ　うん。三島がちょうどね、二十五、六で、一番初めの『花ざかりの森』かな、何かで飛び出してきたばかりでしょう。劇は書きたくて、面白がってたのよね。僕はその前に三島の話を聞いたりなんかしてたからね。あれ、何で僕、呼んだんだか忘れたけれど、飯を出して、一時間ぐらい演劇、ドラマについて話を聞いたことがあるの。
重森　それも誠文堂でですか。
わだ　そうそう。
重森　何か三島由紀夫の本をお出しになったことがあるんですか？
わだ　何もない。編集部に若い奴で三島と親しいのがいたから、何か書いて貰おうかと思ってたんだけど、書かなかったですね。
重森　でもまあ、お付き合いと言うか、お話しになったことはあったわけですね。
わだ　それもあったから、僕も書く気になったんだろうね。
重森　その頃、わださんはおいくつぐらいですか？
わだ　えーとね……昭和二十六年だから、三十五、六です。
重森　三島はその頃、二十五、六。
わだ　僕より十二若いから、二十四、五ですね。話を聞いたとき三島は「僕が一番面白いと思うのは、積木を積み上げていって、バシャアッっと崩すとき。それが一番面白い。これがドラマなんだ」って言ったんです。あ、こいつはうめぇことを言うなぁと思って（笑い）。で、その通り自分の人生をバシャアッって切っちゃったね、四十代で。四十の坂を乗り越えられなかったってとこだね、あれは、確かに。
（略）」

和田義臣氏のインタビュー（2000年）

2000年1月4日、森重氏宅で行われた森重孝氏によるインタビューの抜粋である。

「（略）
わだ　外側から見てると、宮津さんが何でも仕切ってるような格好になってるけど、そうではなかったってことになるんだね。
（笑い）
重森　でも少なくともわださんには、最初の『雨月物語』の時なんか、『お前、書け』と言ったんでしょ。ま、困ってたのかもしれないけど。
わだ　完全にこまってたからね。書けなかったから。で、『こいつに書けるのかな……？』という気持ちもあったようだし。（略）で、話してて、『三島（由紀夫）に頼んだのが、どうしてもできないんだ』って言ってて、ふっと思いついたように、『君、書いてくれるか？』って。僕も、書きたい気持ちはあったからね。ずっと芝居書くのが目標で、十五の時から、その勉強だけしてきたから、『書いて見ようか』と思ったんだ。それで宿屋に二日間こもって書いてきた。できあがったら、「あ、これ、じゃ、すぐ」って。伊豆にいる三島のところに誰かが持っていってさ。で、書き直しが入って……。で彼はというと、なんにも批評しないんだ。「これでいい。これでいいんだ」って（笑い）。
（略）
わだ　新潮社の『三島由紀夫全集』の『雑』の部に入ってるんですよ。
重森　はあぁ。

わだ　新潮社の編集部から、何であなたと三島とが合作したんだって、電話で質問があった。
重森　三島さんは、こういうものを書いてくれというのではなくて、なにか書いてくれと頼んで、一週間前になったら、お前何か書け、というのは、全体としてずいぶんデタラメな話で……。
わだ　そうよ。
重森　こういう話を一般の人が見ると、東童ってずいぶんいい加減に脚本書いている劇団なんだってことになりそうで……。
わだ　でも、僕には劇の話してるから。雰囲気としては書けそうだって気はしたよ。
重森　でしょうね。ただ、一日で書けとか、二日で書けとか……。
わだ　それは切羽つまってたんだよ。いくら催促しても（三島が）ウンともスンとも言わないから。
重森　でも、僕らは分かるけど、一般の人は、ずいぶんでたらめな劇団だな、脚本に対する真剣さ、慎重さが足りないな、とか思うんじゃないですかね。
わだ　どうなのかね。僕は、そのへんはわからないけど。たぶん、投げちゃったんじゃないかな。三島の戯曲をやるって、予告したのかどうかも僕は知らないしね。ただ、舞台は二本立てかなんかでやったんでしょ。
重森　そうです。『アリババ』かなんかと。
わだ　ね。たしかそうだな。で、それに一幕ものの短いのをつける、と。それを三島にする、と。それが予告されてたかどうかは、知らないんだ。
重森　一週間前なら、チラシとか、プログラムとか、もう……。
わだ　あったんだろうね。ただ、タイトルとかなんとか、題未定でね。ただ、若手の三島に書かせるってことで予告してたから、もう窮地に陥ってたんですよね。

（略）

重森　でも、わださんご自身は、一週間で書けとか言われて、ずいぶんいい加減な劇団だとか、おもわなかったんですか？
わだ　それは思わなかったよ。
重森　はあ。
わだ　ただ、困ってるってことがわかったよ。いい加減、とかって気持ちは、僕は全然もたなかった。ただ、この急場をどうしのぐかは大変なことだと思ったね。僕自身も『書けるかなあ……』という気持ちと、『やっちゃえ、やってやるよ』という気持ちがあったから。『雨月物語』は一応読んでたしね。うん。三島にも会ったことはあるしね。だから『やっちゃうか』というのはね。

（略）」

公演開始の1週間前とはいつか

約半世紀前の記憶をもとに作成された回想とインタビューなので、記憶違いもあると思うが、この記録を検証してみたい。「三島氏の原稿ができないために、困りはてた宮津氏が和田氏に代わりに原稿を書くことを依頼した」というのが、共同脚色の始まりである。

公演開始の日時が変更されているため、「公演開始」というと二つの場合が考えられる。もともとの公演初日である「8月1日」と変更後の「8月7日」である。「公演開始」の日付を「8月7日」と仮定すると、1週間前は「7月31日」となる。これは「宝島」の公演前日である。「7月31日」には、「8月1日」から始まる「宝島」のプログラムはすでに制作済と考えられる。「7月31日」に宮津氏から和田氏に原稿の依頼があって「雨月物語」を選び、さらにその中から「夢応の鯉魚」を選んだのでは、「宝島」のプログラムに「雨月物語」「夢応の鯉魚」を印刷することはできない。従って、公演開始の1週間前と記載された「公演開始」とは、もともとの公演初日である「8月1日」を指していると考えられる。宮津氏が、和田氏に原稿を頼んだのは、「公演開始」の1週間前「7月25日」になる。そして、この後、公演初日を「8月1日」から「8月7日」に変更したと考えられる。

「雨月物語」の選択について

「『宮津博さんを偲ぶ会』での和田義臣氏談話」「インタビュー」で、公演開始の1週間前、宮津氏が和田氏に原稿を書くことを依頼した時、公演のタイトル、題は未定であったと、和田氏は証言している。写真2のチラシが作られたのが7月12日より前であるから、この時、既にチラシは存在している。チラシには、「上田秋成作　三島由紀夫脚色　宮津博演出　雨月物語　一幕」と印刷されており、宮津氏が和田氏に原稿を依頼する前から「雨月物語」と決定していたことが確認された。雨月物語を脚色することを選択したのは、三島氏であった可能性が高いと考えられる。

「夢応の鯉魚」の選択について

劇団東童公演「宝島」パンフレットには、「上田秋成作・三島由紀夫脚色・宮津博演出・芝田圭一装置『雨月物語』一幕（夢応の鯉魚）」とある。「夢応の鯉魚」が決まった時点でも、和田氏が共同脚色するという予定はなかったことになる。「雨月物語」の選択と同様に、「夢応の鯉魚」を選択も三島氏であった可能性が高いと考えられる。

「鯉になった和尚さん」のタイトルは誰が考えたか

「鯉になった和尚さん」のタイトルの初出は、和田氏の原稿である。従って、和田氏がこのタイトルを考えたことが示唆される。しかし、この原稿の1枚目（写真9a）右下には、「案　三島由紀夫　脚色　和田義臣」と記載され、この内「案」「脚色　和田義臣」の部分が赤の棒線で消され、「三島由紀夫」だけが残っていることが確認されている。案として、三島氏がこのタイトルを考えていた可能性も否定できない。

インタビューでチラシとパンフレットの話が出た時に、和田氏は、「ただ、タイトルとかなんとか、題未定でね。ただ、若手の三島に書かせるってことで予告してた」と答えている。もし、重森氏がインタビューの際、チラシとパンフレットを持参していれば、記憶の間違いに気づき証言の内容は全く異なったものになっていたかもしれない。

ラストシーン

和田氏は、「終わりにね。僕が最後に役人をやっつけちゃう話にしたらね、役人やっつけるのはあんまり面白くねぇって。それで彼が、幕切れ三、四枚書き足して、で、これでよろしいって言ったの」、「三島さんが持って行った原稿を見て『終わりのほうが少し殺伐になるから、これは穏やかに収めたい』と言って、三枚ほど三島流に書き直してくれたものが、そのまますぐに松坂屋のホールにかかりました」と、話している。和田氏は、「ひと晩で四十枚書きました」と言っている。この数字が事実とすれば、和田氏のオリジナル原稿は15枚しか残されていないから、三島氏は和田氏の原稿25枚分を書き直したことになる。和田氏の書いたラストシーンの原稿は保存されていない。和田氏の「最後に役人をやっつけちゃう話」という案も、三島氏が書き直した幕切れも上田秋成の原作にはない。後半25枚分が書き直され、「三島流」のラストシーンが完成した。

三島氏は何故、共同脚色したのか

プログラム等の資料と東童会通信、インタビュー等を参考にして、公演までの流れを検証してみる。

昭和26年7月上旬、三島由紀夫脚色の「雨月物語」の公演が予定され、チラシと入場券が作成された。これは、宮津博氏が、東京都教育庁主催による「夏のこども劇場」として、上野松坂屋七階松坂ホールにて行う劇団東童の児童劇の脚本を三島由紀夫氏に依頼したものであった。宮津氏作・演出の「アリババと四十人の盗賊」と、同時公演が予定された。三島氏は、上田秋成の「雨月物語」を翻案することを宮津氏に伝えていた。公演予定は、昭和26年8月1日から8月17日であった。

公演初日を1週間後にひかえた7月25日頃、三島氏の原稿ができないために、困りはてた宮津氏が和田氏に代わりに原稿を書くことを依頼した。宮津氏は、8月1日に初日を迎えることが不可能なので、初日を6日遅らせて8月7日に変更した。和田氏は、近所の宿屋に閉じこもり1日、または2日で「鯉になった和尚さん」の原稿を完成させた。「雨月物語」の中から「夢応の鯉魚」が翻案された。

この原稿は、すぐに伊豆・片瀬にいた三島氏のもとへ届けられた。三島氏は、和田氏の原稿を改訂した。和田氏の原稿と三島氏の原稿合わせて、原稿21枚の合作の脚色が完成した。「上田秋成原作、三島由紀夫・和田義臣脚色」と記載された「鯉になった和尚さん」のパンフレットが作成された。

三島氏が、公演初日を1週間後にひかえて脚本を書き上げなかったのは何故であろうか。当時の三島氏をよく知る方にこの話をしたら、「忙しかったからではないですか」との答えが返ってきた。もし、和田氏が原稿を書かなかったら、三島氏は「夢応の鯉魚」の脚本を完成しなかったであろうか。

日本童話劇の「鯉になった和尚さん」は、三島氏の名前で発表され、末尾に（共同脚色　わだよしおみ）とあるにすぎない。共同脚色といっても、どれだけ三島氏が関わっていたのかは、これまで全く不明であった。昭和26年の童話劇の資料など、探してもなかなか見つけ出せるものではないが、原稿を見れば和田氏の文章を三島氏がどのように改訂したのかが明らかである。このような資料が出現すれば、「共同脚色」自体が研究対象となる。三島氏にしては、極めて珍しい共同脚色であるが故に、全く新しい三島由紀夫研究の要素であり、この作品の重要性も再認識されるものと考えている。

（三島由紀夫研究家）

決定版三島由紀夫全集逸文目録稿（1）

山中剛史編

本目録稿は、『決定版三島由紀夫全集』（新潮社）完結後、現在までに逸文として新たに判明した、評論、エッセイ、詩、推薦文、談話、座談、アンケート回答に加え、音声や活字化された書簡の情報を紹介するものである。ただし原則として、一般発売された公刊誌紙および単行本に活字化（又は写真紹介）されたもので、なおかつ、編者が掲載誌紙（含コピー）を実見確認したものに限ったが、情報という観点から、記事化、展示されたものも含んだ。ルポ形式記事の談話や、新聞・雑誌の記事中に出てくる短いコメントは省いたが、三島の考えを伝えるようなある程度の分量のものは談話とされていても記載した。無題のものなどは、『決定版全集』のスタイルに合わせ表記した。

　情報提供をいただいたものにはそれぞれの項目末尾に氏名を記しました。改めて謝意を表します。

■評論、エッセイ、推薦文、談話等■

別れも愉し／東京日日新聞（昭25・4・1）

△昭和二十四年秋から「東京日日新聞」家庭欄に連載されたコーナー「女性　相談と抗議」における、投稿者からの相談への回答。他の回答者として、加藤シズエ、河盛好蔵、阿部艶子、平林たい子らの名が見える。その後三島の回答文は、東京日日新聞文化部編『女性の抗議』（養徳社、昭25・9）に収録された。

笊馬／読売新聞（昭25・10・30）

△「趣味」欄に、馬と一緒の写真と共に掲載。学習院や終戦後の乗馬経験について書いている。

真摯な読者の利益ははかり知れない（『現代日本詩人全集』推薦文）／「全詩集大成　現代日本詩人全集」内容見本（創元社、昭28・11？）

△「推薦の言葉」欄に掲載。他の寄稿者に鈴木信太郎、小林秀雄ら。刊記のない内容見本ゆえ正確な発行時期は不明だが、第一回配本が昭和二十八年十一月十日であり、それ以前の発行と思われる。

歌舞伎に現代語は反対——三島由紀夫芸談／毎日新聞［大阪版］（昭29・9・5夕）

△「地獄変」大阪公演および「ボン・ディア・セニョーラ」上演のために来阪した三島の談話。新作歌舞伎および「若人よ蘇れ」について述べている。談話。

無題（スタンダール鈴木力衛訳『赤と黒』推薦文）／スタンダール（鈴木力衛訳）『赤と黒』下巻（三笠書房、昭29・12）帯

△初版日付を掲げたが、初版から掲載されていたかは未確認。編者が実見確認したものは昭和三十年一月二十五日発行の十二版。「諸家絶讃」として、他に渡辺一夫、芥川比呂志の文章も併載。

尾崎一雄氏著「すみっこ」／尾崎一雄『すみっこ』（講談社、昭

30・4）帯
△帯に掲載された推薦文。後に中央公論社「日本の文学」編集委員となった三島は、『尾崎一雄・外村繁・上林暁』（52巻）を編集するが、同書にも「すみっこ」を収録している。
無題（幸田文『黒い裾』推薦文）／文章倶楽部（昭30・9）
△「文章倶楽部」裏表紙の「出版案内」（中央公論社）に掲載。同広告は当時複数の雑誌に散見されるが、これが最初の掲載と思われる。情報提供・岩崎努氏
三島由紀夫氏の生活と意見／男子専科　背広読本春の号（昭31・3）
△Kと署名のある記者が目黒区緑が丘の三島邸の探訪ルポとしてまとめた記事だが、記事中三島の談話が括弧で分けられ分量も一定量あることからここに掲載した。生活全般のことに加え、飼猫や飼犬と一緒の写真などから構成。自由が丘のボディビル・ジムの開設式に参加しスピーチをした等というエピソードが語られている。
大滝・大久保戦によせて――スポーツ随筆／産経時事（昭32・1・31）
△昭和三十二年二月五日に大阪府立体育会館にて行われた全日本バンタム級選手権試合に向けて寄稿したもの。タイトルにあるのは、大滝三郎・大久保邦衛のバンタム級タイトルマッチで、大滝が勝利した。情報提供・犬塚潔氏
十代の人たちに与う――私の十代／常安田鶴子『青春人生読本十代の告白』（昭32・4）
△初出は、「明星」（昭32・4）の第一付録冊子で、「私の十代」というコラムに掲載されたもの。他に淡路恵子、津川正彦らが寄稿。
谷崎潤一郎ノーベル賞推薦状／朝日新聞（平21・9・23）
△右記紙面に「谷崎、ノーベル賞候補だった」との見出しで掲載された記事によれば、五十年間の非公開期限を過ぎた1958年（昭33）のノーベル文学賞選考資料に、谷崎を推薦する三島による便箋一枚の1958年1月24日付英文タイプ原稿が発見され、記事中に一部邦訳掲載された。原稿未見。三島は、後に川端康成についてもノーベル文学賞推薦状「RECOMMENDING MR. YASUNARI KAWABATA FOR THE 1961 NOBEL PRIZE FOR LITERATURE」（『決定版全集31』収録）を執筆している。
日本文学のもっとも代表的普遍的な天才／朝日新聞（昭和33・1・29）
△右記紙面に掲載された中央公論社『谷崎潤一郎全集』第三回配本の広告に掲載。署名の脇に「アメリカより帰りて思ふ」とある。当時三島は、谷崎にはノーベル賞推薦文を執筆したばかりであり、同年二月五日に催された谷崎全集刊行記念中央公論社受読者大会では公演「美食と文学」（『決定版全集30』収録）を、同年七月刊行の『谷崎潤一郎全集21』には帯文「文章読本について」（同）を執筆している。
甘い気持／つどい（講談社、昭35・3）
△初出誌は、小四六版横綴の小冊子で、「若い女性編集」とある。定価の無記載、内容から推して高校卒業式などで無料頒布されたものか。三島は前年「お嬢さん」を「若い女性」に連載している。
丼一杯の苺／週刊コウロン（昭35・5・24）
△三島のボディビル仲間であった鈴木徳義氏について書いたもの

で、グラビア記事「気はやさしくて力持ち―絵を描いてボディ・ビルをするサラリーマン」に付される形で個展を訪れた三島の写真と共に掲載。日曜画家であった鈴木氏の個展（昭35・4、中央公論画廊）に際しては、三島は推薦文を執筆している。「無題（鈴木徳義個展推薦文）」（『決定版全集32』収録）参照。

無題（村上芳正賛）／幻影城（昭53・6＋7合併号）
△特集「村上芳正の華麗な世界」に、スケッチブックに書かれた原稿を写真図版として掲載。同特集では他に「豊饒の海」（新潮社）装幀原画なども掲載されている。図版キャプションとして昭和三十八年五月と記してあるが、結局実現しなかった村上芳正個展のために書かれたもの。その後、「村上芳正の世界」展（平22・11ギャラリーオキュルス）リーフレットに活字掲載された。情報提供・犬塚潔氏

無題（高校生諸君は…）／高3コース（昭42・1）
△当該誌のグラビア「現代のエリート10　三島由紀夫氏」に、活字ではなく自筆版として掲載。情報提供・犬塚潔氏

ゲテ物です――各界名士にきいたマカロニ西部劇感／一〇〇万人の映画館（昭42・4）
△初出誌は「イタリア式ラブシーンと責め殺しアルバム」特集で、コラム「各界名士にきいたマカロニ西部劇感」に、吉行淳之介、柴田錬三郎らと共に掲載。三島は「真昼の用心棒」（ルチオ・フルチ監督、1966）について語っている。

五つの哲学的童話より「ピクニック」／アンダーグラウンド蝎座プログラム（昭42・10）
△特集「ドナルド・リチイの華麗なスキャンダル」（昭42・10・9～31）プログラムに掲載。三島とリチーは旧知の間柄であり、オムニバス映画「五つの哲学的童話」の中の一本「ピクニック」については堂本正樹宛葉書（昭42・7付）でも触れている。情報提供・犬塚潔氏

「豊饒の海」宣伝用文案／吉村千穎『終りよりはじまるごとし 1967～1971編集私記』（めるくまーる社、平21・5）
△元新潮社出版部で三島担当だった編集者吉村千穎氏の連載「果てもない『あとがき』」第49回（高知新聞、平20・4・14）に写真版で掲載された後、連載をまとめた同氏右著に写真図版の代わりに全文活字化され掲載。画用紙三枚にサインペンで書かれ、それぞれ「春の雪―豊饒の海第一巻」、「奔馬」、「長篇小説『豊饒の海』の三特色」と題されている。昭和四十三年八月～九月頃に新潮社にて執筆したもの。

無題（横尾忠則著『横尾忠則日記　一米七〇糎のブルース』推薦文）／横尾忠則『横尾忠則日記　一米七〇糎のブルース』（新書館、昭44・12）ポスター
△藤純子、ヘンリー・ミラー、高倉健らと共に掲載。刊行に先立ってのものと思われる。情報提供・犬塚潔氏

無題（大和エンジェルス賛同文）／ボディビルディング（昭45・8）
△丸山守康氏ら後楽園ヘルス・ジムの会員などが中心となって結成された社会人アメリカンフットボールチーム「大和エンジェルス」の名誉会長を依頼された三島が、結成の主旨に賛同し執筆したもの。活字ではなく自筆版で掲載。情報提供・犬塚潔氏

■詩■

奴隷の歌／ヤングレディ（昭42・1・1）

△戯曲「アラビアン・ナイト」初演の日生劇場公演時に、三日間ほど特別出演した三島が、この出演のためだけに設定した「詩人の奴隷」役として劇中で歌った「奴隷の歌」の歌詞。この特別出演を取り上げた記事「男の気魄―自作の〝アラビアン・ナイト〟に出演した三島由紀夫氏」中に掲載。作曲は北村得夫。この歌詞以外の、三島出演時の台本改訂については不明。

■座談会■

戦後の若い女性はどうして生々として健康なのか？――作家の見た女性観／高見順、田村泰次郎／スタイル（昭25・9）

△座談場所、日時は不明。座談冒頭の記者の発言に〈今晩は、女性を描いては、先づ当代の代表作家だと定評のある三人の大先生にお出でを願つた〉とある。

パリはこんなところ――踊りのスペイン、ブラジル娘も素晴らしい／中原淳一／主婦と生活（昭27・9）

△座談場所、日時は不明。一年半ぶりにフランスから帰国した中原との対談で、三島は同年、南米からの帰りにロンドン、パリ、アテネ等へ立ち寄り五月に帰国していた。中原淳一の絵については、例えば、野添ひとみとの対談「男であること女であること」（産経新聞、昭33・7・13夕）で言及している。

『潮騒』の映画化をめぐって／中村真一郎、谷口千吉／オールスポーツ（昭29・7・22）

△座談場所、日時は不明。東宝映画「潮騒」（昭29・10・20封切）の中村真一郎による脚本第一稿が完成し、原作者を交えての第二回打ち合わせが行われた際のもの。映画はこの後八月七日にクランクインした。なお、東宝関西支社発行のPR誌「東宝」9月号（昭29・8）にも「『潮騒』」というタイトルで再掲（再掲の情報提供・犬塚潔氏）。

ハラを割って　世相総まくり／園田直、新田敞（司会）／インテルサット（昭45・2・15）

△NHK記者伊達宗克を通じて依頼を受け、昭和四十五年正月に赤坂の料亭「岡田」で行われた（「三島由紀夫の総合研究・三島由紀夫研究会メルマガ会報」平19・1・10）。掲載紙「インテルサット」は自民党国会対策委員長であった園田直事務所内第三政経研究会による月三回発行の機関紙。情報提供・三島由紀夫研究会

■アンケート■

講和をどう思う――本紙に寄せる各界の見解1／読売新聞（昭24・11・19）

△質問内容は、「一、講和の急速な実現を期するためには単独講和もやむを得ずとするか、または遅れても全面講和の成立を待つべきか／二、講和成立後軍備を持たぬ日本の安全についてはいかなる形式による保証を望むべきか／三、講和会議に臨む国内体制については現状をもつて足れりとするか」。当時、対日平和条約草案が提示される見込みという外電により講和問題が問題となっていた。

作家にきく今年の仕事／読売新聞（昭28・1・1）

△三島の他に、丹羽文雄、武田泰淳、石川達三ら計六名が回答を寄せている。

文化人と総選挙／読売新聞（昭28・4・4）

△質問は、「1どの政党を支持するか／2その理由」。昭和二十八年四月十九日に投票された第二十六回衆議院議員総選挙に際してのアンケート。

有名人ごひいきのスターと歌／マドモアゼル（昭37・1）

△質問は、「質問1ごひいきスターと好きな理由／質問2お好きな歌と好きな理由」。当該誌には、「現代の素顔 三島由紀夫」として、細江英公撮影の写真が掲載されている。

■書簡■

東文彦（健）宛書簡（昭和15・12・23付～18・8・30付）／新潮（平19・1）

△「新発掘 三島由紀夫十代書簡集」として、新たに発見された東文彦宛書簡十二通を、田中美代子「詩を書く少年のアリバイ―十代書簡の発見」、犬塚潔「東文彦宛三島書簡の謎」を付して掲載。

東文彦（健）宛書簡（昭和18・1・11付、1・24付）／「学習院と文学」展

△「学習院と文学」展（平22・10・1～12・11 学習院史料館）において、活字化パネルと共に公開された。同展図録（学習院大学史料館、平22・10）にごく一部活字化引用されている。

東文彦（健）宛書簡（昭和18・6・5付）／朝日新聞（平22・12・31）

△「三島18歳 戦争への視点」として掲載された右記当該紙の記事によれば、東文彦宛書簡一通が遺族宅から新たに発見され、一部分の引用をしながら、発見の経緯と共に紹介された。実物未見。一部文面の写真掲載。

徳川義恭宛書簡（昭和18・1・25付、同年1・31付、19・6・15付）／「学習院と文学」展

△前記東宛書簡と共に「学習院と文学」展にて活字化パネルと共に公開された。読売新聞（平22・10・30夕）掲載の「三島 デビュー前の手紙」において、一部分が引用紹介されている。

桜井均宛葉書（昭24・3・9付）／山口邦子『戦中戦後の出版と桜井書店―作家からの手紙・企業整備・GHQ検閲』（慧文社、平19・5）

△短篇集『岬にての物語』（昭22・11）を出版した桜井書店の店主桜井均宛と思われるもので、河出書房から作品集『魔群の通過』（昭24・8）を出版するにあたり、「岬にての物語」再録許可を依頼する葉書。右記単行本に文面のみ紹介。なお同書には、『岬にての物語』は発行前月に事前検閲にパスし五千部発行したと記載されている。

三枝佐枝子宛書簡（昭28・4・18付、同年5・9付、昭36・6・18付）／山梨県立文学館館報（平19・9・10）

△「婦人公論」編集長、中央公論社編集局長などを歴任した三枝佐枝子氏が山梨県立文学館へ寄贈した複数の書簡を「資料翻刻」として活字化したもの。著書『女性編集者』（筑摩書房、昭42・4）には、三島についての文章もある。情報提供・佐藤秀明氏

矢代静一宛書簡（昭28・4・21付？）／新潮（昭63・2）

△右記に発表された「鏡の中の青春 わが昭和三十年前後」十二

章に〈そのころの〉三島の書簡として一部省略した形で引用。文中に「ひまはり」と「夜の向日葵」（「群像」昭28・4）についての話題がありその頃のものと推測される。同回想録には他に文学座での「ブリタニキュス」上演をめぐる三島の思い出などが綴られている。

江藤淳宛書簡（昭37・2・27付）／文学界（昭54・7）

△右記雑誌に掲載された江藤の「文反古と分別ざかり」に全文紹介された。当該書簡は、『新日本文学全集33　三島由紀夫集』（集英社、昭37・3）の解説を執筆した江藤への礼状。その後、江藤の『落葉の掃き寄せ』（文藝春秋、昭56・11）に収録された。なお、これ以外の江藤宛書簡五通と電報一通が『決定版三島由紀夫全集別巻月報』（新潮社、平18・4）に収録されている。

堀江敏宛書簡（昭38・9・9付）／彦根日報（昭15・12・2）

△「絹と明察」取材のため彦根を訪れた三島が、講談社大阪支店より紹介された細江敏氏を訪問、細江氏から近江絹糸労組の朝倉克己氏を紹介され、三日にわたって同地を取材した時の礼状。なお、同書簡は「近江同盟新聞」（昭45・12・3）にも若干省略された形で引用紹介されている。情報提供・佐藤秀明氏

ジェフリー・ボーナス宛書簡（17 Nov. 1968付）／Jeoffrey Bownas “Japanese Journeys: Writings and Recollections”, GLOBAL ORIENTAL, 2005

△ジェフリー・ボーナスは、三島と共に英訳現代日本作家作品集である“New Writings in Japan”, Penguin Books, 1972を編集。その回想記と共に“Japanese Journeys: Writings and Recollections”に写真図版掲載されたもの。INTRODUCTION（『決定版全集36』収録）は、“New Writings in Japan”のために執筆した三島の序文をボーナスが英訳したものである。情報提供・井上隆史氏

■音声■

1960年の展望／朝日ソノラマ（昭35・1）

△複数のソノシートが綴じ込まれている形態で刊行されていた雑誌「朝日ソノラマ」創刊二号のソノシート1に、岸信介らと共に収録。聞き手は鰐淵朗子。三島の部分は一分十秒。

『決定版三島由紀夫全集』初収録作品事典 VI

池野美穂 編

凡　例

一、本事典は、『決定版三島由紀夫全集　全42巻＋補巻＋別巻』（新潮社）に初収録された小説、戯曲（参考作品、異稿を含む）のうち、評論の巻である26巻に所収された作品に関する事典である。

二、【書誌】、【梗概】、【考察】の三項目で構成し、配列は現代仮名遣いによる五十音順とした。丸数字は全集収録巻を表す。

三、各項目執筆者は、赤井絢花、小野夏実、葛城ゆか、熊谷梢、中村佑衣、堀内美帆理、堀江容世、矢花真理子である。

川端康成印象記（かわばたやすなりいんしょうき）

【書誌】レポート用紙四枚。表に「はじめて川端康成に会ふの記」、裏に「1946　1・27日　三島由紀夫」と書いた封筒入り。

【梗概】昭和二十一年一月二十七日、三島が初めて川端の家を訪れた際の回想記。当日、川端との間に三島の著作についての話題はのぼらず、三島は雨の中帰路についた。

【考察】当時、川端は鎌倉市二階堂三二五に住んでおり、三島は訪問に至るまでの段取りを自ら設定し、川端宛書簡の中で示している。昭和二十一年一月十四日付川端宛の書簡において三島は、新年の挨拶に続け「此の度大学が、二月十日迄といふ思ひの外永い冬休みで、この休みには是非お目にか〻りお話を伺ひたいものと、たのしみにしてをりましたが、御都合をうかがひたく存じ乍らそのたよりがなく、文芸の野田氏からお願ひしようかと思ひましたが氏と逢ふ折がなく、已《ママ》むをえませず、甚だ御迷惑と存じながら、書面でおうかゞひすることに致しました。」と始め、「では、御迷惑ながら、同封の葉書に御都合およろしき日時のみ御記入下さいまして、お序での節御投函下さいませば幸甚に存じます。」と結んでいる。（川端康成、三島由紀夫『川端康成・三島由紀夫往復書簡』新潮社、平9・12↓㊳）

川端は、この前年の昭和二十年十二月に久米正雄、高見順らと「人間」を創刊しており、戦後文壇における後ろ楯を失った三島にとって、川端との出会いは、文壇登場の再出発を計る上で極めて重要な契機であった。この頃の三島は、早熟で性急なまでの文学的野心とともに、期待通りに事が運ばぬ不安や焦燥感を併せ持っていたと考えられる。後に三島の「煙草」は、川端の推薦により「人間」（昭21・6）に掲載されている。

この日を境に、川端と三島の師弟関係はかけがえのないものとなって行き、また三島は文壇における地位を確立していくのだが、奇しくも二人の最期までもが同じ方角を指すことになろうとは、出会いの場から照り返すと感慨深いものがある。

（矢花）

空襲の記（くうしゅうのき）

【書誌】表紙に「私のノート　三島由紀夫」と記されたノート九頁。本文冒頭に「（再録）」とあるのは、別のノート（大学ノート断片二頁、表紙一頁）に、「空襲の記」が走り書きされていて、そこには「一九四五年一月一九日午後三時半記」とあり、その草稿を浄書したことによる。末尾には、「平岡公威（事務室にて）」とある。

【梗概】三島が中島飛行機小泉工場にいた際に受けた空襲の日の出来事を、擬古文で書いた作品。

　昭和二十年一月十九日午後二時頃、空襲警報が鳴り響く。東部軍情報によれば、敵は相模湾上空を旋回中らしい。突如拡声器が鳴り響いて全員退避となる。調査課の退避壕を探そうとするが見つからない。私を探しに来た救護係の米丸氏は、退避命令が早いとの非難から、慎重を期している、また、樫の太棒を携えて疾駆している推進隊の私兵のほうが空襲より怖いと話した。米丸氏が調査課の濠を教えてくれたが、氏に先に帰るよう勧められる。私兵が後方へ疾駆し、崖上に海軍下士官がののしる中、所員達が我勝ちにと駆ける様は、痛ましくも恐ろしくもある。事務室へ帰り、後の世の思い出にこれを記した。

【考察】三島が東大法学部に進学したのは、昭和十九年の十月一日である。翌年一月十日には群馬県太田町にある中島飛行機小泉工場に学徒動員され、総務部調査課文書係に配属された。同月十九日に記されたのが「空襲の記」である。この工場と思しき記述が、後に『仮面の告白』（河出書房、昭24・7）の「戦争の最後の年が来て私は二十一歳になった。」で始まる空襲のくだりで触れられる。そこは「この大工場は資金の回収を考えない神秘的な生産費の上に打ち立てられ、巨大な虚無へ捧げられてい」る「死」の「虚無」に向けられた特攻機製造の大工場であった。飛行機工場での生活の様子は、「わが思春期」（初出「明星」昭32・1〜9）に詳しい。この小泉工場は零式戦闘機の工場であり、三島は書簡（㊳三谷信宛）のなかで「空襲の心配は相当なもの」と語っている。擬古文で書いたのは、空襲に直面した危機的状況を恐れる自分の愚かしさを、むしろ第三者の立場から皮肉に捉え、自己の心理状況を相対化しようとしているからとも思われる。

　また、本文の冒頭近くに、「我も持物とりまとめ、外套を着などす。」との記述があるが、その中に、執筆中の『中世』原稿があったかと思われる。先の書簡に〈ふしぎやこの地の不自由に不如意勝ちなる生活に入りしより、書きかけの創作「中世」も事の外はかどりて〉とある。

（堀江）

小説中世之跋（しょうせつちゅうせいのばつ）

【書誌】二百字詰「日本蚕糸統制《にほんさんしとうせい》株式会社」原稿用紙七枚。末尾に〈昭和廿年孟春〉とある。これに先立ち、ノート断片二種の草稿が遺されている（三頁の断片と二頁、表紙一頁の断片）。推敲による多少の異同があるが、いずれも未発表。

【梗概】小説「中世」の跋文にあたる。「中世」第一稿を昭和二十年一月三一日に脱稿し、その際に書かれたものと思われる。それによれば、一年に近い構想を経た後に前年（昭和十九年）の十二月から制作に着手し、史実を離れた荒唐無稽な内容ではあるが中世の人物の心理表現も正確に描いたとしている。「中世」執筆に前後して三島が親しんだ『戦国時代和歌集』『日本歌謡集成』

などの作品名も挙げている。
また、「中世」については、諷刺的な含意を詮索したり早合点されるのは好ましくないとする一方、登場人物や作中に現れる亀は〈皆一の象徴而已〉であるとも述べている。能楽、特に鬘物を好むと述べ、そこに悼歌の性質を見出し、それらを踏襲し主題に相応する文体を試みたが〈こちたき行文〉になったとしている。

【考察】三島にとって「中世」は遺作となるべきもので、その跋文も短いながらに思い入れは強かっただろう。だが、その後「中世」はたびたび改稿されたこともあって（「中世」解題を参照）、この跋文も使われることはなかった。〈こちたき〉とは装飾過多になったことを反省を込めた言葉か。

戦中に歴史小説が流行した理由の一端には、当時歴史小説が国策文学であったと同時に、反国策的要素も備えていたことが考えられる。その流行に対応しているように見えるが、本文中に〈平安の雅びに倦んじ〉とあるように、戦況の只中にあった執筆当時に於いて、従来のように雅やかな平安時代の世界に耽るより、戦乱の中世を描く物語を執筆したほうが戦時下特有の緊張感などの心理を投影しやすかったからではないか。

なお、文中で挙げられた古典各作品について、お伽草子（特に「硯破」）は昭和二十年一月二十日の三谷信宛書簡（㊳）、評論「私の文学鑑定」に、「招魂篇」（『楚辞』）は、昭和二十年一月二十日の平岡梓　倭文重宛書簡（㊳）昭和二十年一月二十日の三谷信宛書簡（㊳）に言及がある。『東山時代に於ける一縉紳の生活』は評論「王朝心理文学小史」「本のことなど主に中等科の学生へ」、昭和十六年十一月十日の東健（文彦）宛書簡（㊳）にも見受けられる。（葛城）

詩論その他（しろんそのた）

【書誌】レポート用紙二十枚、表紙一枚。表紙に「詩論その他」と記載。署名は「平岡公威」。「詩論」の末尾には「昭和廿年五月…六月」とある。「詩論」の初出は「三島由紀夫没後三十年」（新潮臨時増刊、平成十二年十一月）「詩論その他」の中の「黒島の王の物語の一場面」は「東雲」創刊号に発表された。

「詩論その他」のレポート用紙二十枚には同じ綴じ穴があることから、一つに閉じられていたものと思われる。「詩論」と表記された封筒も別に残されており、前記レポートの内「詩論」七枚と、共に残されていた「石油時報原稿用紙」一枚は四つ折りにされた跡があることから、この封筒におさめられていたものと考えられる。

【梗概】「詩論その他」は断片的な箇条書きのメモである「断片」三枚半と、「詩論」六枚半と、掌話三篇（「黒島の王の物語の一場面」八枚、「吉斯《キス》渡来期」一枚（キスにまつわる話）、「胃」一枚）で構成されている。

「詩論」では、冒頭で「最も今日的なる詩は必然的に詩論」であり、「詩論は詩の解説に終るものではない」と書かれ、その後「詩人のメカニズム」「詩人の外部、その不感帯」「詩人の日常」「詩人の歴史と、歴史の中における詩人の位置」「古典とは何であるか」などについて語られていく。

【考察】「詩論」の中では、「詩人の中核にあるものは烈しい灼熱した純潔」であるとされている。詩人の作品とは、その詩人たちが行う「どこまでこの烈しい純潔に耐へるかといふ試み」によって出来たものであり、それこそが詩論たる詩であるという。詩論は「詩の解説に終るもの」ではなく、人の手をひいて「理解を絶した領域に拉し去るもの」である。それを作る詩人は常に現代を問題にしているので「最も今日的なる詩は必然的に詩論であるべき」ということになる。だからこそ「古典の問題は常に現在ただ今の問題として歴史性を持つ」ことになる。

文学（詩）が古典となる時、そこには「普遍性の獲得」と「現代性の揚棄」がなされる。詩人の手から離れ万人のものとなるのである。しかし、読者にとっての古典と詩人にとっての古典は違うものだ。よって詩人は古典に「最も近い」存在であると同時に「最も遠い」存在である。詩人が古典の領域となるのは、死によって「詩人たる絶対的中間者」を脱した時ということになる。

この「詩論その他」には関連原稿が複数あり、その関係を図示すると左記のようになる。（小野）

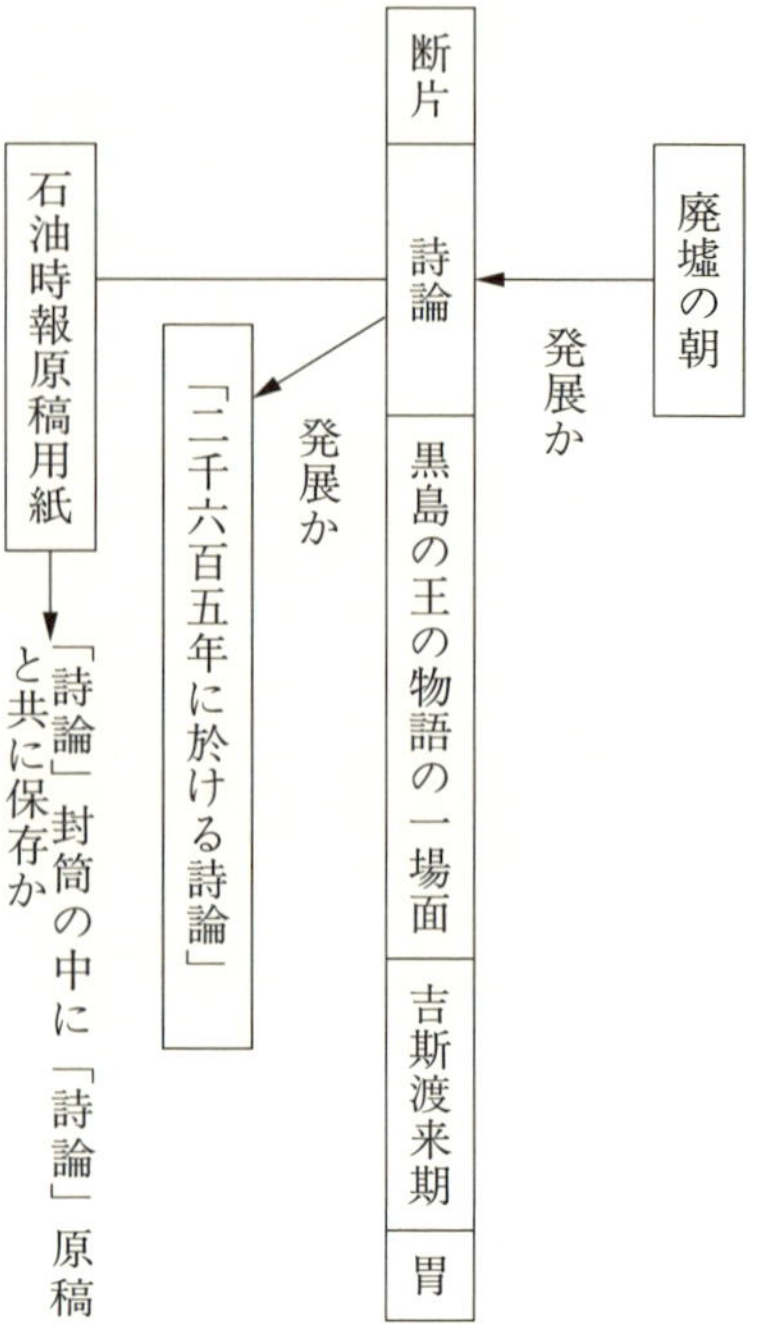

戦後語録（せんごごろく）

【書誌】表紙が赤い布張りのノートに五頁にわたって書かれている。この文章は「八月二十一日のアリバイ」に一部引用されている。ノートの中には『決定版三島由紀夫全集　補巻』に収録されている「『青垣山抄』ノオト」、「花ざかりの森」の一部周作も書かれている。

【梗概】「戦後語録」は十二の箇条書きで書かれているが、主に国家や政治を論じた前半部分と芸術や学習院時代の学友について論じた後半部分に分けることができる。前半部分の終りには〈廿・九・十六〉と記されている。前半部分の一部を引用すると次のようである。

○偉大な伝統国家には二つの道しかない。異常な軟弱か異常な尚武か。それ自身健康無碍なる状態は存しない。伝統は野蛮と爛熟の二つを教へる。

○デモクラシイの一語に心盲《めし》ひて、政治家たちははや民衆への阿諛と迎合とに急がしい。併し真の戦争責任は民衆とその愚昧とにある。源氏物語がその背後にある夥しい蒙昧の民と群衆に存立の礎をもつやうに、我々の時代の文学もこの伝統的愚民にその大部分を負う（以下、執筆者略）また後半部分からも引用すると次のようである。

○芸術家の資質は蠟燭に似ている。彼は燃焼によって自己自身を透明な液体に変容せしめる。しかしその融けた蠟が人の住む空気に触れると、それは多種多様な形をして再び蠟として凝固し固定化する。これた詩人の作品である。即ち詩人の作品は詩人の身を削つて成つたものであり、又その構成分子は詩人の身に等しい。

それは詩人の分身である。（以下、執筆者略）

【考察】後に三島は「八月二十一日のアリバイ」（「私の遍歴時代」昭39・4）で「戦後語録」について〈かういふ文章を読むと、調子はいかにも国士調である。終戦のときにぼんやりとした叙情詩人だつたものが、一ヶ月でたちまち国士になるわけもないが、つまり甘い叙情的逃避と国士的居直りとは、私にとつて一つのもの、一つの銅貨の裏表だつたのだらうと思はれる。〉と述べている。

芸術家を蠟燭にたとえ、それを詩人の作品としている。三島は「詩論その他」において〈詩人は自らの尾を喰らつて自らの腹を肥やす蛇に似ている。〉と述べていたが、「戦後語録」では〈詩人の作品は詩人の身を削つて成つたものであり、又その構成分子は詩人の身に等しい。それは詩人の分身である。〉とし、「詩論その他」において自閉していたものが、〈人の住む空気に触れると、それは多種多様な形をして再び蠟として凝固し固定化する〉という点から第三者の介入を許していると考えられ、終戦後の三島の詩に対する考えが変わった一端がうかがえる。

また、学習院時代の学友への違和感や嫌悪感とも取れる思いを述べていることが注目される。（熊谷）

堤中納言物語貝合（つつみちゅうなごんものがたりかいあわせ）

【書誌】文末に「―一七、五、三〇―」と擱筆日がある。初出、「新潮臨時増刊三島由紀夫没後三十年」平成十二年十一月。

四百字詰「MARUZEN」原稿用紙十八枚、表紙一枚。表紙に「文科乙類　平岡公威」さらに《堤中納言物語貝合　目録／その壱　小序／その弐　梗概／その参　物語の構成について／その肆　物語の詩情について／その伍　物語の結末について／目録畢》と記されている。

末尾に《大層面白く拝見いたしました》という教師の講評がある。当時の古典の担当教員である松尾聰のものか。

【梗概】『堤中納言物語』におさめられている短編作品のひとつ、貝合についての小論。三島が特に力を入れて論じていることは「真の主人公」についてである。（その参）

「表の主人公」である姫君と、「裏の主人公」である蔵人の少将は「シンメトリイ」をなす存在。しかしながら、作品を構成するにあたってなくてはならない存在、すなわち「真の主人公」なる人物が、童女。彼女は、目立った個性は持たず、物語の終盤になるにつれ、その存在を次第に作品中から消してゆく。しかしながら、童女なしにはこの物語は展開しえない。表の主人公と裏の主人公との連絡は彼女が取っているからである。彼女は作品の内外をつなぐ「鍵」となる存在なのだ。同様の役割を担う人物として、『源氏物語　空蟬』の小君を例に挙げている。

【考察】「真の主人公」とは、たびたび場面に登場はしていたとしても、その存在を読者に感じさせない。そのことによって読者は、作品を主体的に「みる」のではなく、誰か（真の主人公が）運転しているものに「のる」ことができ、物語の展開は自然に導かれる（「流れる」）ことができるのであるという。以上の理由で童女の存在の重要性が強調されている。（赤井）

備忘録（びぼうろく）

【書誌】二百字詰「日本《にほん》瓦斯《がす》用木炭《ようもくたん》株式会社社報」原稿用紙七枚、表紙一枚。表に「備忘録」、裏に「Zarathustra 平岡公威」と書かれた封筒入り。

【梗概】戦時中の慌しい時期にもかかわらず作品の完成が早まった背景には、勤労動員の際に現場へ回されなかったという事実や、周囲の同世代に比べ入営の通達が遅れたという事実が関係している。なお、入営通知については「一週間早くこの通知が来てゐたなら些かの精神的変化を生じて斯くの如き平静な気分で大団円の筆を擱くことは出来なかつたであらう。」と述べている。また、三島はこれまでに執筆してきた自身の作品群を振り返り整理もしている。

【考察】死を目前にし一刻の猶予も感じられない精神的状況下で小説『中世』は完成した。しかし実際にはその後も改稿が続けられ、昭和二十年初旬に発表されている。入営通知を受けた三島がComplete Worksを整理した背景には、自身が死亡した際に他人がそれを読んで再編してくれるという期待、あるいは、死を覚悟し文学的業績を後世に残そうとする意気込みがあったのだと思われる。そしてその思いは、封筒の裏に書かれた「Zarathustra 平岡公威」という署名にも表れているのかもしれない。（堀内）

わが愛する人々への果し状（わがあいするひとびとへのはたしじょう）

【書誌】大学ノート断片三頁。執筆年月日は不詳だが、本文より推察すると、執筆時期は夭逝を果たせなかった戦後から『仮面の告白』（昭24・7）の頃か。

【梗概】「僕」または「私」はランボオの言うところの「決して女を愛さない子供」であった。女を「門内」へと入れることができず、一方で同性にも「門」から閉め出されたことで人間関係に齟齬が生じた彼は、他人と自身との間の差別感から、他には理解されることのない青春の苦悩に陥った。仲間内にも本心を明かすことを許されず、他者に望まれる自己を演じることで彼の「マスク」は硬化していく。他人がそれに気付くことはなく、彼は更に孤独を深めることとなったとしている。

　また彼は、「作物」の点からも「天折」を成しえなかったことからも自身を「天才」ではないと断じながら、「凡人のあづかりしれぬ苦悩に昼となく夜となく悩みつゞける魂」をもつが故に「天才」であると結論づけ、他者との関係の齟齬もそのことが一因であるとしている。

【考察】一人称には「僕」と「私」と揺れがあり、一貫性の無い文章にも感じられる。構成を見る限りでは、この文章が心覚えであるとも読者を規定しているものとも明言できない。その内容は「天才」の孤独に関しての考察を行いながら、一方で偽りの自己を演じることや「天才」であるが故の孤独から生まれる不安定な心境の吐露がなされている。同時に、文章中には同性愛者としての彼の悩みの一端も如実に書かれていると言えよう。題名に表れているイロニーや自己戯画化は文章中にも感じられる。

　本作は、三島の青年期の体験と符合を見せる。特に同性愛者としての孤立の描写は『仮面の告白』の第四章を想起させる。また冒頭と結びにおける「天才」への言及は「詩を書く少年」（昭和二十九年）にも見られる。この文章においては、戦後の世間に必要とされなくなったと三島自身も述べている詩的才能の持ち主としての悲哀が窺える。三島が詩的空想世界に囚われていた様子は、戦中戦後の他の作品にも共通する。（中村）

書評

遠藤浩一著『福田恆存と三島由紀夫 1945~1970』

浜崎洋介

私見の及ぶ範囲でいえば、『仮面の告白』が出た時点で、三島由紀夫の可能性を最も正確に描き上げていたのは福田恆存である。「豊穣なる不毛」、「みずから逆説的存在になることによってそれを逆説でなくそうとしている人間、それが三島由紀夫だ」と喝破した福田の三島論は、今でも新潮文庫『仮面の告白』の「解説」(１９５０・４)として読むことができる。一方いまだ文芸批評家としてのみ知られていた福田恆存について、最も早く正確な福田恆存論を書くことができたのも三島由紀夫ただ一人である。三島は、アイロニカルな文芸批評家から後に演劇人へと転身していった福田の必然をくみ取りながら、その末尾に「われわれは自らの時代の語り手を持ったことの幸福を喜ぶべきであろう」(「福田恆存」１９５３・６)と書きつけていた。

その後、二人は特別な信頼感によって結びつきながらも、しかし、戦後という時代、あるいは近代日本に対する姿勢において微妙なすれ違いをみせつつ、一方は「右翼」というレッテルを、他方は「保守反動」というレッテルを背負って生きてゆくことになる。では、両者はどこで共通し、どこですれ違っていったのか、そして二人は何と戦い続けてきたのか?

正論新風賞を受賞した遠藤浩一『福田恆存と三島由紀夫１９４５~１９７０(上・下)』(麗澤大学出版、２０１０・４)は、そんな問いに真っ向から答えようとした意欲作である。その時系列に沿った詳細な記述は、「右翼」や「保守」といった既成概念で福田や三島を眺めることの無意味を教えてくれる。なかでも本書をユニークにしているのは遠藤浩一自身の履歴が培った独特の視点であろう。70年代後半、高校大学時代を通して演劇に没頭しながらも当時のアングラ・小劇場演劇に馴染めず、大学卒業とともに「革新」でありながら「自民党より右」だと言われる民社党に就職し、その後の13年間を「政党本部というやや特殊な環境」で過ごしてきた著者の視線は、福田と三島の「演劇」と「政治」との関係にこそがれることになる。遠藤は、演劇経験者ならではの感覚で福田と三島の演劇的手法の共通性と差異を読み取り、それを通奏低音として響かせながら、戦後という時代に対する両者の政治的姿勢、或いは伝統に対する考え方の違いを浮かび上がらせていくのである。

まず遠藤は、批評家や小説家としては例外的に演劇に多くのエネルギーを割いた福田と三島の必然について指摘する。舞台の上で「目に見える」肉体を伴った役者が動き回る演劇では、「内面」や「心理」などに甘えることはできず、また単純なイデオロギーだけでは御し得ない他者との協働を必要とする。その意味で、福田と三島が共に、フィクショナルな「型」による「自己主張の制約」を条件とする演劇に魅せられていたという事実には、ともすれば独善や自己欺瞞がまかり通る戦後イデオロギー(表現の自由・個性の伸張)への警戒はもちろん、二人に共通する表現の倫理も刻み込まれていた。

しかし、遠藤は、その戯曲の具体相において二人の姿勢を対照的に描き出そうとする。例えば三島の『鹿鳴館』における「朗々と訴へる独白」には「受け手が考へ、咀嚼する以前に酔わせてしまふ言葉の強さ」があるのに対して、「必ずしも流麗な言葉によつて紡がれて」はいない福田の『キティ颱風』には、登場人物たちによってひたすら展開される「掛け合ひ」があり、その戯曲には「理知的」で乾いた味わいがある。そこから遠藤は、三島が求めていたのは飽くまでも「自己」であり、自らの「美」が「放縦に流れぬように」「古典主義というフォルム」を必要としたといい、一方、福田が求めていたのは飽くまでも「他者との関はり」であり、その「他者との関係」は西洋古典の「セリフ劇」に学ばれていたと言うのである。それは、後に歌舞伎などの伝統芸能の中に「官能的なもの」を求めていった三島と、シェイクスピアの中に「ドラマティックなもの」を求めていった福田との差異としても現れているだろう。

しかし、両者の違いは演劇だけに留まるものではない。福田と三島の差異は、そのまま51年の占領期の終了、55年体制の確立、60年安保闘争などの戦後政治史の結節点における両者の異なった反応としても捉えられることになる。特に遠藤は、「脱戦後」を掲げて改憲までを視野に入れていた岸信介から、元大蔵官僚にして吉田ドクトリン（対米依存・国内経済重視）の後継者である池田勇人への政権移譲（１９６０年）に戦後史の決定的な分水嶺を見定め、そこに、後にすれ違いを増していく福田と三島の必然を重ね合わせていく。高度成長期のミーイズムと生命至上主義、それら「死の衝動」を抑圧する戦後のニヒリズムに対して、次第に三島は求心的な「日本回帰」を、福田は遠心的な「近代」を己の政治的な姿勢として明確にしていった。つまり、三島はそれが不可能だと知りつつも「自己の伝統に回帰することによつて」、福田は飽くまで理想と現実の区別とその平衡を求めつつ「他者の伝統からも進取し自己を拡大することによつて」、共に近代日本が直面していた「適応異常」という問題に処していったというのだ。そして、三島由紀夫は自らの自決によって「死の哲学」を再建したが、福田恆存は「生きて戦後と闘ひ続けた」と遠藤は結論する。

が、それはどちらが正しいという問題ではない。遠藤の言葉から浮かび上がるのは、時代の条件を引き受けながら、なお時代に埋没しない二つの「強靭な自己」であり、なお、その「強靭な自己」を持ち得なかったが故に、つねに周りをウロウロと見回しながら「進歩と平和」という綺麗事をエゴの隠れ蓑としてきた「戦後」という時代の偽善性と欺瞞性である。そこには、常に「戦後」は決して終わっていないのではないかという問いが響いている。

したがって本書は、単なる研究書や作家論としてではなく、何より福田恆存と三島由紀夫に依拠してなされた同時代評として読まれるべきだろう。実際、『諸君！』や『正論』といった論壇誌の連載を中心にまとめられた本書には、連載当時話題になった田母神問題や　民主党による政権交代が言及されている。が、そこで展開されているのは単なる現象論ではない。21世紀日本の現状に福田や三島の言葉を対照させることで何より促されるのは、「世の中は少しも変はつてはゐない」（福田）という歴史的自覚そのものだろう。

（平成二十二年四月、麗澤大学出版会　上下二巻、本体二、八〇〇円＋税）

書評

有元伸子著『三島由紀夫物語る力とジェンダー ――『豊饒の海』の世界』

武内佳代

　本書は、三島由紀夫文学研究にいち早くジェンダー批評を取り入れてきた有元伸子氏による初の単著である。一九八七年から二〇〇九年までの論考の改稿と書き下ろしによって構成されており、副題からも分かるように対象作品を氏の長年の「偏愛の書」（本書あとがき）、『豊饒の海』に特化し、〈語り〉と〈ジェンダー〉の問題を視座として多様な角度から検討を行っている。

　本書は全五章一二節から成る。第Ⅰ章「物語構造とジェンダー」から視ていこう。

　まず、「1　物語る力とジェンダー」では、〈語り〉の問い直しを行う。語り手が視点人物を主に『春の雪』では松枝清顕、『奔馬』以降は本多繁邦という男性たちに割り当て、綾倉聡子やジン・ジャンといった女性たちに「沈黙」を課す、そのような〈語り〉の父権性を俎上に載せる。加えて、「欲望する主体」としてのジン・ジャンのレズビアニズムを父権的な〈語り〉の「裂け目」として再評価する。

　「2　浄と不浄のおりなす世界」では、各巻の間に置かれた十数年ずつの空白期を「日常的で俗な時空間」、作品内世界を「転生者を中心とした非日常的で聖的な時空間」と捉え、作品内部に「ハレ／ケガレ」という日本人の民俗的観念が底流することを丹念に読み解いている。

　続く第3節では、詳細な人物関係図と時系列データ表を付し、各巻の転生者の年齢を再考している。創作ノートや直筆原稿なども参照して導き出される、「『春の雪』と『奔馬』は数え年、『暁の寺』と『天人五衰』は満年齢で数えても差し支えないのではないか」という結論は説得力に富む。

　以上を発展させる形で、第Ⅱ章「男性―認識と行為の物語」、第Ⅲ章「女性―〈副《サ》次的人物《バルタン》〉は何を語るか」がある。

　第Ⅱ章の「1　「客観性の病気」のゆくえ」では、「本多が見る転生の現象は常にあらかじめ仏書での研究や夢日記によって本多によって予測され」ていたものと捉え直し、『豊饒の海』を「決してお伽話ではなく、認識が究極には何を生み出すかを探る小説」と再定位する。加えて、その生涯や文学観に照らして、三島は「本多その人である一方で、そうしてこれまで営々と認識界を築き上げて来た本多を否定した聡子その人でもある」と考察される。従来、〈転生者／本多〉＝〈行為者／認識者〉という二項対立でのみ三島の自己投影が論じられてきたことを考えれば、聡子といういわば〈非行為者〉かつ〈認識否定者〉を第三項として立ち上げる視点は新しい。この新見が以降、本書の主調音となる。

　「2　転生する「妄想の子供たち」」では、ジェンダー批評の観点から、「「生まれ変わり」という発想そのものが、血縁による世代交代――母が子を産むことによって、子孫がつながっていくという通常の通時的な人間関係――に対抗するもの」、つまり「女性を介在させることなく」子孫誕生を可能せしめるものだと捉え直す。それゆえ「生まれ変わり」を唯一認識していく本多の姿は、「想像＝創造の力」で転生者という「妄想の子供たち」を「男一人で産み落とし」ていく、「家父長制よりももっと確実に、つまりもはや女性の身体も不要にし」た「ナルシスティックで強大な、男性的な秩序」の表象であると看破する。

第Ⅲ章では、そのような父権的側面をさらに時代性と女性表象から考証していく。「1　綾倉聡子とは何ものか」では、『春の雪』での聡子の恋愛が明治大正の性規範をめぐる近代家父長制にいかに抵触するかを分析しながら、そうした社会のイデオロギーこそが聡子という「女の身体や心を抑圧し」、結果、「アジールとしての月修寺に引き籠も」らせたことを解き明かす。

続く「2　列婦／悪女と男性結社」では『奔馬』を取りあげ、飯沼勲のホモエロティックかつナルシスティックな男性性への欲望に対して、鬼頭槙子の裏切りを勲ら男性たちの「要請する自己犠牲と無限抱擁の「軍国の母」」としての役割の峻拒と読み解き再評価している。だが父権的な語りはそのような槙子を「悪女」として表象させ、聡子だけを「聖化」するという。

以上を踏まえて「3　「沈黙」の六十年」では、従来本多（あるいは三島）という「男」の視点から議論されてきた『天人五衰』の結末部を、聡子という「女」の視点から読み直す。「アジールとしての月修寺」に入って以来、六〇年間も「沈黙」を強いられてきた聡子は、自らの言葉を発することで、「「転生」という「男」の物語を否定し、また、死を賭して獲得される至高のエロスの物語や、聖なる者・母なる者としての一体化といった本多の「男」の幻想に利用されることも拒絶する」。その意味で聡子は「主体を回復した」のである。有元氏はそれを、「清顕を起点とする輪廻転生の時間、本多の生きる現実の時間、聡子の生きる唯識の時間が最後にようやく一つに」なった瞬間と見なす。だが、そのように（三島ではなく）語り手が最終局面で父権性を手放したのは一体なぜなのだろうか。〈語り〉と〈ジェンダー〉に焦点化した本書の〈その先〉にある結論が気になった。

第Ⅳ章「典拠からみる物語のジェンダー性」では、聡子を『竹取物語』のかぐや姫と見なし、結末の聡子の発言を「〈物思ひ〉のない月の世界に帰還し、〈心異に〉なってこの世のできごとをすべて忘れてしまった者の言葉」と読み解く。

最後の第Ⅴ章「生成過程―創作ノート・直筆原稿から見えるもの」は、「1　『天人五衰』の生成研究」、「2　透と絹江、もう一つの物語」、「3　『天人五衰』の結末へ」の計三節から成り、三島文学研究においては方法論的に新しい、直筆原稿と創作ノートの調査による『天人五衰』の生成研究を行っている。それにより、第2節では、透に割り当てられてきた「〈マンテーニャ＝聖セバスチャン＝同性愛〉の図式は、むしろ本多にあてはまる」ことや、透の自意識が「本多のような知的エリートによって形成されている世間の強さに囲繞された」所から発することなどが考察される。そして結末部を考察した第3節では、「三島が全巻を締めくくる切り札としての聡子をいかに「効果的」に使うか模索した過程や、自らと最終場面の本多とを重ね合わせる演出」などが浮き彫りにされる。そのうえで、「一文字の修正もなされていない」最終原稿の一枚が「自決後、特別なものとして扱われつづけるであろうことを意識して作られた原稿」だったことが見事に解き明かされる。直筆原稿もまた三島の創作の一つであったことが改めて思い知らされよう。

（二〇一〇年三月、翰林書房
三二二頁、本体二、八〇〇円＋税）

書評

柳瀬善治著『三島由紀夫研究——「知的概観的な時代」のザインとゾルレン』

テレングト・アイトル

　三島由紀夫自決後、「三島由紀夫とは一体何であったのか」というような問いにまつわる評論や研究が数多く繰り返されてきた。そういった問いに応答して、文学・政治・サブカルチャーなどにわたってジャンル・分野をかまわず、既存の様々な批評と思想に関連付けながら三島の作品に見られる構造的、一貫的なもののあり方を探ろうとしたのが柳瀬善治氏の『三島由紀夫研究—「知的概観的な時代」のザインとゾルレン』である。一九九三年から二〇一〇年までほぼ十八年間、紆余曲折して模索してきた著者は、各分野をジャンプしながら自由奔放に批評したのが痛快だ。とりわけ今まで三島文学の成敗を論じてきた評論に対して問い質し、かつ現代評論界の諸トピックにリンクしながら、三島を以って批評の可能性を探ろうとしたところが示唆に富む。もしそれが既存の文献的・伝記的・実証的な三島由紀夫研究、あるいは厳格な理論的な手続きを踏まえたテクスト分析や物語分析とは、意識的に一定の差異を設け、かつ意図的に一般読書界に読物として呈しようとしたのならば、著者と出版編集者のこの仕掛けは十分に刺激的だとも言える。ただし、「三島由紀夫研究」という題名を冠した以上、世に誤解を招きかねなく、少なくとも「世界の三島」という一国を超えた研究分野においてみたら、本書は研究というよりも著者の読書か思索の遍歴にあたり、エッセイ、批評、研究ノート、論文などが十把一絡げに一冊に束ねられ、玉石混合の向きがある。そうした評論集に「はじめに」と「あとがきにかえて」をあて、複数の分野に属する論評に一定のまとまりを与えようと試みたものの、再び「大風呂敷を広げすぎてまとまりのない学位論文を出して主査副査の先生方にお小言を頂戴した」(479頁)という著者のかつての在りし姿を彷彿させる趣は歪めない。

　具体的には、本書の第一部は著者の一九九三年から二〇〇〇年までに発表された五篇の論評があてられ、第二部には二〇〇一年から二〇〇七年まで発表された四篇、第三部には二〇〇六年から二〇〇九年までに発表された四篇があてられ、そのなか査読制のある論文を除き、いずれも大学の紀要か関連の雑誌に掲載したエッセイ、研究ノート、批評だと言える。その第一部の論評は、もっぱら三島の文学を対象にして『豊饒の海』から出発しているが、そこで「優雅」、「滝」、「海」、「記述しえない空」、あるいは「表象不可能」などを物語のエッセンシャルなものとして抽出して、その結果から起源・原因を探ろうとして三島の『仮面の告白』や『花ざかりの森』などに遡って読みを展開する。そして、『花ざかりの森』の「記憶」などに着目して、『豊饒の海』と呼応させようと試みたが、そこで三島の作品には構造的な一貫したものがあるのを指摘したのが興味深い。ただし、その読みにおいて、それらのエッセンスが存在するということを指摘するにとどまったのが惜まれる。というのは、もっとさらなる分析や解釈などが必要なのであろう。例えばその「海」について、三島が描写した言葉をもって三島を解説するにとどまり、しかしその「海」は一体何であろうか、どのように小説に実現され、どのような役割を果たしているか、あるいはそれが象徴かそれともメタファーか、それがどのように類似して一貫性・構造性を為しているか、といったような作業は行なわれていない。言ってみれば、三島の言葉で三島のグラマーを解こうとして、三島の仕掛けたジグソーパズル通りに読むことに始終したといっても過言ではない。したがって、もし著者の主要目的が、小説それ自体を解明するよりも、作者の創作「意図」（34、55頁）を探るか、作者の「戦略」（41、79、85頁）を読み取ろうとしたのならば（明確な研究目的と方法をこの類の批評に求めるのは控えるべきだが）、評伝・伝記研究は別として、三島由紀夫が十三歳時の作品においてすでにその最後の作品の「意図」と「戦略」を持ち合わせていたという事実をその論旨の視野に導入したら、著者の読み、いわば三島の晩期の作品から遡及して読みを展開したことは、必ずしも目的を達成できたとは言えない。とは言え、その構造的一貫性を指摘したところ、「なぞ」とされてきた三島の作品解明において一歩前進したことも事実であろう。

第二部は著者の政治的な趣向から三島の評論を取り上げたエッセイ集というべきか、一章において三島の評論『文化防衛論』によって提起された「みやび」、「文化」、「カトリック」、「言論の自由」ないし「民族主義」などの諸トピックを解説し、そこに見られる「矛盾」を指摘しながら、関係させた事実や理論、思想については、更なる論証を避け（例えば「通底する」（137頁）、「連想する」（140頁）、「通じる」（141頁）という用語に見られるように）、あくまでも諸問題の特徴についての言及に始終する。続きの二、三章において、三島の『「道義的革命」の論理』によって引き起こされるトピックを文学作品『英霊の声』、『朱雀家の滅亡』、『蘭陵王』などによって解説を行ない、四章においては、評論『小説家の休暇』、『終末観と文学』、小説『美しい星』、エッセイ『私の中のヒロシマ』において言及された「原爆」、「核」などをピックアップして、それらにまつわる諸事象を現代社会に据えて評し、いわば三島と「核」との関係を明らかにしようとしたものである。

第三部の一、二章は三島のボクシングとの関わりについて扱う。つまり三島がボクシングに興味をもち始めたきっかけから、ボクシング練習、観戦ないしボクシング観ともいうべき諸々のことを三島自身の証言と新聞記事などで描出し、さらに小説『鏡子の家』の主人公と実際のボクサーとの相違点や、ボクシングについて三島と他の作家との相違点を記述して、ボクシングに関することでさえあれば何でも拒まず取り入れた傾向がある。したがって、評伝・ボクシング・文学、どの領域にも撤しておらず、問題設定の領域が曖昧になっている。続いて三章において、文学に戻って『美しい星』、『仮面の告白』、『鏡子の家』、『金閣寺』、『絹と明察』、『天人五衰』に見られる共通の結末について検討を加え、それを「破綻」＝「終末観」と見做し、その起源は「原初の記憶」に由来するという。その「終末観」からハイデガーに連想し、また開高健との比較によって三島の「核戦争」

における表現不可能性を考え、「高度資本主義社会」における文学の成り行きなどを点描して、三島の「死の欲動」の対応性を推測しようとする（411頁）。そして最後に、三島の『鍵のかかる部屋』をも踏まえ、今までの触れてきた諸小説を「『知的概観的世界像』（壮大な空＝雲）と『肉体的制約に包まれた』生物（生きるたつき＝蝿）と断層を醜悪な戯画に仕立て上げ」たパースペクティヴ（448頁）と見做し、それをまた現代サブカルチャーとリンクして、その一表象である「セカイ系文学」をも予言しているという。

紙数の関係上、本書で展開された多様なトピックに焦点をあてて一々言及することはできず、章を追ってその輪郭と論旨だけに触れてきた。論評全体にわたって著者の「関心はさまざまに移動し」（481頁）てきたがゆえに、それが各論評の論旨を曖昧にさせてしまったのもやむをえない。しかも著者の論評の根拠は、しばしば既存の三島についての批評か、メタ批評に頼り、それに片寄ったせいか、オリジナルな自論が十分に展開できなかったのも残念に思う。著者は、三島を読みながら読書範囲を広げ、その広がったところに「そのつど答えを返してきた三島の文業のポテンシャルは驚くべきものだ」（481頁）と、三島の広さと深さに感心しているが、実際、本書は、第一部を除き、まさしく著者がいったように、それは三島をネタにして政治・社会・文化などを論評し、また、さまざまな現代批評の視点・見解・問題の諸類似点を三島世界において発見しようと試みた傾向もある。数多くのトピックと目的をひと括りにしたところ、本書は三島世界の豊かさと、拡幅と多様さを表象でき、まさにそれがまた一般読者を三島の世界へいざなうのに、格好の書物となったに違いない。その広がりのなか、示唆に富む数々の視点を、今後ジャンルごとに発展させ、さらなる三島由紀夫研究に寄与することを期待したい。

（北海学園大学）

（二〇一〇年九月、創言社　四八八頁、本体四、六〇〇円＋税）

書評

井上隆史著『三島由紀夫　幻の遺作を読む——もう一つの「豊饒の海」』

田尻芳樹

私が学生だった八十年代、三島由紀夫は不遇だった。「ポストモダン」が喧伝され、浅田彰とか蓮実重彦とか当時の主要な論客がこぞって三島を蔑視する中、三島について真面目に論じようとするのは時代遅れ以外の何者でもないという空気が濃厚だった。(かろうじて四方田犬彦と中上健次が敬意を持って三島を語るのが心強かったのを覚えている。)とりわけ『豊饒の海』は、おそらく、三島の自決の衝撃との不可分性、唯識の難解さ、第三巻から顕著になる筆の運びの乱れといった理由から、正面から本格的に論じられることが少なかった。

しかし、時代は変わった。知のバブルは消えて久しく、国全体にも沈滞ムードが漂う現在、新しい決定版全集を擁して三島由紀夫は私たちの前に大きく立ち現われている。三島こそ、昭和の精神史を考える上で最も本質的な文学者だったことがようやく理解されてきたかに見える。その潮流の先頭を走っているのが、本書の著者井上隆史氏だ。三島の草稿類を検証する生成論批評を取り込みつつ三島研究を塗り替えてきた井上氏は、本書で、『豊饒の海』に集中し、創作ノートからうかがえる、ありえたかもしれない『豊饒の海』の別の最終巻を大胆に想像し再構成しようとしている。その推論の過程は驚きと発見に満ちたスリリングなものだが、創作ノートの手堅い検討と唯識の辛抱強い解説に着実に裏打ちされてもいる。生き生きした想像力と学術的手法が見事にブレンドされた名著である。

三島は昭和四十五年春ごろまで、『豊饒の海』をハッピーエンドで終わらせる構想を持っていた。本多が最後に少年に導かれるように解脱に入る「幸魂《さきみたま》」の小説である。これにはかなり驚かされる。若いころからニヒリズムに黒々と染め上げられていたあの三島が、ライフワークたる大作にハッピーエンドとは！　自決を知っている私たちから見ると、『豊饒の海』はあの虚無的な終わり方しかありえない気がする。しかし、三島はかなりぎりぎりまで揺れ動いていたというのが事実なのだ。本書は、私たちが抱く固定されたイメージから離れ、三島の揺れ動きのヴィヴィッドな現場に私たちを連れて行ってくれる。そのために、まず、作品の骨格を成す唯識から三島が何を受け取ったのかを丹念に検討する。第二章で三島が実際に読んだ唯識の解説書に立ち戻りながら問題を概観した後、次の三つの章で三つの具体的な論点を考察する。第三章では、日本文化の伝統的な輪廻観、初期の三島作品に現れた輪廻思想をふまえ、輪廻転生のメカニズムを説明する思想としての唯識に三島が関心を持っていたことを論じ、第四章では三島が特にこだわった「阿頼耶識と染汚法の同時更互因果」という概念が、世界が存在しているのは迷界としての世界が存在しなければ悟りもありえないからだという世界肯定のロジックを介して、彼の文学の根幹的テーマである世界の崩壊の問題と結びついていることを立証し、第五章では、仏教では解脱と輪廻は対立するはずなのに三島にとってそれらはともに救済として同等に置かれていることを指摘する。

ところで、以上三つの点はいずれも救済の方向を向いているのに、実際に書かれた最終巻『天人五衰』は徹底した虚無で終わっている。そこで次の第六章は、三島が始めから抱えていた虚無と接合する唯識のニヒリスティックな側面を四番目の論点として主題化し、『豊饒の海』を「虚無と救済の闘争」として総括する。三島は虚無に捉えられていたからこそ切実に救済を求めていた。だが、最後になって救済は虚無に負けたのだ。そこに至る経緯を『鏡子の家』の不評以降挫折続きだった三島の動向から検証する。第七章は「楯の会」を中心とする三島の政治行動と当時の社会に視野を広げ、五番目の論点としての「時代」を振り返る。三島は『小説とは何か』の中で、『暁の寺』が完結したと同時に執筆中の作品外の現実が紙屑になってしまったと悲痛に嘆いている。私はその真意が分からなかったが、本書で蒙を啓かれた。つまり三島は政治行動によって死んで作品が完結しない方向に賭けていたのに、社会動向の変化によってその機会が失われてしまったことを嘆いているのだ。『暁の寺』と『天人五衰』は、作品と現実の政治行動との、そんなのっぴきならない緊張関係の中で書かれていた。そして時代への絶望は、三島を救済から虚無へと向かわせた。

第八章でこれまでの五つの点を創作ノートに照らして再検討した後、第九章でいよいよ井上氏独自の最終巻の再構成が披露される。そして最後の第十章では、プルーストやジョイスのような二十世紀の巨匠との比較の上で『豊饒の海』が、全体小説への傾向に背馳する「虚無の極北の小説」と最終的に位置づけられる。

このように見てくると本書がいかに周到に構成されているかが分かるだろう。論点を一つ一つ検証しながら、徐々に視野を広げてゆき、おさらいを経て最大の読みどころ第九章を満を持して提示し、最後に世界文学の中に位置づける――実に行き届いた作り方だ。その間、推論は、すでに論じたモチーフを適宜反芻、拡張しながらダイナミックに展開する。私は井上氏が新書には不似合いなほどの時間と手間をかけただろうと推察する。だが、これで終わりではない。井上氏は、エピローグの数ページにどんでん返しを仕掛けている。『豊饒の海』のあの末尾を引用しながら、何もないはずなのに、実際には夏の庭という物象があるではないか、と言うのだ。「虚無の極北」の果ての〈存在〉。これは第四章に出てきた、悟りがあるためには世界は存在しなければならないという、三島がこだわった唯識の論理を思い起こさせる。世界は虚無だ、だがやはり世界は存在している――そのことへの驚きこそ、私は三島文学の核心だと考えている。三島は埴谷雄高や安部公房よりもずっと存在の問題を深く探究した文学者である。この点を看過するなら、いくら三島の美意識や政治思想や同性愛を論じても不十分である。私が井上氏の三島研究を深く信頼するのも、氏がその核心をしっかりとつかんでいるからである。

英米人の文学研究者と話すと、彼らが三島についてほとんど関心を持っていないことに失望することがしばしばである。世界で誰もが当たり前に論じる二十世紀の巨匠たちの列に三島も加わる日が、近い将来に来なければならない。

（二〇一〇年十月、光文社新書二六二頁、本体八二〇円＋税）

紹介

宮下規久朗・井上隆史著『三島由紀夫の愛した美術』

山中剛史

三島由紀夫文学館のレイクサロンで「三島由紀夫の愛した美術―セバスチャンから浮世絵まで」という公開トーキングが催されたのが平成十八年秋。三島由紀夫と美術というあまり取り上げられないテーマでもあり、当日数多の画像資料と共に繰り出される、元々三島ファンであったという宮下規久朗氏によるトークは新鮮で刺激に満ちていた。その後四年の時間を閲して、その時の公開トークがよりグレードアップした形で新たに一本として上梓されたのが本書である。

美術と一口にいっても、それこそ様々なものがある。本書がメインとしているのは、「第一部　三島とめぐる欧州美術の旅」、「第二部　三島と読み解く西洋美術史」といった目次からも知られるように、ギリシアからルネサンスを経て近代へといたるヨーロッパの美術に関するものが主となっている。具体的には第一部が三島の旅行記である『アポロの杯』における美術への発言を中心とし、第二部は「青年像」や「ワットオの《シテエルへの船出》」、「デカダンス美術」といった三島のテクストを取り上げて、三島のギリシア美術への視線、そして聖セバスチァン像や、ロココ趣味やデカダンス美術について等々三島と美術の関係について読み解いていく。

本書の特徴といえば、帯文に「ヴィジュアルで楽しむ三島の美学」とあるように、ただ言葉を読むだけではなく、収録された多数のカラー図版をヴィジュアルとしてテクストと共に楽しめるという点にあろう。もちろん初出にまで遡れば一部は図版が出ているものもあるが、三島の美術に関する評論・エッセイを、それが文庫であれ全集であれ、その本に収録されていない当の対象たる美術作品とともに読むという機会は、研究のためにいちいち言及される作品を各種画集やインターネットで検索しながらつきあわせて精読するといったようなことでもしなければ、なかなかあるものではないし、言及される作品のほぼ全てを図版として挿入した三島の単行本も今までなかった（こうした点では、美術評論で言及される絵画の図版をも収めた筑摩書房版『ボードレール全集』などが思い出されるところである）。かつて三島を特集した「芸術新潮」（平7・12）が言及作品の一部をカラー図版で掲載していたことがあるが、まず本書の魅力としては、読みかつ見る書物であることであるといえるだろう。

本書はいわゆる学術書として編集されたものではない。記述もきわめて平易であり、合間合間に挿入されるコラムでは、『アポロの杯』における三島の美術館めぐりマップや、装幀に凝った三島の豪華本などの書影、三島自身が描いた絵や三島が好んだ漫画、また三島を題材とした美術作品の紹介など種々の角度から三島と美術というテーマに迫っていく。そうした細部についても見逃せないおもしろさがあり、三島初心者にとっては、既製のイメージとはまた一風異なる三島の美意識の一側面を垣間見させてくれる水先案内人となってくれるだろう。

だからといって著者二人の対話が入門的な、もっといえば、通りいっぺんの紹介のみに終始しているかといえば、果たしてそうではない。対話によって紡ぎ出されるそのやり取りは、三島の発言と当の対象たる美術作品を具体的に掘り下げながら、三島の美術観または美的感覚の本質をところどころで焙り出していく。第一部では、構成美、均整や抑制といったものへの愛着から、三島におけるギリシア美術とロココ趣味の連続性を読み、他方、三島の西洋美術への視線が、主題が顕著でわかりやすい作品ばかりに向けられ、主題よりも造形性が前景化したモダニズム作品には興味を示さない点を指摘する。この指摘は、（時代的にも人脈的にも）三島がそのまっただ中にありながら、土方巽などを除いて抽象表現主義の美術やハプニングといった六〇年代の前衛芸術全般に興味関心を向けなかったという事実を裏打ちするものとしても興味深く読んだ。

第二部では、話題は特に聖セバスチァンに集中していくが、『仮面の告白』での有名なシーンや、共訳書『聖セバスチァンの殉教』にセバスチァン名画集を入れるほどセバスチァンに対するこだわりを見せる三島であってみれば当然であろう。二人の対話からは、アンティノウスやセバスチァンに古典古代の黄昏を見るという三島自身の「思い入れ」が改めて意味づけられ、個人的嗜好と審美眼を重ね合わせていく三島の視線が明らかになっていく。

三島のセバスチァン観が、それをルネサンス末流の範疇で捉え、バロック美術としての特色を理解していないように見えるとの指摘からは、グスタフ・ルネ・ホッケの『迷宮としての世界』を読んだ折りセバスチャン絵画のホッケの言及について澁澤龍彦に不満を漏らしていた三島（澁澤宛書簡参照）にとって、実はなによりも官能性の視点を第一にセバスチァンを見ていたことが浮き彫りにされてくる。そうした意味では、ここは是非とも各種セバスチァンの図版と共に、篠山紀信撮影になる三島自身がセバスチァンに扮装した写真についても二人の著者による突っ込んだ意見を聞いてみたかった。

（平成二十二年十月、新潮社
一二七頁、本体一、五〇〇円＋税）

紹介

衣斐弘行著『金閣異聞』

松本　徹

衣斐弘行は、三重県の臨済宗東福寺派の寺の住職で、地元の、同人雑誌に掲載した短篇小説五編を収める。

ちょっと面白い工夫が凝らされていて、五編いずれも京都の五つの禅寺、東福寺、南禅寺、建仁寺、金閣寺、妙心寺が舞台になっている。作者が京都で修行したひとだから出来たことだろう。ただし、作中では各寺に別の名が与えられているのは、今日においても、少々憚られるところがあるからかもしれない。

その五編において中心になっているのが、

金閣に放火、焼亡させた林養賢とその母である。

最初の「走り梅雨」は、庭石を扱う職人が、東舞鶴行の電車で東福寺の塔頭の住職と一緒になり、養賢とその母の墓に詣でるまでを扱う。その道々、母子のことを話すのだが、母については「悴れてはいても、しっかりした、きりっとした容姿の人でしたなあ」と語る。三島が描いた母親像とはまるで違う。そして、二人の墓は、父親の眠る成生の寺ではなく、父親出身の林家の墓地であった。成生は、小島の陰の白砂の美しく穏やかな村であったが、父親の没後、母親は地元の人たちに苛められ、養賢が麓苑寺に身を置き、進学すると、一層激しくなって居続けることができなくなったという事情があったのだ。そうしたことを聞きながら、その村を歩き、父親の寺を訪ね、少し離れた小浜線沿いの母子の墓へ行く。住職は、田舎の小寺でも養賢には「坊ん育ちの独り子」で、金閣から大学へ通っている「矜持みたいなもの」があったと言う。これまた意外な見方である。

こんなふうに、出てくる人物は、養賢にも母親に対しても、寺に生まれ、小僧として修行した共通の体験から親しみを持つひとばかりである。そして、事件後の母親の自殺と、養賢の出所後の死に、いたましさとともに、弔わずにおれぬ気持を抱いているのだ。そこには、事件後、禅門の本山が養賢の僧籍を剝奪、除籍処分にしたことに対する、憤りがある。「胸の悲しみ」も「祇園の鐘」もそこに軸がある。

「涅槃月」は、金閣を訪ねた母親に、やさしい心くばりをする住職の姿が、ちらっとだが出てくる。列車から飛び降り自殺をする彼女を考えると、わずかながら救われた思いになる。

「愛宕山詣」は、妙心寺の塔頭の徒弟の目をとおして、取材のため一泊した三島の姿を描き出す。読売新聞の宗教欄担当記者から紹介され、信徒向け機関誌編集長を訪ねて来る。その初対面の席で、編集長に向かい、養賢の公案の理解度を尋ね、終戦の夜、金閣の老師が取り上げる公案は何がよいかと聞き、「南泉斬猫」が面白いですよと言われて、その内容をノートする。その夜、塔頭の中を案内、徒弟たちの部屋へいきなり来ると、エロ写真を机の上に出していた……。

これらがどれだけ事実に即しているかどうかは分からない。しかし、同じ宗派の縁で親しくなった人々から聞いたことに拠っている旨、あとがきに記しており、事実とそう隔たってはいないと思われる。

金閣寺の放火事件については、水上勉『金閣炎上』があり、三島とは異なった視点から描いているが、本書は、それとも違う像を提示しており、興味深い。それに養賢とその母は親身に寄り添う人々の輪のなかにいて、悼み弔う気持の切実さが伝わってくる。ただし、なぜ彼が火を放ったか、その点に関して追求されないままなのが惜しい。

（平成二十一年七月、葦工房
一八八頁、本体一、三〇〇円＋税）

編集後記

編集は、演劇で言えば演出であり、製作であろう。演劇を考察する際、必ず採り上げるが、文学となるとそうはいかない。半ば死角に入っているかのようである。部外者には窺い難いところがあるし、いまなお黒子に徹するのをよしとする考え方が残っているのかもしれない。しかし、編集の持つ重さは、見過ごせるようなものでない。一人の作家が登場、活躍するには、必ず編集者のさまざまなかたちの手助け、時には主導的な働きがあるし、時代思潮を醸成するのも、編集によるところが大きい。三島由紀夫はそうしたところをよく承知し、活用して自らの活動を展開した面がある。

そうしたことを考えて、今回の企画となったのだが、なにしろ文学研究としては先例がなく、正直なところ、困惑した。ただし、三島の場合、編集者による証言、回想が多く、それらを整理して提示するだけでも意味があるだろうと考えた。

幸いなことに、松本道子さんと小島千加子さんのお話をうかがうことが出来た。松本さんは足腰に自信がないからとのことで、ご自宅にお伺いすることになったが、お元気で、三島が信頼を寄せた女性編集者とはこういうひとかと、納得する思いをした。

小島さんは、昨年秋の山中湖文学館レイクサロンでの講演を収めたが、当日は質疑応答もあったので、その分も含め大幅な加筆をして頂いた。小島さんには、最後の原稿を受け取った時のことを中心にした著書があるが、この加筆によってその決定版となったのではなかろうか。じつはもう一方、男の編集者にお願いする予定であったが、ページ数に限りがあり、断念せざるを得なかった。

藤田三男さんの寄稿を得たが、研究者側の論考は手薄にとどまった。しかし、今後の考察を進めるうえでの叩き台になるだろうと思っている。

なお、本号から判型を通常のA5判とした。東日本大震災の影響で、菊判を維持するのが難しくなったためである。刊行も当分は年一回とする。

次号の特集は「三島由紀夫と同時代作家」を予定している。

（松本　徹）

三島由紀夫研究⑪

三島由紀夫と編集

発　行――平成二三年（二〇一一）九月一〇日

編　者――松本　徹・佐藤秀明・井上隆史・山中剛史

発行者――加曽利達孝

発行所――鼎　書　房　http://www.kanae-shobo.com

〒132-0031　東京都江戸川区松島二-一七-二

TEL・FAX　〇三-三六五四-一〇六四

印刷所――太平印刷社

製本所――エイワ

表紙装幀―小林桂子

ISBN978-4-907846-85-5　C0095

三島由紀夫研究

責任編集　松本　徹・佐藤秀明
井上隆史・山中剛史
各巻定価・二、六二五円

①三島由紀夫の出発
②三島由紀夫と映画
③三島由紀夫・仮面の告白
④三島由紀夫の演劇
⑤三島由紀夫・禁色
⑥三島由紀夫・金閣寺
⑦三島由紀夫・近代能楽集
⑧三島由紀夫・英霊の聲
⑨三島由紀夫と歌舞伎
⑩越境する三島由紀夫
⑪三島由紀夫と編集

http://www.kanae-shobo.com